Stefanie Sargnagel   Statusmeldungen

Rowohlt Hundert Augen

Mit zahlreichen farbigen Abbildungen

Für Hysteria

3. Auflage August 2017
Copyright © 2017 by Rowohlt Verlag GmbH, Reinbek bei Hamburg
Alle Abbildungen im Innenteil: Stefanie Sargnagel
Einbandgestaltung nach einem Entwurf von Stefanie Sargnagel
Satz aus der Whitman, InDesign
Gesamtherstellung CPI books GmbH, Leck, Germany
ISBN 978 3 498 06444 0

10. 7. 2015 Ich hab meinen vierten Jahrestag im Callcenter ganz vergessen!
Einen vierten Strich
in den Arm ritzen.

10. 7. 2015 «Rufnummernauskunft, Stefanie Fröhlich, was kann ich für Sie tun?»
«Ich hätte gern eine Nummer, also Falkel, ich meine Johann Hölzl in Niederösterreich.»
«Ein Privateintrag?»
«Ja.»
«Wo in Niederösterreich?»
«Weiß ich nicht genau.»
«O. k., es gibt nämlich viele Einträge mit dem Namen, und WAS war noch mal der Name, den Sie dazugesagt haben?»
(Ich habe eine Vermutung, möchte aber nicht glauben, dass ich richtig gehört habe. Sie klingt so normal.)
«Davor? Falco.»
«FALCO??»
«Ja, Falco, der Popstar.»
«Also, Falco ist in den 90ern gestorben.»
«Ach so, danke. Wiederhören.»

9. 7. 2015 Theoretisch könnte ich, glaube ich, aufhören mit dem Callcenter.
Halt genauso bescheiden leben wie davor, nur ohne Callcenter.
Aber ich bin wie Toby Radloff aus American Splendor.
Ich will meine Struktur nicht aufgeben wegen einer MTV-Karriere.

10.7.2015 Das Erste, worüber mir Witzmann berichtet, nachdem wir uns längere Zeit nicht gesehen haben, ist die Beschaffenheit seines Stuhls.
Es gibt die Bezeichnungen «Bolognese» (auch: «die Soße»), «das Gesprühte» (auch: «der Sprühschiss», «die Explosion») den «nicht endenden Haufen», das «Kuhartige» oder auch (sehr selten) «die Kompaktwurst».

10.7.2015 Alles, was hier geschrieben steht, ist fiktiv.
In Wirklichkeit heiße ich Lara Schmitz
und arbeite in der Grafikabteilung
einer NGO.

10.7.2015 Wenn ich genug Geld verdient habe, ziehe ich in den Wald und eröffne eine kleine Lebensberatungspraxis.

11.7.2015 Erfolg ist so billig.

11.7.2015 Je bekannter ich werde, desto linker muss ich mich stellen.

11.7.2015 Witzmann ist meine Muse.

11.7.2015 Witzmann hört es nicht gerne, wenn ich ihn als meine Muse bezeichne.

11.7.2015 Man merkt sofort, wenn KünstlerInnen aus KünstlerInnenfamilien kommen. Ihnen fehlt einfach dieser Rechtfertigungsantrieb, dieses Schuldgefühl gegenüber Menschen mit richtiger Arbeit.

11.7.2015 Impulsgesteuert taumle ich durch die Welt.

11. 7. 2015 Die Junkies in der U-Bahn wissen genau, was als Nächstes zu tun ist. Ich schau ihnen gerne zu, wie sie durch die Stadt jagen, immer ein Ziel vor Augen, wie vom Hunger gehetzte Tiere.

11. 7. 2015 Witzmann sagt, seine Lieblingstiere sind der Hai und die Biene.

13. 7. 2015 Die Leute, die bei der Rufnummernauskunft anrufen, haben die Nummer ausm Teletext.

13. 7. 2015 «Rufnummernauskunft, Stefanie Fröhlich, was kann ich für Sie tun?»
«Hallo, ich bin ein Schulkind, und wir haben heute in Biologie über Sex gelernt. Können Sie mir da Genaueres erklären?»

13. 7. 2015 Ich check nicht, wie die Welt funktioniert.

13. 7. 2015 Ich bin heute zu sensibel für die Welt.
Nasenbussi, weiche Decke. Kakao, Kakao.

13. 7. 2015 Will 1 Kamill'nteebeutel sein
im heißen Wasser treiben
für Menschen, denen schlecht is
für Menschen, die sich anspeiben

13. 7. 2015 Gute Menschen mögen kühles Wetter.
Schlechte Menschen mögen heißes Wetter, weil sie aus der Hölle kommen und Reinkarnationen des Teufels sind.

13. 7. 2015 Wenn ich traurig bin, esse ich einfach ganz viele Sachen.

13.7.2015 «Rufnummernauskunft, Stefanie Fröhlich, was kann ich für Sie tun?»
«Guten Tag, wissen Sie, wer vor Horst Seehofer deutscher Bundeskanzler war?»

13.7.2015 Vielleicht mach ich ein Asianudel-Geschäft auf.

13.7.2015 Diese Wirtschaftsnazis strahlen immer so eine Sicherheit aus. Wie Kühlschränke voller Wurst. Die Linken schauen eher so aus, als wäre im Kühlschrank nur alter Wein, der korkt, eine fast leere Dose Kapern und vielleicht ein vergessener Analogfilm vom FKK-Urlaub in den 80ern.

15.7.2015 Mir is schlecht vom Superfood.

15.7.2015 Warum wollen Menschen Karriere machen? Ist ihnen langweilig in der Freizeit?

15.7.2015 Ich: «Ich mag es, normale Sachen mit dir zu machen wie ins 3D-Kino gehen, Dinosaurierfilm schaun, Popcorn essen, Cola trinken.»
Witzmann: «Ja, beim Jurassic-Park-Schauen wirken wir echt fast wie normale Menschen.»

15.7.2015 Witzmann schlichtet hektisch in der Wohnung herum und sagt, man muss die Wände mit Bücher- und Plattenregalen polstern, weil die Wohnung eine Festung ist, gegen die Außenwelt. Ich nicke und lerne. Wenn er fertig ist, holt er zwei Löffel, schaltet den Motorsportkanal ein, bittet mich zu sich auf die Couch, öffnet die 7-Liter-Speiseeisbox, und wir essen Eis. Manchmal gehen wir auch raus in ein Restaurant, aber nur wenn sich keine anderen Menschen darin befinden, oder wir gehen in den Pötzleinsdorfer Schlosspark und setzen uns auf die Wiese vor dem Ziegen-

gehege. Wir sitzen einfach da, ein, zwei Stunden und schauen uns schweigend die Ziegen an, weil Witzmann sagt: «Die Ziegen beruhigen uns.»

15. 7. 2015 Gibt es eigentlich die Möglichkeit, im Mutterleib zu bleiben, jedes Jahr nur ein paar Millimeter zu wachsen und dabei – versorgt mit mütterlicher Nahrung – einfach für immer drinzubleiben? Gibt's das?

15. 7. 2015 Witzmann bucht unsere Urlaube im Reisebüro.

16. 7. 2015 Im Fernsehen reden seit 50 Jahren miteinander verheiratete Paare über ihre Beziehungen. Die Frauen erklären, warum sie sich verliebt haben. «Es war eindeutig die Optik, ein rassiger Typ mit schwarzem Haar.» – «Er kam im Schwimmbad auf mich zu mit dieser Topfigur, und ich dachte mir, den muss ich haben.» – Sie sagen auch, das Geheimnis ihrer erfolgreichen Ehe ist: «Freundschaft und Abhängigkeit, wirtschaftliche Verbindlichkeiten.»

16. 7. 2015 Ich bin ein Hippie, gefangen im Körper eines Hipsters.

16. 7. 2015 Bis auf die täglichen Suizidgedanken bin ich ein sehr glücklicher Mensch.

16. 7. 2015 Es ist so still hier in meiner kleinen Wohnung.

17. 7. 2015 Habe ein Gedicht geschrieben:
Schlaganfall Vorzeichen
Leberzirrhose Anzeichen
Lungenkrebs Symptome
Thrombose Früherkennung

17.7.2015 Vielleicht zwinge ich Witzmann, sich zu verschleiern.

17.7.2015 Ich mag den Geruch in der Nacht.

17.7.2015 Im neuen *Terminator* wehren sie sich gegen eine diabolische App, die die Welt zerstört, indem sie alles klitzeklein schlagen, sich gegenseitig ins Maul treten und alles anzünden. Sie verprügeln das ganze Internet.

18.7.2015 Witzmann lächelt.
Ich: «Bist du glücklich?»
Witzmann lächelt: «Ich war noch nie glücklich.»
Ich: «Nie?»
Witzmann: «Nein, deshalb weiß ich gar nicht, wie sich glücklich sein anfühlen soll. Na ja … Ich hatte schon auch meine glücklichen Momente.»
Ich: «Wann zum Beispiel?»
Witzmann: «Als Lewis Hamilton 2014 in Abu Dhabi Weltmeister wurde.»

18.7.2015 Witzmann: «Wann warst du mal glücklich?»
Ich: «Ich bin immer glücklich, wenn du für mich tanzt.»

18.7.2015 Tauben sitzen nicht auf Bäumen, weil sie die Natur hassen.

18.7.2015 Man tippt erschöpft ein paar Buchstaben, weil man sich doch ausdrücken will, weil man die Aufmerksamkeit mag, dann sackt man wieder zusammen für ein paar Stunden.

18.7.2015 Ich friere neben der Büroklimaanlage.

18.7.2015 Manchmal trinke ich aus Versehen sieben Tage keinen Alkohol. Aber am achten Tag kommt pünktlich der Druck.

18.7.2015 Ich habe in vier Jahren Callcenter noch nie gefunden, dass jemand «sympathisch klingt».

18.7.2015 Ich geh nicht mehr so gern in die *Einhornbar*, seit ich dort Lokalverbot hab.

18.7.2015 Schau, wir kommen aus zwei verschiedenen Welten, und meine is halt cool und deine whack

19.7.2015 Ich dachte immer, Schriftsteller wären eher introvertierte Schüchtis, verschlossen, vergrübelt, still. Aber die, die ich bis jetzt kennengelernt hab, sind eigentlich arge Quasselstrippen. Das ist ja auch logischer, dass Menschen, die mit Sprache arbeiten und seitenweise erzählen, auch gerne sprechen und gerne erzählen.

19.7.2015 Sie wolln mich in die Reha stecken, aber ich sag na na naaa.

19.7.2015 Ich bin eine sehr leidenschaftliche Frau.

19.7.2015 Der Satz «Ich bin eine sehr leidenschaftliche Frau» klingt automatisch, als wäre man alt, müde, dick und besoffen von Rotwein.

19.7.2015 Witzmann will jetzt Vegetarier werden. Aber weniger so alternativer Öko-Vegetarier, mehr so Hitler-Vegetarier.

20.7.2015 Wenn niemand bei dir ist
Du denkst, dass keiner dich sucht
Du hast die Reise ins Jenseits
vielleicht schon gebucht
wenn dein kaltes Bett
dich nicht schlafen lässt
halt dich an meinen Büchern fest.

21.7.2015 In der Straßenbahnlinie 6 sind kleine Kinder aller Ethnien wie auf den Weltfriedenillustrationen, wo sie um den Planeten Händchen halten, mit dem Unterschied, dass der Planet das Ghetto ist, und statt Händchen halten sie Energydrinks.

21.7.2015 Die Erwachsenen machen uns Kindern die Welt kaputt mit ihrer Politik.

21.7.2015 Ich hab im Zielpunkt eine Skulptur aus den Nudelpackungen geschaffen.

21.7.2015 «Rufnummernauskunft, was kann ich für Sie tun?»
«Ich brauch den Konsumentenschutz.»
«Ja, welchen? Den in Wien?»
«Na ja, Sie sind ja die Auskunft!»

21.7.2015 Ein Margaretengürteljunkie zum anderen: «Herst, i foa sicha ned ohne Tschick ins Spitoi!»

22.7.2015 Ich: «Der Raiffeisen-Bankomat im Supermarkt hat grad meine Karte eingezogen. Dort stand *Automat defekt*, dann hat er meine Karte eingezogen, und jetzt ist er wieder ohne Fehlermeldung in Betrieb.»
Callcenter: «Da müssen Sie zu Ihrem Berater.»

Ich: «Zu welchem Berater?»
Callcenter: «Zu Ihrem Bankberater.»
Ich: «Ich bin aber kein Kunde Ihrer Bank. Ich habe nur den Bankomaten benützt.»
Callcenter (genervt): «GEHEN SIE BITTE ZU IHREM BERATER!»
Ich: «Welcher Berater? Wie bekomme ich denn die Karte wieder?»
Callcenter (genervt): «Jaja, ich leite das weiter.»
Ich: «Ohne dass Sie wissen, von welchem Bankomat genau ich spreche? Sie sind sehr unfreundlich zu mir …»
Callcentermitarbeiter sind echt das Letzte.

22.7.2015 Witzmann: «Wenn man aufs Klo geht, nachdem du gacken warst, kann man deine ganzen Erfahrungen riechen. Man riecht, dass du schon sehr lebenserfahren bist.»

23.7.2015 Ich brauch jemanden, der meine Phantasiewelt übersetzt in die Welt der Exceltabellen, der Ringmappen und der Locher. Der mich anbindet an einen Bürostuhl, damit ich nicht wegfliege ins Weltall.

23.7.2015 «Rufnummernauskunft, Stefanie Fröhlich, was kann ich für Sie tun?»
«Ja, guten Tag. Also meine Tochter hat einen Golden Retriever. Den hat sie schon ihr halbes Leben, und jetzt geht's halt dem Ende zu. Wo kann ich den einschläfern lassen?»

23.7.2015 Witzmann und ich machen einen dreitägigen Salzburgurlaub, um der Hitze zu entfliehen. Der Wetterbericht verspricht Regen. Der Plan ist, in einer billigen Pension zu sitzen, bei offenem Fenster dem Unwetter zuzuschaun und Chips zu essen.

23.7.2015 Teenagerkind: «Hey, wir wollen dich ficken!»
Ich: «Wie bitte? Was is los mit dir?»
Teenager greift sich am Schwanz und wackelt mit den Hüften.
Ich gehe langsam zum Käfig, öffne die Tür und stelle mich knapp vor ihn, habe Kabeln. «Was hast du gesagt? Spinnst du? Entschuldige dich sofort!»
Teenie: «Schleich dich!»
Ich (lauter): «Was is los mit dir? Hast du keinen Respekt vor Frauen? Soll ich zu deinen Eltern gehen? Ich wart hier und schau, wo du wohnst!»
Teenie: «Tschüs, Depperte!»
Ich (lauter): «Du zeigst jetzt Respekt vor Frauen! Entschuldig dich! Ich ruf die Polizei.» (What?)
Er: «Haha, ja, ja, Polizei, schleich dich, du Fotze.»
Ich (out of control): «ICH HOL JETZT MEINEN FREUND AUSM BAU! DER WOHNT DA OBEN, UND DER BRICHT DIR DIE BEINE, DU KLEINES ARSCHLOCH! DU ZEIGST GEFÄLLIGST RESPEKT VOR FRAUEN! ICH HOL DEN JETZT, UND DER HAUT DIR IN DIE PAPPN, BIS DU BLUTEST!»
Teenie: «'tschuldigung.»
Ich: «O. k., o. k.»
Seine Freunde: «Wir haben aber nix gemacht! Das war nur er!»
Ich: «Jaja, ihr eh nicht.»
Die Freunde: «Bitte holen Sie niemanden. Entschuldige dich noch mal.»
Teenie weinend: «Entschuldigung, Entschuldigung.»
Ich: «Jaja, ich hol eh niemanden. Spielt einfach weiter. Baba.»

23.7.2015 Witzmann: «Der beste Urlaub ist, find ich: im Hotelzimmer liegen und fernschaun.»

24.7.2015 Ich war nie ein besonderer Tierfreund, aber der Ausflug zu diesem Salzburger Gnadenhof *Gut Aiderbichl*, auf dem von Schlachthöfen und aus Tierfabriken gerettete Tiere Zuflucht finden, ist wie Gehirnwäsche. Dort sind Esel, Kühe, alte Pferde; Hängebauchschweine spazieren gemütlich an einem vorbei. Hunde, Katzen, Schweine mit Biographie. Ich stehe zu Tränen gerührt zwischen einem Pony und einem einäugigen Esel und lese die Geschichte über «Resi», die Kuh. Sie ist zusammen mit ihren Kuhfreundinnen von einem Tiertransporter geflüchtet und war drei Wochen auf der Flucht, bis man sie gefunden hat.

24.7.2015 Nach ein paar Stunden bin ich wieder ein bisschen runtergekommen. Wir haben Hunger bekommen und sind in das vegane Selbstbedienungsrestaurant eingekehrt. Alles dort ist voller Fliegen, und es ist heiß. Wir essen schwitzend Spaghetti und haben den Geruch alter Esel in der Nase, die wir vorhin noch so niedlich fanden, als sie ihre feuchten Mäuler in unsere Richtung streckten. Und wir betrachten die Fliege, die auf unserer veganen Bolognese sitzt, und sie schaut der, die man vorher auf dem verschlammten Arsch des schlafenden Warzenschweins «Lieselotte» gesehen hat, verdächtig ähnlich. Es ist so schwül, und man denkt zurück an den Pferdenieser, der einen vorher auf dem Arm erwischt hat, und die blinde Kuh mit den verkrusteten Augen und fragt sich, welche Krankheiten die vielen lieben Tiere eigentlich haben, die man eifrig gestreichelt hat, weil es einen plötzlich überall juckt.

24.7.2015 Witzmann nach Besuch des Gnadenhofs: «Wir dürfen nie wieder Fleisch essen. Nie wieder.»
(Zwei Stunden später im Billa.)
«Mh, schau, Prosciutto im Angebot. Jamm.»

24.7.2015 Ein Gnadenhof voller traumatisierter und behinderter Tiere, die gehegt werden und die man streicheln darf, ist eigentlich das bessere Konzept als ein Zoo.

25.7.2015 Witzmann: «Ich hab Heimweh.»

25.7.2015 Darf man den Notfallhammer im Zug eigentlich auch dazu benutzen, den andern Fahrgästen den Schädel einzuschlagen?

25.7.2015 Die Tiere haben uns gutgetan, das Schweinestreicheln, die Ponys, die Esel und das Baden im See und die Enten.

25.7.2015 Die FPÖ Amstetten ist gegen die Subventionierung von Frauenhäusern, da diese Ehen zerstören und Familien zerrütten. In Amstetten hätte man doch wohl bessere Methoden, um Konflikte zu überdauern und den Zusammenhalt von Familien zu stärken. Z. B. geförderter Kellerausbau etc.

25.7.2015 Vielleicht habe ich gar keine sozialen Ängste. Vielleicht sind die meisten Menschen einfach anstrengend.

25.7.2015 Ich bin zu einer Künstlerinnenparty eingeladen. Ich weiß gar nicht mehr, wie Künstlerinnenpartys gehen, seit ich im Wald lebe.

26.7.2015 Ich mag das, wie sie in meinem Kebabgeschäft an den Tagen kein Falafel haben, an denen der Typ arbeitet, der einfach zu faul ist, die Fritteuse im Hinterraum anzustellen. Er sagt dann einfach: «Falafel haben wir nicht, hatten wir nie!»

26.7.2015 Was ist die richtige Übersetzung von Foodie? Essi oder Speisi?

26.7.2015 Mama: «Nimmst dein Haberer net amoi mit?»
Ich: «Der mag keine Leute, der ist ein bisschen eigen ...»
Mama: «Aso und wüst da kan Normalen suachn?»
Ich: «Nein!»

26.7.2015 Es ist so nett, dass das Pflegepersonal von sehr alten Menschen die Personen immer SELBER hier bei der Rufnummernauskunft anrufen lässt. Auch wenn sie überhaupt nicht mehr verständlich sprechen können, lassen sie sie selber anrufen, wegen der Autonomie. Sie schreiben dann lediglich die Nummer mit, nachdem man «VOISOMI» endlich als «Vogelsang, Michael» identifizieren konnte. Also sie schreiben die Nummer auf, die die Person, die nicht mehr richtig sprechen kann, ansagt. Ich sage also der sehr alten Person «VIER ACHT». Ich höre die sehr alte Person zu ihrer Pflegerin «UAH EB» sagen, und ich höre dann im Hintergrund das Pflegepersonal «SIEBEN DREI» wiederholen, während sie es notieren. Es ist wirklich nett von ihnen. Aber es macht keinen Sinn.

26.7.2015 Heute waren Witzmann und ich in der neuen, hippen Espressobar bei ihm ums Eck frühstücken. Kultivierte, bürgerliche Kosmopoliten möchten sich nämlich einerseits von den Ungebildeten und den Groben distinguieren, andererseits eröffnen sie Espressoshop, die sie im Look eines kleinen ärmlichen sizilianischen Ladens fliesen lassen. Sie kaufen extra alte italienische Waschmittelpackungen, als würden sie diese an Hausfrauen verkaufen, die aber nur Dekor hinter der hübschen Kunststudentenbarista sind, damit der schöngeistige Genussmensch von wäschewaschenden Mamas phantasieren kann, während er seinen original italienischen Espresso schlürft. Diese Menschen lieben auch diese Arte-Dokus *Die urige Kost der Bergbauern*, in denen es um einfaches Leben und die Romantik harter Arbeit geht, die an Festtagen mit von schwieligen Händen gewürzten Schafsköpfen belohnt wird und Wurst aus noch echtem unbehandelten Schweinedarm. Über deren kleingeistige Fremdenfeindlichkeit schütteln sie dann am nächsten Tag beim Bio-Almkäsekauen und Zeitunglesen am iPad verständnislos den Kopf, bevor sie sich aufs Rennrad schwingen für den Espresso.

28.7.2015 Manchmal gehe ich mit Witzmann spazieren, und wir sprechen kein Wort, und plötzlich sagt er aus dem Nichts: «Aufhörn!»

28.7.2015 Das Thema meines neuen Erfolgsbuches wird:
«Ich suche die große Liebe, aber es gibt die glaub ich gar nicht wegen unserer Generation.»
«Ich mach oft Schluss mit Leuten wegen ich glaub unserer Generation.»
«Manchmal streite ich in meiner jahrelangen Beziehung, weil so ist unsere Generation.»

29.7.2015 Witzmann legt eine Mozartplatte auf: «Depressiven Menschen hilft Mozarts Flötenkonzert, das ist wissenschaftlich erwiesen.»

30.7.2015 «Rufnummernauskunft, Stefanie Fröhlich, was kann ich für Sie tun?»
«Guten Tag, ich hätte gerne die Nummer von Volvo Austria.»
«Ja, wo genau?»
«Na, in Österreich.»
«Ach so. Also die Zentrale is in Tribuswinkel. Die Nummer lautet 5 34 21 93.»

«Ja, weil ich hab einen Volvo. Und in der Slowakei, also in Tschechien, wurde mir tschechisches Benzin eingefüllt, und jetzt geht er nimmer.»

«Verstehe, dann rufen Sie am besten in der Firmenzentrale an.»

«Ich hab sogar schon in Holland angerufen, und die haben gesagt, ich muss in Österreich anrufen. Sie meinen, weil ich seit 22 Jahren unfallfrei Volvo fahre, bekomme ich ein Auto geschenkt.»

«Na dann.»

30.7.2015 Billig, extrovertiert und abgefuckt

30.7.2015 «Rufnummernauskunft, Stefanie Fröhlich, was kann ich für Sie tun?»

«Ich hab ein Telegramm aufs Handy bekommen, und da steht drinnen 5058.»

«Sie haben ein Telegramm aufs Handy bekommen?»

«Ja, heute zum allerersten Mal.»

«Erstaunlich.»

30.7.2015 Wenn man nur noch selten trinkt, ist man wegen jedem Scheiß gleich drei Tage verkatert. Da kann man sich im Grunde auch gleich jeden Tag ansaufen.

31.7.2015 Es hat mich in Trance versetzt, als der Junkie am Margaretengürtel gerade 20 Minuten lang den Leggingarsch seiner Freundin als Bongo benutzt hat. Hab einen richtigen Ohrwurm davon. Klatschediklatsch. Patsch, patsch. Klatschediplatsch.

1.8.2015 Eissalons wirken so demokratisch, wenn man den Leuten beim Einkehren zusieht. Auf Speiseeis können sich einfach alle einigen. Der dicke Geschäftsmann, die Mindestpensionistin, der Problemschüler und die Wirtschaftsstudentin. Vorm Eissalon sind sie alle gleich und wirken wieder wie Kinder, wie gierige kleine Schleckermäuler, die sich einfach mal was gönnen.

1.8.2015 Ich: «Schaun wir heute ORF?»
Witzmann: «Nein, heute is *Alltag unterm Hakenkreuz*! Ich liebe *Alltag unterm Hakenkreuz*! Bitte *Alltag unterm Hakenkreuz*!! Bitte, bitte!! *Alltag unterm Hakenkreuz*!»

2.8.2015 «Rufnummernauskunft, Stefanie Fröhlich, was kann ich für Sie tun?»
«Ich brauch die Nummer von Pitzburg.»
«Pitzburg? Hm, finde ich nicht. Ist das in Österreich?»
«Haha, natürlich nicht. Pitzburg in Uscher.»
«Uscher, was ist Uscher?»
«Na Uscher, Emerika.»

3.8.2015 Ich bin nur ein kleiner Problemjugendlicher.
Die Sozialarbeiter warten auf mich im Park.

3.8.2015 Wenn ich schlecht drauf bin, reiß ich Blumen aus den Magistratziergärtchen.

3.8.2015 Meine Gegend wird immer hässlicher, niemand will sie genftisieren.

3.8.2015 Meine Abwasch is verstopft. Ich hab versucht, sie mit kochendem Wasser frei zu kriegen. Ich habe versucht, sie mit einer Gabel frei zu kriegen. Ich habe versucht, sie mit Chemikalien frei zu kriegen. Nichts funktioniert. Das Wasser musste ich abschöpfen. Den Rest habe ich mit Küchenrolle aufgesaugt. Die Küchenrolle habe ich ins Klo geschmissen. Jetzt ist das Klo verstopft. Alles ist verstopft. Je-

des Loch in der Wohnung. Ich sitze da und frage mich: Soll diese Situation eine Metapher darstellen für mein Leben?

3. 8. 2015 «Rufnummernauskunft, Stefanie Fröhlich, was kann ich für Sie tun?»
«Hallo, ich brauch die Nummer von Helene Fürst in Deutschland.»
«O. k., wo in Deutschland?»
«Na ja, also die ist … die ist im Fernsehen.»
«O. k. Ähm … Hat sie eine Sendung oder wie?»
«Ja, also das ist eine Sendung mit der Frau Helene Fürst, und ich würde sie gern erreichen.»
«Welcher Sender?»
«Das weiß ich nicht genau. »
«Also, ich kann Ihnen die Nummer von RTL geben, und Sie können da fragen.»
(Helena Fürst – Anwältin der Armen, RTL)

3. 8. 2015 Im Büro ist Obstwoche
Lecker Birnchen
Schnapp

5. 8. 2015 Witzmann: «Schau mal, beim Mömax gibt's Schweinskarree mit Pommes um 1,50.»
Ich: «Es gibt sicher so Familien mit wenig Geld, die gehen dann so fein essen dorthin.»
Witzmann: «Glaubst?»
Ich: «Wir sind eigentlich auch manchmal fein frühstücken zum Leiner gefahren, das war was Besonderes.»
Witzmann: «Wohin?»
Ich: «Zum Leiner.»
Witzmann: «HAHAHAHA.»

5.8.2015 «Rufnummernauskunft, Stefanie Fröhlich, was kann ich für Sie tun?»
«Ich hätte gerne eine Rufnummernüberprüfung. Die Nummer ist: 06 69 ...»
«O. k., also Sie meinen wahrscheinlich 06 99, weil 06 69 existiert als Vorwahl nicht.»
«Aha, okay, na ja, dann suchen Sie den Namen AHMED, mit H, RADVAN.»
«O. k. Und schreibt man das Richard, Anton, Dora?»
«Was heißt Richard Anton? AHMED!»
«Ich meine den Nachnamen ...»
«AHMED mit H!! Wo is da ein R? IHR SEID WIRKLICH SO DUMM, DAS GIBT'S JA NICHT!!» (Legt auf.)

5.8.2015 Mein Bankbetreuer hat mir eine SMS geschrieben, dass meine Karte da ist und ich anrufen soll. Ich rufe an und lande in einem Callcenter. Dort kann ich nur einen Rückrufwunsch für meinen Bankbetreuer hinterlassen. Drei Stunden vergehen. Ich gehe duschen. Das Telefon läutet, zu spät springe ich aus der Dusche. Ich rufe wieder im Callcenter an, hinterlasse einen Rückrufwunsch. Ich frage, wann ich angerufen werde. Kann man nicht sagen. Werde ich heute noch angerufen? Kann man nicht sagen. Morgen? Weiß man nicht.

5.8.2015 Österreicher sudern gerne über alles, als wäre das Leben hier unerträglich und als ginge das Land den Bach runter, sind aber gleichzeitig der Meinung, dass das hier für Ausländer das Paradies sein muss.

6.8.2015 «Rufnummernauskunft, Stefanie Fröhlich, was kann ich für Sie tun?»
«Ich möchte mein Telefon. Es ist geschlossen. Möchte es zurückbringen in das Leben.»

«Ähhh, ja, das ist 08 00 …»
«Es ist das Telefon im Haus.»
«Aha, Festnetz. Die Nummer ist 08 00–10 01 00.»
«Das ist für das altmodische? Mit Schwanz?»
«Ja, genau. Fürs altmodische Schwanztelefon.»

6. 8. 2015 Ich habe dem Bankcallcenter nun gesagt, ich wäre heute halt ab 12 zu erreichen. Habe um Punkt 12 zwei Anrufe in Abwesenheit. Schätze, ich muss nun wieder anrufen im Callcenter und einen Rückruf von meinen Betreuer einfordern. Man wird sehen.

6. 8. 2015 Ich glaub nicht, dass es Zufall is, dass so viele Afrikaner nach Österreich kommen und plötzlich hamma 40 Grad!

7. 8. 2015 Ich finde meinen Pass nicht, also kann ich meine Bankomatkarte nicht von der Bank holen. Ich kann auch keine Überweisungen machen und die Miete zahlen. Wenn ich meinen Pass also nicht irgendwann finde und der letzte Hunderteuroschein aufgebraucht ist, der hier auf meinem Schreibtisch liegt, wird das mein Ausstieg aus der Gesellschaft sein.

7. 8. 2015 Meine Lieblingskörperpflege is Zehennägel zwicken.

9. 8. 2015 Witzmann: «Ich hatte mal einen Freund, der hatte einen geistig behinderten Bruder. Der hat ausgesehen wie ein Pinguin, und wir haben immer zu dritt *UNO* gespielt. Er war auf seine Art sehr weise, er hat z. B. immer gesagt: ‹Ich weiß nicht, worüber sich die Menschen so aufregen.› Ich hab ihm manchmal Tocotronic vorgespielt, und er hat sich bei dem Satz ‹Es gibt kein Leben ohne Schande› immer so

abgepeckt. Er hat jedes Mal einen wahnsinnigen Lachanfall bekommen, und ich musste ihm die Stelle bei jedem Treffen wieder vorspielen.»

9. 8. 2015 «Rufnummernauskunft, Stefanie Fröhlich, was kann ich für Sie tun?»
«Ich hätte gerne die Hautärztin Dr. Pfingschir in Innsbruck.»
«Wie schreibt man das genau?»
«Ganz normal.»
«O. k. Was is normal?»
«Na ganz normal. Zingischi.»
«O. k. Hab es sogar gefunden. Dr. Martina Zingg-Schir. Ganz normal.»

10. 8. 2015 Ich liege vor dem Ventilator und atme schwer, mein Kopf pocht, und ich kontrolliere minütlich, ob sich die Wetterlage vielleicht schon geändert hat.

11. 8. 2015 Mhhh, jetzt ein glutenfreies alkoholfreies Craftbier aus einem alten Jutesack.

11. 8. 2015 Was ist mit euch, ihr Generation!

13. 8. 2015 Das wirklich Schlimme an diesen ganzen normierten, gephotoshopten Frauenkörpern ist, dass es Leute gibt, die echt so ausschaun.

13. 8. 2015 «Rufnummernauskunft, Stefanie Fröhlich, was kann ich für Sie tun?»
«Ich brauch bitte die Uniqua-Versicherung.»
«Ja, welche, wo genau?»
«Na ja, die nächste von mir halt.»
«O. k. Welches ist die nächste? Ich weiß nicht, wo Sie sind.

Ich bin ja nicht bei Ihnen. Auch wenn Sie gerade meine Stimme hören, bin ich eigentlich woanders.»

14.8.2015 Bei vollverschleierten Frauen glaubt man automatisch, dass sie extrem hot sind.

14.8.2015 Pessimismus ist wesentlich empfehlenswerter als Optimismus. Man wird viel öfter positiv überrascht und ist im schlimmsten Fall auch nicht enttäuscht.

15.8.2015 Ich bin mit Witzmann wieder in die Berge gefahren. Wir sitzen in einem Gasthaus und hören alten Männern beim Diskutieren zu. Sie sprechen über tolle, schlanke, zarte, markante, die von weitem irgendwie aber anders ausschaun als aus der Nähe, über schöne, aber schwierige. Über die breiten, die man vergessen sollte. Erleichtert realisiere ich, dass sie über Wege beim Bergsteigen reden.

16.8.2015 Wir haben das Burgmuseum besucht:
«Schon geil, diese Schwerter und Spieße, wenn man sich den Kampf so vorstellt. Das Abschlachten, das Reinstechen. Eigentlich ist man schon blutrünstig als Mensch.»
Witzmann: «Du bist blutrünstig.»
«Wieso? Das denkt doch jeder, wenn er das sieht.»
Witzmann: «Nein, das denkt nicht jeder. Ich denke an das viele Leid und das Unglück.»
Ich: «Ach so ... ja, stimmt. Ich auch.»

16.8.2015 Wie wohl die Menschen ohne Unterkunft im Flüchtlingslager Traiskirchen den nächtlichen Platzregen überdauert haben?

18.8.2015 Schmieriger Taxler: «Na, Sie sind eine fesche Frau.»

Ich: «Sie sind aber auch ein sehr fescher Mann!»
Schmieriger Taxler lächelt und schaut verlegen zu Boden.

19.8.2015 Ich hasse es, wenn man meine eigenen rhetorischen Stilmittel gegen mich verwendet. Es ist einfach so respektlos.

19.8.2015 «Rufnummernauskunft, Stefanie Fröhlich, was kann ich für Sie tun?»
«Ich hätte gerne die Nummer vom Rathaus Bad Radkersburg.»
«Ja, die Nummer lautet: drei, fünf, vier, null, drei, null.»
«Könnt ihr das nicht normal ansagen?»
«Was genau ist normal?»
«Na ja, z. B. fünfunddreißig und nicht drei fünf ... Das ist ja wie in der Volksschule!»
«O. k. Die Nummer ist Dreihundertvierundfünfzigtausendunddreißig.»

20.8.2015 Gibt es eigentlich schon ein Traiskirchen-Stickeralbum, in das man seine Flüchtlinge einkleben kann, die man beim Spendenbringen knipst?

20.8.2015 Traiskirchen-Foto-Challenge:
Mach ein Foto von einem Kind, das traurig schaut.
Mach ein Foto, auf dem du selbst traurig schaust (weinst).
Mach ein Foto von jemandem, während du ihm die Hand reichst.
Mach einen Selfie, auf dem du eine am Boden sitzende Frau auf den Kopf küsst.
Mach einen Selfie, auf dem du einen Flüchtling fütterst (z. B. mit Nüsschen).
Mach ein Foto, auf dem du jemanden über den Zaun hinweg streichelst.

20.8.2015 In meiner Gemeindebauwohnung habe ich schon 20 Flüchtlinge untergebracht. Und so. Ich bin nur zu edel, um es raushängen zu lassen.

20.8.2015 Der Österreicher wird sehr neidisch, wenn er im Fernsehen sieht, dass die Flüchtlinge gratis Bananen bekommen am Bahnhof. Er jammert: «Na und wea hüfd mia? Wea hüft mia, wenn i noch da *Barbara Karlich Show* ned vo da Bettbaung aufkum? Wea hüfd mia?»

22.8.2015 Habe ich gestern nach zehn Bier auf diesem kleinen Festival wirklich das Mikro genommen und die ganzen Besucher dazu aufgefordert, sich zu Allah zu bekennen und in den Heiligen Krieg zu ziehen?

22.8.2015 Manchmal schaue ich beim Spazierengehen auf den Asphalt unter mir und denke nach, über was ich da gerade gehe. Über getrocknete Kotze von irgendwem, über Schlatze von irgendwem, über den alten Kaugummi von irgendwem, über die Urinspuren, über die Vanilleeistropfen von irgendwem, die Tränen von irgendwem.

23.8.2015 Ich warte im Café Weidinger und kaue gelangweilt an den Fingernägeln. Witzmann kommt und begrüßt mich «Tut mir leid, ich kann dich nicht küssen. Ich weiß zwar nicht, wie du das geschafft hast, aber du hast einen Zehennagel im Gesicht picken.»

26.8.2015 Sind Postings über das Flüchtlingslager Traiskirchen schon wieder out?

26.8.2015 Irgendjemand hat mir erzählt, in seiner Gemeinde wären sie voll enttäuscht, weil ihre Flüchtlinge so langweilig sind und immer nur daheimsitzen und nicht mitkommen wollen zum Saufen in die Dorfdisco, um sich zu integrieren.

27.8.2015 Meine Mutter hat *10 kleine Negerlein* am Flohmarkt gekauft, als Kindheitserinnerung, und sie blättert's im Lokal durch. Dann nickt sie zum Pärchen mit der asiatisch aussehenden Frau und sagt: «Schaut, der hot sie sicher ane ausm Katalog bestöht! Haha.» Am Nebentisch sitzt eine Kindergruppe, und Mama sagt gut hörbar mit Blick aufs dickste Kind: «Schau, so liab, die klane Blade. Die stopft eine. Der schmeckt's! Ham ham!» Eltern erden einen so.

27.8.2015 Ich mag's nicht, wie der neue Flohmarkt Leben in meine Gegend bringt.

29.8.2015 Wenn mich grindige Typen beim Vorbeigehen anzischen und fragen, ob ich einen Freund habe, frage ich mich, ob ich mittlerweile so ausschau, als wär ich verzweifelt genug, dass das funktionieren könnte.

29.8.2015 Ich bin jetzt viel netter zu allen Ausländern, weil ich denke, dass sie Flüchtlinge sind. Will alle umarmen und ihnen alte Pullover schenken.

29.8.2015 Wie ich klein war, hab ich in der Früh nach dem Weggehen verächtlich auf die Leute geschaut, die zur Arbeit gehn. Jetzt schau ich am Weg zum Sonntagsfrühdienst verächtlich auf die Leut, die betrunken vom Weggehen kommen. Heute konnte ich mich nicht entscheiden, weil ich beide war.

29.8.2015 «Rufnummernauskunft, Stefanie Fröhlich, was kann ich für Sie tun?»
«Ich brauch die Nummer vom Gasthaus Hirsch in St. Veit.»

«Die Nummer ist 73 77 47 57»
«Sieben, sieben. So viele Siebener. HAHAHAHA.»
«Ja, das ist wirklich sehr lustig.»

29.8.2015 Kennt ihr das: Man wichst in der U-Bahn.

29.8.2015 Mir tun die meisten Hassposter dann leid, wenn ich ihre Profile anschaue. Sie haben z. B. häufig ihre Arbeitsstelle öffentlich angegeben und ein Foto ihrer zwei Kinder als Coverbild, während sie dazu auffordern, Menschen anzuzünden. Ihr verwackeltes Profilfoto haben sie meistens versehentlich 15-mal hochgeladen. Das einzige andere Foto ist das Bild eines Welpen, über dem steht «Willkommen auf meiner Seite. Schreib doch was ins Gästebuch». Wer bin ich, sie zu verurteilen?

31.8.2015 Ich hab schon wieder geträumt, dass ich mein Baby in der Couchritze vergessen habe.

31.8.2015 Die Politik so: «Man muss auch sehen, dass einige Flüchtlinge eine Chance sind für uns. Es sind Human Ressources für die Wirtschaft … äh … Gesellschaft. Manche sind sogar mehr als nur Nutten, Putzen und Dealer, Leute mit Ausbildung. Die brennen länger.»

2.9.2015 In gruppendynamischen Prozessen, wo alle sich hierarchielos organisieren und anpacken und ordnen und tun, bin ich mehr der Typ, der verwirrt in der Ecke steht und sich fragt, was abgeht.

2.9.2015 Stenzel ist der Dragcharakter von Richard Lugner, bei dem er eine feine Dame spielt.

2.9.2015 Strache über Stenzel: «Es ist so richtig geil im Bett. Ich auf Koks, sie blunzenfett.»

2.9.2015 Ich block mir die Welt, wiedewiedewiedewie sie mir gefällt.

2.9.2015 Kreativität ist wie ein Gummiball, der unkontrolliert durch den Kopf springt.

3.9.2015 Ich hab so viel genetworkt in meinem Leben, aber eher unabsichtlich. Ich habe ja nie ernsthaft angenommen, dass aus irgendeiner meiner Bekannten etwas wird.

4.9.2015 Das sind Menschen, die zu uns kommen.
Das sind Menschen, die mit Gummiknüppeln auf sie eindreschen.
Ihhh, Menschen.

4.9.2015 Man sollte den Ehrbegriff nicht den Rechten überlassen.

4.9.2015 Wieso gibt es keine Softpornos mehr im deutschen Fernsehen? Es spielt immer nur diese Dokus über Prostituierte, in denen es um Elendsvoyeurismus geht, oder Swingerclubreportagen («Herbert und Elfriede sind am Wochenende gern schlimm»), die einem Angst vorm Älterwerden machen. Früher liefen die Softerotikfilme immer Sonntagabend, und nach dem Kirchenbesuch und dem Familienausflug, wenn die Kinder schliefen, haben der Uwe und die Gabi sich ein bisschen anspitzen lassen beim *Schulmädchenreport* und noch bissl rumgesaut als Wochenausklang, bevor das Büro wieder losging für die Büros. Die Filme hatten einen Weichzeichnerfilter, und überall waren flauschige Schamhaare, wie Kaschmirpullover. Jetzt gibt's nur noch dieses haarlose, eingefettete Analfisting bis zum Dammriss im Internet, um die Spannungen abzubauen.

4. 9. 2015 Mit 18 hat man diesen Moment, in dem man realisiert: «Lehrer sind auch nur Menschen.» Der Moment, in dem man aus dem Schulregime entlassen wird und versteht, ja, auch verhasste Autoritätsfiguren haben persönliche Gefühle und ein Privatleben und sind in diese andere Rolle irgendwie reingerutscht. Ende 20 hat man plötzlich auch so einen Moment: Die ersten Freunde haben richtige Berufe, und man nimmt sich plötzlich stärker als gesellschaftlichen Akteur wahr und realisiert: Keiner auf der Welt hat wirklich eine Ahnung, was er da eigentlich genau tut.

4. 9. 2015 Ich hatte eine Lesung in Groß-Siegharts, bei der der Gemeindevorstand und der Bürgermeister da waren, meine erste Lesung in einem kleinen Ort ohne Hipster und Punks, und ich wurde danach erstaunlicherweise nicht verjagt.

5. 9. 2015 In der Nacht habe ich mich auf dem kurzen Weg vom Veranstaltungsort in meine Pension in Groß-Siegharts verlaufen. Es ist ein kleiner Ort, und es war dunkel. Nicht mal eine Straßenlaterne war an, und Platzregen und Donner gingen los. Es war tatsächlich kein einziger Mensch mehr auf der Straße, und kein einziges Lokal hatte offen. Ich bin ein, zwei Stunden herumgeirrt, bis endlich ein Auto vorbeigekommen ist, das ich versucht habe anzuhalten, aber es ist einfach weitergefahren. Es war wirklich aussichtslos, denn mein Handyakku war leer. Dann hat mich aber jemand gefunden.

6. 9. 2015 Gestern haben wir drei Afghanen aus Ungarn mitgenommen in einem Flüchtlingskonvoi, weil sie die Grenzen dichtmachen wollen.

6.9.2015 Schleppen macht total süchtig.

7.9.2015 Die letzten zwei Wochen waren sehr stressig. Lesung, Frühschicht, Lesung, Frühschicht, Schlepperei, Frühschicht, Auftragstext, Frühschicht, Interview, Frühschicht, Schlepperei, Frühschicht, Lesung.

7.9.2015 Soll ich auch so einen Social-Media-Text über Begegnungen mit Flüchtlingen schreiben?
Na gut: Ein Flüchtlingskind schaut mich mit großen Augen an, meine Kehle schnürt sich zu, Tränen laufen mir übers Gesicht, ich breche zusammen, das Kind muss mich reanimieren, seine Mutter tröstet mich, ich rieche an ihren seit Wochen ungewaschenen Haaren und schluchze, weil es mir so gutgeht und ihnen so schlecht.

7.9.2015 An den Texten über Flüchtlinge interessiert mich am meisten die emotionale Mitgenommenheit der Journalisten.

7.9.2015 Idealismus ist auch nur eine Art Größenwahn, in dem einem die eigene Meinung über sich selbst einfach viel wichtiger is als die der andern, die man für Trottel hält.

7.9.2015 Der Afghane, den wir gestern aus Budapest mitgenommen haben, hat in Kabul auch in einem Callcenter gearbeitet.

7.9.2015 Nach dem Schleppen fühl ich mich innerlich immer so gestärkt.

7.9.2015 Ich bekomme mittlerweile Geld für dieselben Sachen, für die ich in der Schulzeit Klassenbucheintragungen bekommen habe.

7.9.2015 Triggerwarnung: Immer noch Schultüten auf der Straße.

7.9.2015 Am Schleppen finde ich cool, dass man mal was Anarchistischeres in Wien machen kann, als Softbälle in basisdemokratischen Plenen weiterzureichen.

8.9.2015 Wir haben gestern wieder Wirtschaftsflüchtlinge von Ungarn nach Wien gefahren, damit sie aus Österreich ein Kalifat machen.

8.9.2015 «Rufnummernauskunft, Stefanie Fröhlich, was kann ich für Sie tun?»
«Hallo. Haben Sie die Nummer vom Strache?»
«Ich kann Ihnen die Nummer von der FPÖ geben.»
«Also, kann man da eine Privatnummer haben? Geht das?»
«Sie glauben, dass ich Ihnen die Privatnummer von HC Strache geben kann?»
«Na ja ... nicht?»
«Wenn das ginge, würde HC Strache ja ständig von Leuten angerufen werden, denken Sie nicht?»
«Ja ... Stimmt.»
«Ich kann Ihnen die Nummer der FPÖ in Ihrer Gemeinde geben. Wo sind Sie denn?»
«In Braunau.»
«So ein Zufall.»

8.9.2015 Wenn ich zu wenig Aufmerksamkeit bekomme, werde ich schwermütig.

8.9.2015 Ich kann mit formellen Situationen nicht mehr umgehen.

8.9.2015 Warum posten manche Leute keine #Helfies, wenn sie Flüchtlingshilfe machen?

9.9.2015 Alle posten ständig ihre Refugee-McMoments, und endlich hatte ich auch einen:
Ich musste heute Zeichnungen zu einem Kurator bringen. An der U-Bahn-Station standen drei Typen mit Rucksäcken und Isomatten und lasen verwirrt einen Zettel. Als ich vorbeiging, quatschte mich einer an, ob ich wisse, wo der Hauptbahnhof sei für die Züge nach Deutschland. Ich erklärte, der wäre eine Station von hier entfernt. Sie meinten, sie hätten dort nichts gefunden. Sie müssten nach Deutschland, jemand hätte sie dort hingeschickt. Ich fragte dann aufgeregt, ob sie Refugees (Refugees!) seien, weil's am Hauptbahnhof eh eine Stelle gäbe mit Übersetzern und Informationen für Flüchtlinge. Er antwortete, sie hätten sogar schon Tickets, nur eben die Züge nicht gefunden. Ich wollte sie dann begleiten (Refugees!), und der eine meinte: «No, please, you probably have your own business!» Ich so, nana, passt schon, Refugeehilfe ist jetzt voll im Trend. Wir fuhren los, der junge Typ, der mich angesprochen hatte, sagte, er sei ausm Irak. «You know this whole refugee thing is so hard. I didn't really sleep for five days. You can't imagine.» Ich fragte ihn dann, ob die andern, wesentlich Älteren, seine Freunde sind, und er: «We became friends on the trip. We are group 125. A hungarian police officer took our finger prints and called us 125. When people ask for our names now we say ‹Group 125› because thats what we are now.» Ich: «The goverment is really bad in Hungary now.» Er: «Which goverment is good, really? There is no good goverment in the modern world.» Ich so: «Mhm.» Er meinte, er will nach Finnland und so schnell wie möglich seine Familie holen, dort geht es ja schnell, und er hat ohnehin schon drei Jahre in der Türkei auf sie gewartet. Als er fragt, was ich

so mach, sagte ich, ich zeichne Cartoons und er: «Cool, so you probably smoke a lot of weed.» Ich: «Not anymore.» Er: «Alcohol is better. I drink since three years. I drank two bottles today. It keeps my head clear.» Er sah total jung und cute aus, höchstens 20, seine Fahne ist mir erst dann aufgefallen. Am Bahnhof fand ich die Hilfsstation nicht gleich, aber er meinte, sie hätten eh schon Tickets. Daraufhin zeigte er mir ein U-Bahn-Ticket um zwei Euro. Ich: «Oh no, this is not for the train.» Er: «A girl told us to buy this ticket, why did she lie to us?» Ich: «No, she didn't lie, she probably didn't understand you right. These are only for the subway.» Zwei Araber kamen vorbei, er sprach sie an, und sie meinten, sie hätten Tickets für über hundert Euro. Er so: «Oh no. We can't afford this.» Ich: Gehn wir zur Flüchtlingshilfe, die helfen euch sicher und kennen sich aus. Nach einer kurzen Suche tauchten eh schon Freiwillige auf, die arabisch Infos durch ein Megaphon riefen. Anscheinend sind die Zugfahrten momentan doch gratis. Sie redeten kurz miteinander, und die drei sprinteten los Richtung Züge. Wir schüttelten uns noch hektisch die Hand, er rief von weitem: «What's your name?» Ich: «Stefanie! What's yours?» Er: «Emre! Thank you, Stefanie!» Ich: «Good luck!» Und weiter ging's.

9.9.2015 Schön zu sehen, wie sich die größten österreichischen Chauvinisten um die Frauenrechte im Islam sorgen.

10.9.2015 Sportgeschäfte spenden keine Schlafsäcke, weil sie wissen, dass alle Sportler Nazis sind.

10.9.2015 Jede kulturelle Veranstaltung, die nicht für Flüchtlinge sammelt, ist ein Nazi.

10.9.2015 Habe meine Mutter zur Bahnhofshilfe geführt, um sie zu politisieren. Sie war emotional viel berührter als ich,

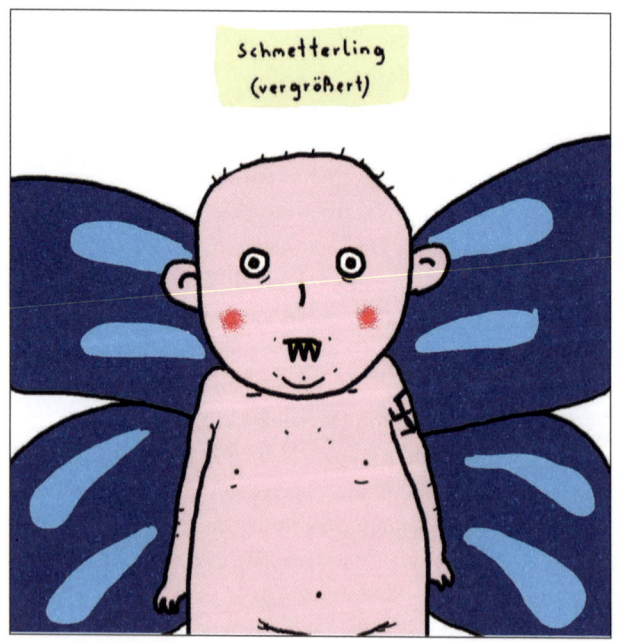

obwohl sie normalerweise sehr pragmatisch ist. Die ganzen kleinen Kinder taten ihr leid. Ich fand's nicht so traurig, ich sah eher die Hilfsbereitschaft und die Versorgung. Sie meinte aber, ihr Bedürfnis, direkt zu helfen, hält sich nach 40 Jahren Sozialberuf in Grenzen, das können ruhig die Studenten mal in ihren Ferien probieren.

11.9.2015 Bei der letzten Schlepperei haben wir ja drei Afghanen aus Ungarn mitgenommen. Eigentlich wollten wir Familien den Vorzug lassen, aber die waren alle so scheu, und wir hatten kaum Zeit, ihnen unser Vorhaben ausführlich zu erklären. Also nahmen wir drei afghanische Jungs mit, die sich trauten. Zur Entspannung legten wir eine Whitney-Houston-CD auf. (Na ja. Sie lag im Gerät.) Es war ja nur ein ausgeborgtes Auto. Da fragte einer von den dreien, ob wir den *Titanic*-Soundtrack kennen würden. *Titanic* wäre nämlich sein absoluter Lieblingsfilm. Er habe ihn schon ungefähr 100-mal gesehen. «IT IS SO ROMANTIC!» Er meinte auch, Rose wäre die schönste Frau, die er je gesehen hat. Er hat im echten Leben noch nie eine so wunderschöne Frau gesehen. Wir zwei wären natürlich auch schön, aber so schön wie Rose ist keine Frau auf der Welt. Irgendwann während der Fahrt fing er plötzlich an zu singen, und wir fragten, was das für ein Lied sei. Er sang seinen mittlerweile schlafenden Freunden ein Schlaflied vor, das seine Mutter ihm immer vorgesungen hat. Er meinte dann, dass er in Kabul auch in einem Callcenter gearbeitet hatte (vielleicht im selben Konzern?). Das sei schon ein sehr harter Job. Studiert hätte er Chemie. Er würde es seiner Frau nicht erlauben zu arbeiten. Maria und ich haben dann kurz diskutiert, ob wir wieder umdrehen sollen. Dann hat er aber auch davon erzählt, dass sie in Bulgarien ein paar Tage im Gefängnis verbringen mussten. «There was one police man. He was a horrible, horrible man.» Er klang richtig entsetzt.

Sie wären dort körperlich misshandelt worden; die Polizei hat ihnen insgesamt 1300 Euro abgenommen. Wir redeten noch über Familie, worauf die europäischen Frauen stehen (wir so: Humor), verschiedene Länder und deren Landschaften. In Afghanistan hätte er ja eine Frau; immer wenn sie telefonieren, weint sie und sagt, dass er so hässlich und mager geworden sei. Eine Freundin habe er aber auch in Afghanistan. Er wolle zu seinem Bruder nach Belgien, weil man dort gut verdienen würde. «Geil, Wirtschaftsflüchtlinge», sagte ich zu Maria. Marias Namen vergaß er ständig (wie wir seinen), nur meinen merkte er sich, weil er großer Fan der Wrestlerin Stefanie McMahon ist. Als wir mitten in der Nacht bei der Caritas Westbahnhof ankamen, waren wir sehr erleichtert, es problemlos über alle Grenzen geschafft zu haben (weil es ja nicht wirklich legal ist) und die drei einer professionellen Betreuung überlassen zu können. Sie wurden aber plötzlich total nervös und fast panisch, als sie Leute in Uniformen etc. sahen. Sagten hektisch: «Please, no fingerprints» und «Don't make us go there!» Da begriffen wir, dass sie natürlich skeptisch gegenüber fremden Behörden und deren Willkür sind. Und dass sie vermutlich die ganze Zeit Schiss hatten und gegenüber uns Mädels cool getan haben. Im Endeffekt wussten sie ja nicht, was wir mit ihnen vorhatten. Wir haben ihnen dann ein paar Minuten lang gut zugeredet und erklärt, dass das ein sicherer Ort ist. Langsam haben sie sich beruhigt und entspannt, weil auch andere Flüchtlinge rund um die Notschlafstelle unterwegs waren und ihnen die Sache erklärten. Wir haben uns mit einem Handschlag verabschiedet. Sie schienen sehr dankbar, und auch ein anderer Flüchtling tätschelte uns anerkennend die Schulter. Mh ... Diese Flüchtlingsliebe. Ich kann gar nicht genug davon bekommen.

10.9.2015 Morgen früh fährt wieder ein Konvoi zum Leute über die Grenze holen, diesmal in dieses brachiale Flüchtlingslager Röszke.

11.9.2015 Witzmann: «Ich fand Wichsen immer schon herrlich als Ausgleich zum Alltag.»

12.9.2015 Heute nach dem Schleppen bringen wir zur «Rhinoplasty»-Party vielleicht einen echten Flüchtling mit.

12.9.2015 Heute haben wir Leute aus dem Lager bei Györ nach Wien mitgenommen und ein paar zum 20 Kilometer entfernten Bahnhof, weil sich sonst viele zu Fuß auf den Weg gemacht hätten. Der ganze Bahnhof Györ war voll mit Familien, und eine riesige Schlange wartete vor der Bahnhofstoilette. Die Klofrau hat sich trotz der vielen Angebote geweigert, von irgendjemandem das angeschriebene Kleingeld zu nehmen.

12.9.2015 Das heutige Thema der «Rhinoplasty»-Partyreihe ist «Fugees Welcome». Maria möchte als Petra Laszlo gehen und alle treten.

12.9.2015 Gestern haben wir also eine achtköpfige syrische Familie über die Grenze gebracht. Vom 4-jährigen Mädchen bis zum 75-jährigen Opa hatten sie alle mit dabei. Sie erzählten, dass mazedonische Polizisten den Großvater geprügelt hätten, und fragten uns: «Why would they beat an old man?»

12.9.2015 Spannend am Schleppen ist ja, neben den Leuten und ihrer Situation, über die man mehr erfährt, auch zu begreifen, was Aktivistinnen antreibt. Es gibt nette Leute, starke Charaktere und leider auch totale Weirdos. Es gibt Leute, die ganz selbstverständlich die Rolle der Organisatoren übernehmen und damit unsere Nerven beruhigen, obwohl sie in Wirklichkeit ja genauso wenig Ahnung haben, was wir da gerade aufführen, weil wir das alle zum ersten Mal machen, aber sie tun's einfach. Gestern z. B. haben wir dieses Mädel aus der Slowakei kennengelernt. Sie hatte die andere Hälfte der syrisch-palästinensischen Familie dabei, die wir aus dem Flüchtlingslager mitnahmen, und als sie am Treffpunkt die Autotür öffnete, machte sie dieses Zungenrollgeräusch. Sie spielte hysterische arabische Partymusik, und alle im Auto sangen laut mit, und sie schrie: «WE ARE HAVING AN ARABIC PARTY!» Von da an gab sie uns Anweisungen, sowohl den Syrern als auch uns. Sie wusste, was in den nächsten zehn Minuten zu tun war und wo wir am besten stehen sollten beim Warten. Sie redete laut und bestimmt auf eine angenehm ruhige Art. Sie war erst so Mitte zwanzig, hatte so eine Nerdbrille, sprach Arabisch, trug eine Warnweste und telefonierte ununterbrochen laut, wenn sie uns nicht gerade sagte, was wir als Nächstes machen sollten. Währenddessen hatte sie die ganze Zeit einen zappelnden Yorkshireterrier im Arm. Sie meinte, er verstünde nur Schwedisch. Als wir, beeindruckt von ihrer Checkerei, fragten, was sie eigentlich so mache, meinte sie, sie wär aus Norwegen und nur auf Austausch in Bratislava und wollte eigentlich immer schon zur Armee! Jetzt studiert sie halt Medizin, um zu Medecins sans Frontieres zu gehen. Dann hob sie ihren kleinen Hund vom Boden auf und schrie: «WE ARE LEAVING IN TEN MINUTES! JALLA JALLA JALLA JALLA!»

12. 9. 2015 Unter den freiwilligen Helfern an den Bahnhöfen sind viele Teenager mit Migrationshintergrund, die übersetzen. Zum ersten Mal kriegt man in Österreich auch Anerkennung dafür, dass man die ganzen Ausländersprachen spricht.

12. 9. 2015 Wenn man Lust hat, Leuten über die Grenze zu helfen, damit keiner mehr in Lkw erstickt, aber Angst vor Polizeischwierigkeiten, finde ich diesen Gedanken recht beschwichtigend: Es gab Zeiten, da haben Leute ihr Leben riskiert, um andern Leuten bei der Flucht zu helfen, ihr Lulus.

12. 9. 2015 Die FluchthelferInnen sind alle urhot.

12. 9. 2015 Voll schwer zu sagen, welche auf Facebook jetzt diese Typen sind, von denen man «Hello. You are beautiful!»-Messages im Spamordner hat, und welche die Flüchtlinge sind, die man kennengelernt hat.

13. 9. 2015 Dass die neue Callcenterkollegin jedes zweite Lied im Radio laut mitsingt, macht mich extrem aggressiv.

13. 9. 2015 Noch zwei Stunden Callcenter.

13. 9. 2015 Ob die Österreicher weiterhin «You are welcome!» rufen werden, wenn die Leute hierbleiben und nicht nur weiter nach Deutschland wollen?

13. 9. 2015 Im Moment ist links sein echt anstrengend.

13. 9. 2015 Ich mochte lieber dieses «Manchmal-Fair-Trade-Bananen-kaufen-links», nicht dieses «Ich-muss-meine-Einzimmerwohnung-mit-einer-syrischen-Großfamilie-teilen-links».

13. 9. 2015 Heute war eine Gruppe tratschender, bürgerlicher, weißer PensionIstinnen in der Straßenbahnlinie 6, und alle haben sie erstaunt angeschaut.

14. 9. 2015 Ich würde ja schon Leute kurzfristig bei mir aufnehmen, aber meine Wohnung is im Moment unhygienischer als das Flüchtlingslager in Röszke.

14. 9. 2015 Man darf echt nicht die Hygiene vergessen, wenn man Leute aus chaotischen Flüchtlingslagern mitnimmt. Ich habe gestern mit zehn verschiedenen Personen in Györ Erdnüsse aus einer Dose gegessen. Sie waren alle nett und sehr gepflegt für die sanitäre Ausnahmesituation, und es erschien mir auch höflich, die Nüsse anzunehmen. Aber heute habe ich ein bisschen Durchfall.

14. 9. 2015 Vielleicht werden es heute schon 500 Autos, die Leute aus Ungarn abholen. Ich versuche, mehr Menschen zum Schleppen zu motivieren. Ich glaub, in der Hierarchie der besten Refugee-McMoments ist *Leute fahren* auf Platz 2. Kleidung schlichten am Bahnhof ist echt langweilig.

14. 9. 2015 Ich habe vor lauter Aktivismus schon Dreadlocks, weil ich aufs Frisieren vergesse.

14. 9. 2015 Rund um Nickelsdorf stehen mitten im strömenden Regen Leute am Straßenrand, die zu Fuß die ungarischen Grenzen passiert haben. Den ganzen Weg zur Autobahn säumen stehen gelassene Kinderwägen von Flüchtlingsfamilien, die Mitfahrgelegenheiten gefunden haben. In Hunderten stehen gelassenen Kinderwägen sammelt sich Regenwasser während der Dämmerung.

15. 9. 2015 Der seltsamste Moment beim Leutefahren ist, wenn wir Süßigkeiten, die uns Freiwillige als Lebensmittelspende mitgegeben haben, gezielt aus dem Kofferraum holen und den Leuten in der Hektik anbieten, weil wir nicht wissen, was wir sonst damit machen sollen. Diesmal

waren es Datteln, die uns jemand mitgegeben hatte, da diese bei Orientalen beliebt sind. Die bieten wir dann an, um die Leute liebevoll zu füttern, aber meistens lehnen sie ab. Nach manchen Zughaltestellen hatten Flüchtlinge auch plötzlich 15 Kilogramm Kekse in den Armen, die Freiwillige an den Bahnhofshaltestellen hektisch durch die Türen gestopft haben.

15.9.2015 Ich: «Wir haben gestern eine irakische Familie über die Grenze zum Westbahnhof gebracht.»
Witzmann: «Lewis Hamilton ist gemeinsam mit Michael Stipe bei den New York Fashion Awards.»

15.9.2015 Kritiker: «Du kannst nicht mit Kritik umgehen!»
Ich: «Wieso? Ich lösche sie, dann block ich dich.»

15.9.2015 Ich will nicht mehr bei den armen Menschen wohnen.

16.9.2015 Die Junkie-Szene wurde aus dem Innenstadtbezirk in den Arbeiterbezirk getrieben, damit das unbelastete Weltbild wohlhabender Menschen nicht zerstört wird.

16.9.2015 Ich hasse Termine. Ich will nachts am Spielplatz sitzen. Keine Termine.

16.9.2015 Heute bin ich in der Nacht am Spielplatz gesessen mit Freunden. Das habe ich schon lange nicht mehr gemacht. Vielleicht seit Jahren nicht. Dabei dachte ich: «Wieso können wir nicht alle für immer 16 sein und jede Nacht am Spielplatz sitzen?» Die Damentoilette bei diesem Spielplatz war über Stunden besetzt. Als ich versuchte, sie aufzumachen, raunte eine Frauenstimme fragend «Haaaallo?» raus, also setzte ich mich zum Warten wieder zu meinen Freunden. Beim zweiten Mal, eine Viertelstunde später, passierte genau dasselbe. Ich dachte mir: Wohnt da echt eine Frau am Spielplatzklo? Ist es ihre Wohnung? Als ich beim dritten Mal einfach selbst «Hallo!» durch die Tür rief, meinte die Stimme nur «Ist besetzt!». Ich ging wieder zurück und dabei an einem Mann mit einer starken Alkoholfahne vorbei, der gerade ein Telefonat beendete. Er sagte unaufgefordert zu mir, er hätte die Polizei gerufen, weil «dadrin am Spielplatzklo, da sitzt eine alte Prostituierte». Ich glaubte dem betrunkenen Mann irgendwie nicht, es erschien mir zu abstrus. Also bat ich meine Freunde, mit mir zur Toilette zu gehen, damit sie mit einer männlichen Stimme auf ihr «Hallo?» reagieren und wir schaun können, was passiert und ob da tatsächlich eine «Heislhur» drin ist. Als wir am Heisl ankamen, war das Klo schon wieder leer. Solche interessanten Dinge erlebt man ständig mit 16, wenn alle noch genug Zeit haben, nachts am Spielplatz zu sitzen.

16.9.2015 Gestern war ich zum ersten Mal in einem Sportnahrungsgeschäft, weil ein Freund Proteinriegel kaufen wollte. Hinter der Theke stand ein großer Typ im Muskelshirt, und es spielte ganz laut «Mit dem BMW» von Frank White feat. Shindy. An den Wänden hingen Bilder von Männern, die schreiend etwas zerreißen mit ihren verbeulten, veraderten Gliedmaßen. Alles dort ist Testo, alles dort ist Masse. Riesige, klobige Behälter, gefüllt mit kiloweise Tabletten und Pulver, der Inhalt ist mit brutalen Schriftarten beschrieben, deren Ästhetik «Ich ficke dich in deinen Augapfel mit meinem gigantischen Titan-Penis» schreit. Nichts wirkt gesund, alles ist schwarz, silber, blau und technoid, sogar der «Erdbeerpudding mit Fruchtstückchen» hat das Design eines gewaltverherrlichenden Actionfilms. Ich glaub, ich bin schwanger.

16. 9. 2015 Ich: «Hast du so in Wien echt gar keine Auswirkungen mitbekommen von dem Flüchtlingsstrom?»
Witzmann: «Na ja, ich geh mir keine Smoothies mehr holen von der Saftbar im Westbahnhof. Deshalb.»

17. 9. 2015 Liste der absurdesten Spenden, die bei der Bahnhofshilfe abgegeben wurden:
1. ein Paar Skier
2. ein Stepper
3. ein Paar Eislaufschuhe
4. High Heels
5. ganze Kokosnüsse
6. ein Taucheranzug
7. ein Bikini
8. Flossen
9. ein Talar
10. Cellulite-Creme
11. Badesalz und Badekugeln
12. ein Clownskostüm
13. ein Dirndl
14. ein Kilo getrocknete Mehlwürmer
15. ein Cocktailkleid
16. 12 Miniflaschen Eierlikör
17. ein Sushi-Set
18. ein einzelner Schuh
19. ein Motorradhelm
20. eine Flasche Saunaöl
21. Strapse in Übergröße
22. ein Batman-Kostüm
23. Haarfärbemittel (blond)
24. gebrauchte Zahnbürsten
25. Reiterstiefel mit Pferdekot an den Sohlen
26. ein Stickbild mit Sonnenblumenmotiv
27. ein Sack gebrauchte Stringtangas

17. 9. 2015 Ich find pervertierte Genderdiskussionen voll angebracht auf Universitäten. Das ist doch die Grundidee von Universitäten: sich gegenseitig unglaublich am Geist gehen.

17. 9. 2015 Ich bin immer so enttäuscht, wenn sich meine männlichen Idole als notgeile, alte Männer rausstellen, die ständig 40 Jahre jüngeren Frauen hinterhersteigen. Können sie sich nicht einfach für ihre Sexualität schämen? Das wäre viel würdevoller.

17. 9. 2015 Ich bin das erste Mal im Gemeindebau-Zielpunkt als Autorin erkannt worden.

19. 9. 2015 Heute will ich irgendetwas machen, das Flüchtlingen NICHT zugutekommt.

19. 9. 2015 Die Menschen vor der Hanfmesse sind so witzig. Es gibt darunter immer viele so zersauste, alte Waldschrate, denen man ansieht, dass sie nur ein Mal im Jahr aus ihrer Räucherhöhle kriechen, um sich über Bewässerungssysteme zu informieren. Ihr bekifftes Grinsen hat sich über die Jahrzehnte zu einer zufrieden wirkenden Fratze eingeschnitzt. Sie wohnen in so holzbeheizten Hütten am Stadtrand, und ihre Flöhe sehen sie als Freunde.

19. 9. 2015 In der Lugner City schauen alle aus wie Refugees.

19. 9. 2015 Ein Typ joggt in Laufkleidung durch die Lugner City.

19. 9. 2015 Witzmann: «Der Lugner ist so grauslig. Stell dir vor, du musst dem seine 75-jährigen Eier lecken. Aber vielleicht gewöhnt man sich nach einer Zeit daran. Vielleicht is es die Spatzi jetzt schon gewohnt.»

19.9.2015 Witzmann: «Der Film war wirklich deprimierend schwach.»
Ich: «Ich hab den Inhalt schon wieder vergessen.»
Witzmann: «Wir sollten vielleicht nicht mehr ins Lugner-City-Kino gehen, sondern wieder in die Problemfilmkinos.»

19.9.2015 Was Witzmann und mich verbindet, ist die Liebe zum Chinabuffet.

19.9.2015 Cool, der eine Romabub vom Bahnhof behauptet jetzt beim Schnorren immer, Syrer zu sein.

20.9.2015 Ich: «Mir geht dieses wattierte Luschi-Wohlstandsleben irgendwie auf die Nerven. Ich will lieber so ein gefühlsechtes, risikoreiches Kampfleben!»
Witzmann: «Ich muss dich leider bei der Extremistenstelle melden. So was sagen Leute immer, kurz bevor sie in den Dschihad ziehen.»

20.9.2015 «Rufnummernauskunft, Stefanie Fröhlich, was kann ich für Sie tun?»
«Ja, hallo. Also Folgendes: Dieses Lied mit dem Teddybär und dem Lkw fahren, wer isn das schnell? Ich krieg's nicht raus.»
(Jonny Hill – Ruf' Teddybär eins-vier)

20.9.2015 Witzmann: «Die Eltern meiner Jugendfreundin haben sich irgendwann getrennt, und danach war ihr Vater mit seiner Angestellten liiert. Vor dieser Frau hat dem armen Mädchen unglaublich graust, sie war wirklich ekelerregend. Sie musste gemeinsam mit ihnen auf Campingurlaub fahren, wovon sie schon grundsätzlich angewidert war, aber dann sagte ihr Vater auch, er müsse kurz vorher noch bei der Apotheke halten. Da meinte sie: ‹Super, kannst mir ja gleich was gegen meinen Achselpilz mitbringen.› Diese Geschichte hat mich mein Leben lang nicht losgelassen.»

20.9.2015 Witzmann neigt zu Aberglauben. Überall im Alltag entdeckt er mystische Begebenheiten. Ich kann mit solchen Dingen nichts anfangen, aber heute reagierte ich wieder etwas verunsichert, als er mir seine neue verspiegelte Sonnenbrille zeigte.
Ich: «Du weißt schon, dass dich dann die Leute für einen Spanner halten. Ich kauf mir die verspiegelten Brillen immer nur, um zu spannen, aber bei Frauen schöpft niemand Verdacht.»
Witzmann: «Na geh, jetzt hab ich eine Spannerbrille, ich will keine Spannerbrille.»
Er deutet auf eine Parkbank, an der wir vorbeigehen: «Schau, da liegt meine neue Sonnenbrille. Die habe ich mir gerade gewünscht.» Tatsächlich liegt, verlassen auf einer Parkbank, genau dasselbe Modell seiner Sonnenbrille, nur ohne verspiegelte Gläser.
Witzmann: «Glaubst du etwa immer noch, dass das alles Zufälle sind?»
Eine mysteriöse Melodie ertönt aus dem Nichts.

21.9.2015 Es ist so anstrengend, der klügste Mensch der Welt zu sein.

21.9.2015 Am Callcenter-Klo is der schlimmste Geruch, den ich je in meinem Leben gerochen habe. Mich reckt's allein von der Erinnerung an diesen Gestank. Es roch, als wäre eine Ratte in einen Arsch gekrochen, stecken geblieben und an den gelbbraunen Waugas einer seit Jahrzehnten ungewaschenen Arschritze erstickt und langsam verwest. Genau. So. Riecht's.

21.9.2015 Ich will keine Gleichberechtigung, ich will ein Matriarchat.

21.9.2015 Richkids haben manchmal so eine seltsam gleichgültige Attitüde, aus der eine ganz eigene gelangweilte Eloquenz entsteht. Als wäre das ganze Leben ein Hobby. Kommt öfter auf Kunstunis vor. Adelige haben das auch.

21.9.2015 Ich verfolge diese ORF-Kunstsendung nur so nebenbei: Ich könnt spontan nicht sagen, welcher alte Mann jetzt wer ist.

22.9.2015 Wenn ich mal ein Kind bekomme, möchte ich, dass es unterprivilegiert ist.

22.9.2015 Mein Freund A. pausiert von seinem Studium und widmet sich dem Sport, der Meditation und dem Spaziergang.
Ich: «Cool, dass es jetzt endlich wieder wen im Freundeskreis gibt, der nix zu tun hat. Wir können urviel unternehmen. Ich möchte schon seit Jahren mal einen ganzen Tag von einem Stadtrand zum andern gehen, eine Diagonale durch die ganze Stadt! Hast du Lust?»
A: «Wieso nicht? Aber was hat das für einen Sinn?»
Ich: «Nur zum Spaß, zum Probieren. Du spazierst ja auch so ständig durch die Stadt.»
A: «Ja schon, aber ich gehe systematisch in jedem Bezirk alle Gassen ab. Aber was hat eine Diagonale für einen Sinn?»
Ich : «…»

23.9.2015 Ich weiß nicht, was alle gegen Shitstorms haben. Ich liebe Shitstorms.

23.9.2015 Ich weiß sehr wenig über Hühner. Haben Hühner Gefühle?

23.9.2015 Lisa sagt, Hühner machen viel mehr verschiedene Geräusche, als man denkt, und sie essen sehr gerne Mozzarella.
Maria sagt, sie haben nur ein Loch für Eierlegen, Gacka und Lulu.
Irene sagt, ihr Hirn ist zu klein für fließende Bewegungen, deshalb bewegen sie sich so ruckhaft, und wenn eine Gruppe keinen Hahn hat, probiert das Huhn, das in der Hackordnung oben ist, zu krähen.
Sarah sagt, sie mögen es, gekrault zu werden, haben ganz weiche Füße.
Dario sagt, Kant schrieb in der *Metaphysik der Sitten* vom Haushuhn als der «nützlichsten Art des Geflügels».
Stefan sagt, in den USA gab es erwiesenermaßen mal einen Hahn, der nach seiner Köpfung 18 Monate weiterlebte, bekannt als «Mike the Headless Chicken».

23.9.2015 Witzmann: «Jetzt werden grad meine Lieblingsfolgen *Melrose Place* ausgestrahlt. Kimberly hat es geschafft, sich in ihrer Schizophrenie als Chefärztin auszugeben, und will alle *Melrose Place*-Bewohner lobotomieren.» Er erzählt mir immer alle *Melrose Place*-Folgen nach.

24.9.2015 Ich mochte Flüchtlingshilfe lieber, als sie noch mehr underground war.

24.9.2015 In dieser Wissenschaftssendung auf 3sat sagen sie, dass man rausgefunden hat, dass man mit den Hoden riechen kann.

24.9.2015 Ich möchte auch so ein Leben, in dem man am Wochenende mit den Kollegen auf ein Coachingseminar fährt. Wo man gemeinsam ins Jack-Wolfskin-Outfit schlüpft und in die Freizeitschuhe, weil es ist ein Outdoorschwerpunkt. Und der verklemmte Thomas aus der IT-Abteilung im ersten Stock, der mit dem argen Mundgeruch, fängt mich auf, wenn ich mich mit geschlossenen Augen zurückfallen lasse. Und die Stimmung in der Firma ist noch ein paar Tage danach seltsam nah untereinander, bis sich alle wieder fangen nach der gruppendynamischen Ausnahmesituation und der professionelle Alltag einkehrt und wir uns wieder gewohnt distanziert die Heftklammermaschine voneinander ausborgen und die Spitznamen langsam verblassen und wir die Insider langsam vergessen.

25.9.2015 Regnerisches Herbstwetter ist der Sommerurlaub der depressiv Verstimmten. Da lacht das Herz, wenn vor dem Fenster alles grau, karg und nass ist.

25.9.2015 Dieses «Foodie»-Ding ist mir suspekt. Warum sind Menschen, die sagen, sie lieben Essen, nicht fett?

25.9.2015 Ich hab ein Gedicht geschrieben. Es heißt:
Chinabuffet
Deine dicken abgestandenen Soßen
Versunkene Muscheln
Frittierfett tropft von der Ente
Aus meinem Mund
Knusprig

25.9.2015 Ich habe noch ein Gedicht geschrieben, es heißt:
Chinabuffet II
Goldglanz der Panier
Spiegelt sich im Hustenschutz

Gierig schlagen Zangen
in Gelb, Orange und Braun
Rabenschwarzer Garnelendarm
Klebt am blau gravierten Tellerrand
Sodbrand in der Brust

26.9.2015 Witzmann behauptet, seit dem Morrissey-Konzert und dem Besuch am Gnadenhof *Gut Aiderbichl* Vegetarier zu sein. Mir gefällt das gar nicht. Das Gebackene-Schweinsleber-mit-Mayonnaisesalat-Bestellen ist einer der Gründe, warum ich mich in ihn verliebt habe.

26.9.2015 Ich: «Das habe ich noch nie verstanden, dass du Butter unter die Nutella schmierst.»
Witzmann: «Das versteht man auch erst ab 40.»

27.9.2015 Witzmann geht leise durch die Wohnung und gibt allen seinen Topfpflanzen Bussis.

27.9.2015 Der Film *Everest* is so langweilig. Leute gehen auf einen Berg, dessen Besteigung gefährlich ist und tödlich sein kann, ein paar sterben erwartungsgemäß. Ende. Spielzeit: gefühlte 15 Stunden.

27.9.2015 Manchmal hab ich Albträume, dass ich eine Kunstfigur bin, die unter den Augen Hunderter Fremder ihr Leben dokumentiert.

27.9.2015 In der Straßenbahn schaue ich einer Frau dabei zu, wie sie alle Instagramfotos ihrer Freunde liked, ganz schnell, systematisch, eins nach dem andern, obwohl sie sie nicht mal fertig laden lässt. Kurz treffen sich unsere Blicke. Sie wirkte erschrocken, weil mein Blick gerade unbeabsichtigt «Was bist du für dreckige Schleimerin?» sagte.

27.9.2015 Soll ich auf den veganen Bakesale? Aber ich esse nicht so gern Kuchen, und ich weiß nicht, wie man socialized ohne alkoholhaltige Softdrinks, und die Einzige, die ein Bier trinkt, will ich auch nicht wieder sein am veganen Bakesale.

27.9.2015 Vielleicht bin ich ja doch ein Schöngeist.

28.9.2015 Bevor ihr wählen geht, erinnert euch daran, wer euch die Donauinsel gebaut hat.

28.9.2015 Was ich nie verstanden habe: Warum verteilen Linksradikale ihre linksradikalen Flyer mit linksradikaler Ästhetik und linksradikalem Szeneduktus auf linksradikalen Demos an Linksradikale?

28.9.2015 Wenn mich ein Mann nach einer verbalen Auseinandersetzung am Stammtisch in die Goschn haun will, ist das dann mysogyn, also «Gewalt gegen Frauen», oder ist es feministisch, weil er mich als ebenbürtige Faustkampfgegnerin anerkennt?

28.9.2015 Das war sehr klug von mir, die kaputten Strumpfhosen einfach zu meinem Markenzeichen zu machen.

28.9.2015 Tauben sind bei genauerer Betrachtung gar nicht mehr so eklig. Ihre Hälse schimmern faszinierend in der Sonne, während sie ihre widerlichen Damönenbewegungen machen und auf diese grausige Art flattern wie Motten.

28.9.2015 Gestern habe ich eine Stunde Oper geschaut auf der Leinwand am Herbert-Karajan-Platz. Am Würstelstand lehnend neben alten Touristen. Das hat mich glücklich gemacht.

28.9.2015 Ich will nicht erwachsen werden. Erwachsene schwitzen so.

29.9.2015 Mein Lieblingsautor bin ich, ehrlich gesagt.

29.9.2015 Ich bin zu faul, aus dem Bett aufzustehen. Soll ich ins Bett scheißen? Würde mich diese Erfahrung verändern? Oder würde ich dieselbe bleiben?

29.9.2015 Mamaaaaa, Orsch auswischi.

29.9.2015 Wenn man jemandem im Beisl auf der Toilette die Türschnalle übergibt in dem vollen Bewusstsein, dass man diese Frau in einen engen Raum mit dem eigenen Scheißedampf lässt, weil man halt einfach musste, weil es nicht anders ging, möchte man sich immer am liebsten betreten dafür entschuldigen, ein Mensch zu sein.

29.9.2015 Sie haben rausgefunden, dass das, was sie am Mars für Spuren von Wasser gehalten haben, gar keine sind. Es sind Urinspuren von Arnold Schwarzenegger, die während der Drehpausen von *Total Recall* entstanden sind.

29.9.2015 Die zufrieden grinsende, blade 60-jährige, die gestern in der *Heute-Zeitung* war und erzählte, dass sie noch nie so viel herumgepudert hätte wie nach ihrem Auftritt in «Liebesgschichtn und Heiratssachen», hat mir meine Angst vorm Altwerden genommen.

30.9.2015 Gudenus hat so eine gruslige Körperspannung. Ein geschniegelter Saubermann kurz vorm Platzen. Angeblich ist er in der Technoszene sozialisiert worden. Diese Anspannung in den immer aufgerissenen Augen erinnert auch irgendwie an eine MDMA-Überdosis.

1.10.2015 Hat jemand Beziehungen zur Formel 1 und kann meinem Freund einen Hilfsarbeitsjob in der Branche verschaffen? Er würde z. B. gern die Boxen kehren oder die Boliden abwischen. Teamchef wäre er auch gern. Ganz egal. Über Witzmann: Er tanzt gerne stundenlang durch die Wohnung, und seine Lieblingsspeise ist Marmeladekipferl.

1.10.2015 «Rufnummernauskunft, was kann ich für Sie tun?»
(wütende Frau): «I möcht die Nummer vom Zeit-im-Bild-Redaktionsbüro!»
«Hm, da gibt's halt den Kundendienst vom ORF, wollen Sie den?»
«Ja! Ich habe eine Reklamation, ich möchte etwas reklamieren!»
«Sie möchten die Nachrichten reklamieren?»

1.10.2015 Puneh sagt, es gibt ein unsterbliches Tier. Eine schimmernde Qualle, die sich ständig selbst erneuert. Und sie wohnt im tiefen Meer und träumt unsere Welt.

1.10.2015 Nom nom Surimi.
Surimi ist echt irgendwas.

1.10.2015 Auftragstexte dauern immer ewig. Man muss sieben Stunden fernschaun, fünfmal zum Supermarkt für ein Trendgetränk und achtmal eine Kleinigkeit kochen.

1.10.2015 Auf 3sat läuft eine Dokumentation über Coaching. Den Kunden vom Coach nennt man in der Coachingszene Coachee.

1.10.2015 Ein Grund dafür, warum es so viele Coachingausbildungen gibt, ist, dass viele Coaches vom Coaching nicht leben können und daher andere zu Coaches ausbilden. Ein Schneeballsystem, in dem eines Tages alle Menschen auf der Welt Coaches sind und alles Leben auf dem Planeten ein einziges Outdoorcoaching.

1.10.2015 Jedes Mal, wenn auf 3sat das Wort Coach, Coaching oder Coachee fällt, trink ich 20 ml Spülmittel.

2.10.2015 «Ihre Auskunft, Stefanie Fröhlich, was kann ich für Sie tun?»
«Eine Nummer suchen. Hahaha.»
«Ja, welche?»
«Hahaha.»
«WELCHE NUMMER???»
«Hahaha.»

3.10.2015 Sitze am Kutschermarkt bei den Yuppies und streiche Paprikamarmelade auf den Biobergkäse, das ergänzt sich gut, das Fruchtige mit dem Würzigen. Oskar und Paul werden auf Englisch vom Spielplatz gerufen. Die Kellnerin bringt mir die extra Scheibe Josephbrot, und ich frage mich: «Bin ich noch ironisch ein Snob?»

3.10.2015 Ich will ein Minischwein.

4.10.2015 Immer dasselbe: Am Anfang bin ich urbegeistert, dann verlier ich das Interesse (Refugees).

4.10.2015 Ich habe gerad einer Gruppe Syrern den Weg zum Bahnhof erklärt, aber es war irgendwie nicht mehr dasselbe. Meine Augen haben nicht mehr so geleuchtet. Die Magie ist zum Alltag geworden.

4.10.2015 Ich wär gern Militärstrategin in 1 Uniform
streng und offensiv auf Zack
Aber ich bin Künstler
Nehmen ganzen Tag Elesdeee.

4.10.2015 Je älter ich werde, desto mehr spricht mich Macht an. Mhhh ... Macht.

5.10.2015 Spürt ihr den Krieg?

5.10.2015 Superreiche Leute können sich alles leisten, z. B. spontan ein privates Picknick machen vor einem See voller Flamingos in Afrika im Sonnenuntergang, Polarlichter schauen aus einem Leuchtturm. Aber sie fahren nach Kitzbühel und gehen in den Countryclub.

5.10.2015 «Rufnummernauskunft, Stefanie Fröhlich, was kann ich für Sie tun?»
«Ja hallo, i bin a Supermusiker aus Graz, und i brauch die Nummer von der Helene Fischer aus der Zeitschrift.»
«Die Privatnummer hab ich nicht, es gibt wahrscheinlich eine Nummer vom Management im Internet. Die können Sie anrufen.»
«Ja, das hab ich versucht. Aber die geben mir auch nicht die Privatnummer. Ich möcht ein Duett mit ihr singen.»
«Welches Duett wollen Sie singen?»
«*Wir allein.*»
«Ich hab auch keine Privatnummer.»
«So eine Scheiße, na ja, kann ma nix machen.»

5.10.2015 Ein Mann hat gerade angerufen, um 20 Minuten alle Nummern von Familienmitgliedern und Freunden anzufragen, die ihm eingefallen sind. Mit jedem Namen hat er eine kleine Erinnerung erwähnt: «Ah ja, das ist meine

Schwester. Sie wohnt in meiner alten Wohnung. Genau, das ist meine alte Autofirma. Ja, das ist meine Exfrau. Das ist die Mutter meiner Exfrau. Das ist meine Tante, die hat einen Garten am Schafberg.» Er sagte, er sei vor kurzem nach einem Motorradunfall aus dem Koma aufgewacht und hätte viel vergessen. «Danke für Ihre Hilfe, mir fällt Stück für Stück wieder alles ein.»

5.10.2015 Oft liege ich zufrieden auf dem weichen Bauch meines 13 Jahre älteren Freundes, so wie als Kind am Bauch meines Vaters, und denke mir: «Oh oh.»

6.10.2015 Familiengründung ist eine Kultur des Todes.

6.10.2015 Österreich ist eine Karikatur von einem Land.

6.10.2015 Wenn's regnet, gehe ich manchmal in die Lugner City, Ghostbusters-Flipper spielen.

7.10.2015 Ich gehe am liebsten ins Café Weidinger. Unter anderem mag ich auch, dass man dort gut scheißen kann. Es gibt zwei Damentoiletten, die durch solides Mauerwerk voneinander isoliert sind. Das ist selten und viel wert.

7.10.2015 Ich will in Lebensläufen nicht schreiben, in welchen Zeitungen ich etwas publiziert habe. Ich finde, die Zeitungen sollten in ihre Lebensläufe schreiben, dass ich bei ihnen publiziert hab.

7.10.2015 Biopäpste im Fernsehen: «Das ist eine Prioritätenfrage: Fahre ich auf Urlaub um 6000 Euro, oder geb ich das Geld für hochqualitatives Essen aus.»

8.10.2015 Selbstorganisation funktioniert besser, wenn man sich vorstellt, Manager eines kleinen, dummen Kindes zu sein.

8.10.2015 Früher musste man sich treffen, wenn man neue Musik von Schallplatten aus England hören wollte.

8.10.2015 «Ihre Auskunft, Stefanie Fröhlich, was kann ich für Sie tun?»
«Hartlauer! Vorarlberg! Vorwahl 5574!»
«Die Nummer ist 0 55 74 90 …»
(schreit) «Ja, die Vorwahl weiß ich doch schon! Schinden Sie nicht unnötig Zeit. Sagen Sie mir nur die Zahlen nach der Vorwahl, verdammt!»
«Wenn Sie mich so anschreien, leg ich auf.»
(schreit weiter) «Sie sind so unfähig!»
(Lege auf.)

8.10.2015 «Rufnummernauskunft, Stefanie Fröhlich, was kann ich für Sie tun?»
«Hallo, ich brauch den Hartlauer aus Bregenz.»
«Ja, die Nummer lautet 05 57 49 01 84.»
«Danke, vielen Dank. Ihre Kollegin vorher, da müsste man sich ja beschweren, die war SO unfreundlich!»
«Ich werd's ihr ausrichten. Wiederhören.»

8.10.2015 In der Lugner City schiebt ein alter Mann seine Frau im Rollstuhl auf das Klo, schließt die Tür und wartet. Ich gehe in meine Kabine und hör eine junge Frau: «Was machst du da, Oida, das is Damenklo!» Er: «Ich helf nur einer alten Frau.» Die alte Frau ruft aus der Kabine: «Was heißt da *alte Frau*, du Trottel?» Es wird wieder ruhig. Ich wasche mir die Hände. Er öffnet die Tür für seine Frau. Zwei Männer rufen von draußen: «Das is Damenklo! Was is mit dir, bist du pervers oder was?»

9.10.2015 Ich mag Interviews. Man darf die ganze Zeit reden, ohne darauf zu achten, dem andern auch zuzuhören, und es ist voll okay.

9.10.2015 Weil mein neues Buch bald rauskommt, treffe ich mich nun täglich im Café Weidinger mit Journalisten. Ich sitze stundenlang da, und sie kommen abwechselnd zu mir. Der Kellner fragt: «Ist der Herr schon weg?» Und ich so: «Ja, aber gleich kommt ein anderer.» Er lächelt schief und denkt, ich bin eine Hure.

9.10.2015 Die österreichische Speisekartenkultur ist so sinnlos. Man wartet erst mal ewig, bis die Speisekarte überhaupt kommt, um wählen zu können. Dann werden einem die Speisekarten wieder weggenommen, damit man sie, falls man ein Dessert oder eine Kaffeevariation will, noch mal einfordern und ein paar Minuten darauf warten muss. Das macht keinen SINN. Lasst doch die Speisekarten einfach da! So was regt mich auf! Fuck!

11.10.2015 Im Pyjama in die Arbeit gehen ist Freiheit. Die Freiheit eines Mindestlohnjobs.

11.10.2015 Ich bin so ungebildet, was Realpolitik betrifft. Was is ein Gemeinderat?

11.10.2015 «Rufnummernauskunft, Stefanie Fröhlich, was kann ich für Sie tun?»
«Ich brauch die Nummer von meiner Exfrau. Wir sind geschieden, allerdings in einem freundschaftlichen Verhältnis auseinandergegangen, und jetzt brauch ich ihre Nummer, weil … Also, so ein Hacker hat sich in mein Handy gehackt und die Nummer gelöscht.»
«Ääähh … wie heißt sie?»

«Regina Auermann.»
«Leider steht nichts im Telefonbuch.»
(wütend): «Na, das hat die ja wieder geschickt gemacht!»
Ich: «...»
«Na wissen Sie, sie hat sicher eine Geheimnummer wegen ihren Eltern. Weil die belästigen sie immer, deshalb is sie auch weggezogen an einen unbekannten Ort. Die haben uns damals auch in die Ehe gepfuscht. Aber sie und ich verstehen uns immer noch sehr gut!»

11.10.2015 Die Frau, die hinter mir geht, redet mit ihrem Hund über mich. «Gehst mit der Dame im Gleichschritt? Hahaha. Im Gleichschritt willst mit der Dame mitgehen?» Unangenehm, ich möchte nicht in ihre eigenartige Realität miteinbezogen werden.

11.10.2015 Wählen is so anstrengend.

11.10.2015 Ich mag an Michael Häupl, dass er nicht diesem Selbstoptimierungswahn verfallen ist.

11.10.2015 Wenn HC Strache Michael Häupl so süffisant anlächelt, wirkt es, als würd er ihn sich nackt vorstellen, aufgespießt über einem Feuer drehend mit einem Apfel im Mund.

11.10.2015 Michael Häupl wohnt schon im Rathaus, oder? Dort sitzt er in einem prunkvollen Raum mit vergoldetem Stuck auf einer 80er-Jahre-Couch in einem Feinrippunterleiberl und einem Austria-Schal, schaut auf einem Röhrenfernseher Fußball und lasst Schas und isst Rohscheiben, oder?

12.10.2015 «Ich hätte gerne die Nummer von Beate Mytel-Perlacky.»
«In welchem Ort?»
«In Bad Radkersburg.»
«Leider, ich find niemanden. In Wien gibt es jemanden mit diesem Namen.»
«Ja, sie lebt ja in Wien. In Bad Radkersburg is sie auf Urlaub.»

12.10.2015 Wenn man spontan eine Liste schreibt von allen prominenten Österreichern, die einem einfallen, fällt einem stark auf, dass dieses Land merkwürdig ist.

12.10.2015 Schön. Langsam brauche ich eine pressetaugliche Jogginghose.

12.10.2015 Häupl nach seinem Wahlsieg im *Heute*-Magazin: «JETZT KANN DER STRACHE WIEDER NACH IBIZA. VAMOS A LA PLAYA!»

12.10.2015 Muss man das Honorar für Texte über Flüchtlinge automatisch spenden, oder darf man's auch einfach versaufen?

12.10.2015 Luxusproblem = Man hat ein Problem, und gleichzeitig machen einem die Leute ein schlechtes Gewissen, dass man es überhaupt für ein Problem hält.

13.10.2015 Wenn Schweizer einen zu Lesungen einladen: Wir haben leider ein eher knappes Budget, wir können dir leider nur sehr viel Gage zahlen.

13.10.2015 Der Moment, wenn die JournalistInnen das Aufnahmegerät abschalten und nicht nur noch über einen reden wollen – und man sich plötzlich urkonzentrieren muss.

14.10.2015 Im Callcenter schaue ich mir die Onlinefotos eines Nobelrestaurants an, das ich gerade beauskunften musste, und esse dabei ein Eiersandwich aus dem Automaten. Das ist wie wichsen beim Pornoschauen.

14.10.2015 Als ich den *Falter*-Journalisten fragte, ob sie meine Biere nach dem Interview mitzahlen, dachten sie, dass das eine Scherzfrage sei.

14.10.2015 Witzmann: «Bezirksvorsteher Homole hat uns in Währing Identität und Heimat gegeben. Wir haben auch ein schönes Bezirksfest, da hab ich mir diese Hose gekauft. Diese schöne Hose habe ich wegen Homole. Jetzt kommt da diese Grüne und sagt, Währing sei verschnarcht! Dabei schätzen wir Währinger die Ruhe! Ich will kein Flex aus Währing machen, ginge es nach mir, gäbe es schon das schmutzige Tüwi nicht. Ich will hier meinen Frieden vor den verlausten Studenten und ihrer verschissenen Subkultur.»

15.10.2015 Bin im Funkart, Poster anschaun. Nachher gehe ich in den Virgin-Megastore, CDs hören. Hab Schule geschwänzt.

15.10.2015 Die *Süddeutsche* schreibt, ich soll ihnen wegen dem Honorar ein Fax schicken. Ich stell mir ein Fax so vor: Man schickt eine E-Mail und klatscht dabei zweimal laut in die Hände.

15.10.2015 Morgen fliege ich nach Frankfurt.

16.10.2015 Verkaterte Autorin auf Flughafen verdurstet.

16.10.2015 Im Flugzeug gab es als Snack einen Apfel oder ein Nussini. Durch die Reihen wurde gefragt: «Apfel oder Schokolade?» Die meisten wollten eine Schokolade. Wenn allerdings zwei in der Sitzreihe einen Apfel nahmen, fühlte sich der Dritte gezwungen, ebenfalls die gesunde Wahl zu treffen. Die dicke Frau neben mir nahm natürlich einen Apfel, weil dicke Frauen in der Öffentlichkeit auf ihre Ernährung achten, damit nicht alle denken: «Na klar, immer kräftig ran an die Schoki, Fettwanst.» Ich nahm eine Schokolade, damit die andern nicht merken, wie sehr ich mich in Wirklichkeit dem Patriarchat und dem Selbstoptimierungswahn unterwerfe.

16.10.2015 Durch Mannheim hoppeln nachts Hasen.

17.10.2015 Da während der Frankfurter Buchmesse natürlich alles ausgebucht ist, haben mir meine Verleger nur noch ein Airbnb am Frankfurter Waldrand mieten können in einem Reihenhaus, und ich dachte mir: «Na toll, jetzt muss ich mitten in der Nacht betrunken nach der Lesung bei einer deutschen Kleinfamilie läuten und am nächsten Tag zerstört an ihrem lebensbejahenden Nutellafrühstück teilnehmen, während ihr Kinderschokoladesohn fragt, warum die Frau so stinkt.» Aber jetzt bin ich hier bei Wilma angekommen. Wilma macht Schmuck aus Steinen und wollte gleich ein bisschen plaudern nach der Ankunft. Bei einem Tee hat sie mir jetzt eine Stunde hektisch von schwindenden Egos, materiellen Verhärtungen und Seelen und Geistern im Haus erzählt. Wilma ist komplett IRRE. Der Bananenkuchen, den sie mir hingestellt hatte, weil «der macht glücklich», wurde mir Bissen um Bissen unheimlicher. Sitze jetzt im Zimmer am Bett und warte ängstlich auf den Trip. Wenn ich mich nicht mehr melde, tanze ich vermutlich gerade mit Wilma nackt durch den Wald.

18.10.2015 Wenn ich schon mal hier in Frankfurt bin, sollte ich auch auf die Buchmesse.

18.10.2015 Ich finde, ich sollte auf der Buchmesse im Mittelpunkt stehen, ehrlich gesagt. Die ganze Buchmesse sollte nur eine Riesenaudienz sein, um mich mal zu berühren, lange Schlangen, um meine Füße zu küssen.

18.10.2015 Johann Lafer hat jetzt Signierstunde.

18.10.2015 Auf Messen krieg ich immer Derealisationsgefühle. Der elektrisch aufgeladene Boden, die vielen Farben.

18.10.2015 Wenn Leute mehr Aufmerksamkeit kriegen als ich, fühle ich mich irgendwie unrund.

18.10.2015 Gestern hat mir eine Frau um die siebzig ein Buch abgekauft und «Sie sind sehr mutig» gesagt. Süß. Die Generation, die es noch mutig findet, ein Slacker zu sein.

18.10.2015 «Soziale Heimatpartei» ist eine dreiste Umschreibung.

18.10.2015 Schon wieder erfahren, dass eines meiner ehemaligen männlichen Idole um die 50 ihn bei jeder Gelegenheit in 18-Jährige reinsteckt. Ich dachte immer, die Coolen stehen da mehr drüber. Ew.

19.10.2015 Private Unterbringungen sind auf Lesetouren gar nicht so schlecht. Man fühlt sich zwar leicht sozial angespannt, traut sich nicht, betrunken die Kleider vom Leib zu reißen, und kann nicht so entspannt scheißen wie im Hotel, aber dafür wird man wegen der regelmäßig erzwungenen Zwischenmenschlichkeit weniger suizidal.

19.10.2015 Ich liebe diese Neocitran, Heizkörper auf 40 Grad drehen, Sitcom-Dichtheit.

19.10.2015 Wenn man zu faul für Flüchtlingshilfe ist, kann man's auch so sehen: Würden alle die ganze Zeit was machen, hätten manche gar keine Möglichkeit, sich so großartig zu engagieren!

19.10.2015 Mhhh, Neocitran …

19.10.2015 Auf Neocitran is das ganze Leben wie ORF 2, irgendwie.

19.10.2015 Ich genieße das kränkliche, verschnarchte, feucht geschwitzte Leben auf Neocitran.

19.10.2015 Ich muss mal nachlesen, ob ich schon das nächste Neocitran nehmen darf.

20.10.2015 Politische Künstlerin klingt irgendwie so boring. Als würde man den ganzen Tag *Gegen Nazis*-Stencils machen gehen.

20.10.2015 Seit ich selbst Interviews gebe, lese ich Interviews anderer Menschen ganz anders. Man redet spontan so viel Blödsinn. Letztens habe ich z.B. gesagt, dass mein Lieblingsort in Wien der Wald ist. Dabei ist mein Lieblingsort in Wien die Lugner City.

20.10.2015 Wenn ich Leuten in der Bibliothek beim Lernen zuschaue, wie sie dicke Bücher lesen, Dinge markieren und so, habe ich vor meinem geistigen Auge das Bild meines eigenen Gehirns, wie es wie ein fauler Kürbis in sich zusammenfällt.

21.10.2015 Witzmann: «Wenn Lugner stirbt, werden wir alle trauern.»

22.10.2015 Ich bin mein eigener Shitstorm.

22.10.2015 Ich würde gerne auch eine Therapie machen, aber ich habe Angst, dass, wenn jemand mit so einer sanften Therapeutenstimme verständnisvoll mit mir redet, ich die Person dann versehentlich mit ihrer Natursteinkette erwürge.

23.10.2015 Spontan habe ich mich am Schwedenplatz zu einer Wienrundfahrt per Schiff entschieden. Sitze nun hier, das Durchschnittsalter ist 90, es spielt entspannende Fahrstuhlmusik, esse einen Schinkenkäsetoast, blicke auf die Herbstbäume und denke: «La dolsche Vita.»

23.10.2015 Das Kinoprogramm im *Standard* ist so blöd geordnet. So, dass man eine Stunde braucht rauszufinden, welche Filme es in der Nähe spielt. Es ist nur nach Filmen sortiert, so auf: Sie sind ja Cineast, der sich mit Problemen auseinandersetzen will und für den neuen Haneke überall hinfahren würde. Sie sind ja nicht etwa so ein Prolet, der einfach nur irgendwas anschaun will, scheißegal was es genau spielt, um für ein paar Minuten die eigene Jämmerlichkeit zu vergessen und sich dazu bergeweise Popcorn reinzuschieben, Hauptsache, ums Eck.

23.10.2015 In Wien ist Modellbaumesse. Ich glaube, das Hobby «Modelleisenbahnen» entwickeln Männer nur, um ihre Familien emotional zu terrorisieren.

23.10.2015 Witzmann nennt den Asiaimbiss «Mein Sushler».

23.10.2015 Witzmann hat gedankenverloren die Hand in der Hose und murmelt: «Ich hab so einen weichen Schwanz. Ganz weich und zart wie ein Hühnchen.»

24.10.2015 In Währing ist alles so schön und rein. In Währing gibt's am Würstelstand Matcha Chai.

24.10.2015 Die Gemeindebauirre hat sich meinen halben Cheeseburger aus dem Mistkübel geschnappt. Dann hat sie mir eine Visitenkarte für ihren Dumpster-Foodblog gegeben.

25.10.2015 *Austrias next Topmodel* is so schön unprätentiös im Vergleich zum verwandten deutschen Format. Die Model-WG befindet sich z. B. in Floridsdorf, das Auslandsshooting ist in Antalya, wo die Drei-Sterne-Pension mit Mehrbettzimmern und trübem Swimmingpool mit den Worten «Purer Luxus für unsere Models» abgefilmt wird. Und wenn man gewinnt, kommt man aufs Cover vom Augustin.

25.10.2015 Witzmann: «Ich wünschte, ich hätte heute Schokopudding gemacht. Ich genieße meinen Pudding sehr. Ich mache ihn immer nach dem Spaziergang im Wald um 17.30. Der Pudding muss nämlich drei Stunden rasten. Wenn ich ihn um halb sechs in den Kühlschrank gebe, ist er um neun fertig, pünktlich, wenn *Melrose Place* anfängt.»

25.10.2015 Zeitungen wollen, dass ich mein Facebook als Kolumne druck. Ständig schicken sie mir deshalb ein Fax.

25.10.2015 «Rufnummernauskunft, Stefanie Fröhlich, was kann ich für Sie tun?»
«Hallo, kann ich die Nummer von der Drei-Hotline?»
«0800 – 30 30 30.»

«Aha, aber da is niemand am Wochenende.»
«Die sind sonntags nicht erreichbar.»
«Aber ich muss ein Guthaben raufladen. Können Sie das nicht machen?»
«Ich bin die Auskunft. Ich kann nichts auf Ihr Handy laden.»
«Aber die sind heut nicht erreichbar.»
«Ja, Sonntag sind sie nicht besetzt.»
«Können Sie mir nicht BITTE einfach schnell das Guthaben raufladen?»

25.10.2015 «Ja, hallo, ich schau grad die Sendung mim Rapp. Des Millionenradl.»
«O. k., und was brauchen Sie?»
«Najo, also vom Millionenradl die Vurwohl.»
«Was?»
«Die Vorwahl vom Millionenrad!»
«Das Millionenrad hat keine Vorwahl.»
«Vu da Sendung zum Mitspün. Do steht 0 80 06 88 68. Owa do brauch i jo a Vurwohl, wenn des in Wien is.»
«Nein, das können Sie einfach so wählen.»
«Owa i gwinn nie wos.»

25.10.2015 Anfang November is hinduistisches Lichterfest in der Lugner City.

26.10.2015 Eigentlich faszinierend, dass es die meisten Leute schaffen, sich zu Familien zusammenzurotten. Wenn man bedenkt, wie anstrengend die meisten Menschen sind.

26.10.2015 Ich wäre gerne ein Student an der Technischen Universität. Ich würde mich mit fernöstlichem Kampfsport fithalten und mich mit meinen Freunden totlachen über Jokes aus der *Big Bang Theory*, samstags nacherzählt im Irish Pub.

26.10.2015 Witzmann: «Ich kauf mir jetzt ein Eis. Ich krieg schon wieder diesen faden Geschmack im Mund.»
Ich: «Das ist die Realität. Damit musst du umgehen lernen.»

28.10.2015 Die Leute wollen ihr Essen wieder erleben und fahren aufs Land am Wochenende, um irgendeinem Tier die Kehle aufzuschlitzen beim Bauer Franz, sie wollen die ängstlichen Augen sehen und den Blutgeruch riechen, um in Zukunft mehr zu spüren vom Bio beim Tapasabend ...

28.10.2015 Ich bin überraschungseisüchtig. Es ist zu einem richtigen Problem geworden. Den ganzen Tag Spiel, Spaß, Spannung, Schokolade, Spiel, Spaß, Spannung, Schokolade.

28.10.2015 Ich bin nur eine Stimme in deinem Kopf.

28.10.2015 Früher hatten die Teenies mit Geschmack in Wien viel mehr Distinktionsbedürfnis. Sie waren ganz heiß auf alles Avantgardistische und Undergroundige aus dem Ausland, denn es gab ja nicht mal Radio FM4. Heute ist jeden Tag Popfest und Donaufestival und Viennale und Wien Modern und dann wieder Waves und Wienwoche und Impulstanz und Festwochen, und Freetechnoparaden ziehen über den Ring. Deshalb rennen jetzt alle ins Tschocherl ums Eck und legen STS in die Juke Box für einen klaren Kopf und gehen zum Scooter-Konzert.

28.10.2015 Mein Rap klingt irgendwie nach Literaturstudentin, aber meine Literatur klingt nach Rapstudentin.
Scheiße.

28.10.2015 Wenn's im Callcenter stinkt, glaube ich erst immer, ich bin es. Aber ich glaube, das sind wir alle gemeinsam.

29.10.2015 Mich geilen diese islamischen, arabischen Wörter irgendwie auf. Die Lautmalerei darin ist so maskulin.

30.10.2015 Beim Spazieren sah ich gerade ein Kind mit seinem Hund, und mir fiel plötzlich wieder der Potracki ein. Der Potracki war so ein leicht verhaltensgestörtes, aber keineswegs unsympathisches Kind, das ein paar Klassen unter mir in der Schule war. Wir wohnten in derselben Gegend, deshalb lief er mir immer wieder über den Weg. Er war klein, mager, hatte blond gefärbte Stirnfransen, große Schneidezähne und einen Ohrring, und oft sah ich ihn mit dem zerrupften, kleinen Familienpudel am Elterleinplatz Gassi gehen. Ich sagte: «Servas, Potracki» und er «Servus. Magst sehen, wie mein Hund Rückwärtssalto kann?» Ich sagte: «Okay.» Daraufhin rief er: «Komm, Sheila, Rückwärtssalto!», und riss so fest an der Leine, dass es das gequälte Tier kopfüber nach hinten überschlug.

30.10.2015 Mein Traumjob als Kind war eigentlich immer Märtyrerin.

30.10.2015 An kalten Tagen sind in der Lugner City viele Eltern mit kleinen Kindern. Es sind die Familien, die an warmen Tagen im Park sitzen, weil ihre Wohnungen klein sind. Im Winter bietet dafür die Lugner City eine ideale Alternative. Heute war Kürbisschnitz- und Kinderschminktag wegen Halloween. Alle gelangweilten Lugner-City-Familien haben sich angestellt und nach der Wartezeit gemeinsam Kürbisse geschnitzt, und die Kinder wurden als Vampire, Hexen oder Monster geschminkt. Ohne die Lugner City hätten diese Familien niemals Kürbisse geschnitzt, und die Kinder wären nie als Vampir geschminkt worden, das traue ich mich eigentlich wetten. Die Lugner City hat insofern auch eine Funktion als soziale Institution, was sie noch besser macht.

31.10.2015 Heute tun alle Halloweenparty machen, aber geht irgendwer morgen am Friedhof seine tote Oma besuchen? Natürlich nicht, weil alle sind eine Spaßgesellschaft, nur noch Amerika, Walkman, Bubblegum, Baseballcap im Schädl.

31.10.2015 Mama: «Letztens hat deine Cousine eine Party-Lite-Kerzenparty gemacht, und die Frau Mayer war auch da. Die hat erzählt, dass sie jetzt auf Urlaub fahren. Nach Analia. Haha. Da haben wir gefragt, wie sie hinkommen? Mit dem Finger?»

31.10.2015 Fremde Kinder klingeln an meiner Tür.

31.10.2015 Ich stell die Klingel aus.

31.10.2015 Der Papa sagt, dass ich für die Fluchthilfe ins Häfn gsperrt gehör.

31.10.2015 Ich hab eine gute Kinderhalloweenkostümidee: Schwangeres Kind!

1.11.2015 Sonntag-Abenddienste im Callcenter sind schön. Es ruft niemand an, ich surfe im Internet und esse Gummibärli, trinke Automatenkakao und fühle mich fleißig.

1.11.2015 Die Leut packen's nicht, wenn ihr Fernsehanbieter nur bis Samstag erreichbar is. Sie sagen: «Da muss es ja auch was fürn Notfall geben.» Notfall = Der Fernseher geht nimmer.

1.11.2015 «Rufnummernauskunft, was kann ich für Sie tun?» «Ich brauch die Businessline von T-Mobile, das ist ein Notfall!»

«Ja, die Nummer ist 06 50 …»
«Da hab ich angerufen, da is ein Tonband.»
«Da müssen Sie warten, bis das Tonband zu Ende ist.»
«Meine Nummer ist 06 64 …»
«Ich kann mit Ihrer Nummer nichts anfangen. Ich bin nur die Auskunft.»
«SIE RUFEN MICH IN FÜNF MINUTEN ZURÜCK, SONST BRING ICH SIE VOR GERICHT, ICH HAB IHREN NAMEN! AUF FÜNF MILLIONEN VERKLAGE ICH SIE.»
«Weshalb bringen Sie mich vor Gericht?»
«Ich bin im Einsatz. Ich bin ein russischer General!»
«Fünf Millionen sind natürlich nicht schlecht.»
«SIE RUFEN MICH JETZT IN FÜNF MINUTEN ZURÜCK …»
«Nein, tut mir leid.»
«RUFEN SIE ZURÜCK!» (legt auf)

1. 11. 2015 Der ORF versteht mittlerweile, was seine Zukunftsaufgabe ist: Retrosendungen aus den 70er Jahren wiederholen, die man im Internet nicht findet, sodass Fernschaun eine Art witziger Ausflug in die Vergangenheit für Digital Natives is.

2. 11. 2015 Es is keiner im Wald außer mir. Ich dreh mich im Kreis, lausche den sanften Geräuschen und spüre, dass ich in der Jugend auf irgendeinem Drogenexperiment hängengeblieben bin.

2. 11. 2015 Heute war so ein heißer Flüchtling im Bus. So eine Testosteronbombe mit strahlendem Lächeln. Diese Art von Mann, auf den sich eigentlich alle Frauen einigen können, trotz unterschiedlicher Geschmäcker. Er hatte auch so eine geile Stimme, ganz tief und eindringlich, purer Ohrenfick, und alle Frauen im Bus haben ihn verstohlen angeschaut.

Ich dachte mir «Echt? So jemand muss AUCH flüchten, ernsthaft?». Ich mein, außer vor mir. Es war wirklich schwer vorstellbar.

4.11.2015 Im Social Media bin ich realer als in der echten Welt. Im Real Life bin ich viel zu freundlich.

4.11.2015 Mein Plan ist, nach der Buchveröffentlichung in Pension zu gehen. Ich hoff, das geht sich aus. Ich brauch nicht viel, nur die Miete, ein paar Dosen Bohnengulasch und altes Brot zum Entenfüttern.

4.11.2015 Ich kann urnicht mit fremden Leuten Schmäh führen, ich check die ganze Dramaturgie eines gelungenen Smalltalkdialogs nicht. Ich weiß nie richtig, wann ich wieder erlöst bin aus den Fängen des Schmähgesprächs. Die Leute, die da in der Feinkost stehen, wissen's z.B. genau. Es gibt eine Einleitung, einen Höhepunkt und einen exakt passenden Moment für die Verabschiedung. Es ist wie Musik. Ihnen fällt so viel ein, als hätten sie ein Floskellexikon im Kopf, bei dem sie einfach den Shuffle-Knopf drücken. Ich verstecke mich hinter den Mehlspeisen und lausche staunend. Wenn ich mich selbst auf das Gespräch zum aktuellen Wetter einlasse, verlasse ich die Situation entweder zu früh, und man bemerkt meinen Fluchttrieb, oder ich bleibe ein paar Sekunden zu lange, sodass man sich noch seltsam räuspert und alle Rundheit des Moments zerstört. Es ist wie ein Tanz, dessen Schritte ich nicht kann. Ich lache auch nicht so leicht wie die, ich hab das nicht drauf, lachen als soziales Tool, ein glockenhelles, fröhliches Lachen nach dem flockig-leichten Scherzen. Die Menschen merken das, sie merken, dass ich nichts lustig finde von dem, was sie sagen, auch wenn ich so tue, als ob.

5.11.2015 gluckgluck

5.11.2015 Scheiß Kapitalismus.

5.11.2015 Ich will in herbstlichen Lichtspielen unter Baumkronen tänzeln.

5.11.2015 Ich will Penner werden.

5.11.2015 Mein ideales Leben:
Kuscheln
Frühstück im Café (Melange, Ei, Buttersemmel)
Spazieren gehen im kleinen Park (Enten füttern)
Mittagessen beim Wirten (Menü)
Spazieren gehen im großen Park (andere Enten füttern, Tischtennis)
Leichtes Abendessen (Gemüse dippen)
Fernschaun
Kuscheln
Sex
Kuscheln
Schlafen
Ausflüge an den Wochenenden

5.11.2015 Wenn man an seinem Stamm-Absturztschocherl untertags vorbeigeht und sich einfach nur «Wäh» denkt.

5.11.2015 Ich glaub, die Kinderpsychologen sagen den Eltern, dass ihre Kinder hochbegabt sind, damit sie netter zu ihnen sind.

5.11.2015 Ich gründe eine Sekte. *Die Sekte der drei Säulen.* Die drei Säulen sind: Langeweile und Mittelmaß als spiritueller Weg

Heiliges Tier ist die Ente.
Keine Erbsen essen. Sie sind vom Teufel.

6.11.2015 Es gibt seit ein paar Wochen eine neue Kollegin, sie ist wirklich beeindruckend. Ich hatte zwar schon viel gehört über sie, aber ich dachte, die Leute übertreiben, weil sie Vorurteile haben, sie ungepflegt aussieht und ihr immer der halbe Arsch aus der Hose hängt. Aber ich habe mich wohl geirrt. Sie ist echt außergewöhnlich. Immer wieder steht sie plötzlich hinter einem und kommentiert, was man gerade macht («Na, neue E-Mails?»), sodass man erschrocken zusammenzuckt. Dann setzt sie sich neben einen und beginnt, ein bisschen mit den vier Litern Zitronenwasser zu gurgeln, die sie sich immer anrührt. Und nachdem sie einen mit Verschwörungstheorien zugetextet hat, sagt sie «Du wirst es nicht glauben, aber ich war heut schon DREI MAL gacken».

6.11.2015 Witzmann: «Das Demütigendste am Job ist die Schulung.»

7.11.2015 Es ist faszinierend, mit welcher Kreativität Sender wie QVC ganz banalen Produkten Würde und Einzigartigkeit verleihen. Dieser Schuh, dem man im Handel kaum Beachtung schenken würde, wirkt nach 15 Minuten wie ein besonderer Schatz, wenn die Frau und der Mann im TV ihn gemeinsam beschreiben. Der Reißverschluss ist ein Wunder der Technik, und dann streicht sie in einer Großaufnahme mit dem Finger über das Kunstleder und sagt: «Wunderschönes Futter», und Witzmann sagt: «Ich liebe diesen Schuh.»

7.11.2015 Ein unkomplizierter Schuh. Man kommt problemlos rein, weil der Reißverschluss bis ganz nach unten geht. Ein Schuh, der Freiraum bietet. Wie viel Platz für die Zehen ist! Ein Freiheitsschuh. Hier kann sich der Fuß entfalten. Gemütlichkeit pur. Ein Schuh zum Aktivsein. Ein Schuh für ein Tänzchen. Innen butterweiches Lammfell. Wirklich einzigartig. Sie haben hier die Sicherheit eines starken Profils. Das ist ein Schuh, der den Fuß respektiert. Dieser Schuh ist sehr beliebt. Lassen Sie die hübschen Lackdetails nicht unter der Hose verschwinden. Sichern Sie sich diesen Schuh. Witzmann: «Wie sie ihn knetet. Was für ein geiler Schuh.»

7.11.2015 Ich will Schriftstellerin für QVC werden.

7.11.2015 Mit diesem Schuh können Sie vor ihren Problemen davonlaufen. Von diesen Absätzen aus können Sie auf alle herabschauen. Mit diesem Schuh können Sie der Welt in den Arsch treten.

8.11.2015 Ich bäume mich innerlich auf wie ein Baum.

9.11.2015 Der Kapitalismus bringt mich um.

9.11.2015 Ich stehe nackt in der schmutzigen Gemeindebauwohnung, rauch eine Zigarette, warte, bis meine einzige Hose auf der Heizung trocken ist für den Fototermin mit dem Hochglanzmagazin, und fühle mich wie ein Star.

10.11.2015 Uff

11.11.2015 Im Fernsehen ist eine Doku über die «Verbotsgesellschaft». Dort jammern wohlhabende Menschen über Rauchverbote und so. Ich glaube, Leute, die sich von politischer Korrektheit in ihrer Freiheit eingeschränkt fühlen, sind dieselben, die sagen «Gesetz ist Gesetz!», wenn Leute abgeschoben werden.

12.11.2015 Hassmails werden nach dem Wochenende wieder beantwortet.

12.11.2015 Der Frauenarzt sagt, er hat mich im Fernsehen gesehen, und fragt, wann die Buchpremiere ist, während seine Hand in meiner Scheide ist.

13.11.2015 Wenn meine Mama unbedingt die Finanzamtsachen für mich erledigen will, dann lass ich sie halt.

13.11.2015 Es ist Punschzeit. Die Menschen alle so: Häferl langsam heben, Lippen spitzen, blaaaaasen, schlürf, schlürf.

14.11.2015 Ist schon Krieg?

14.11.2015 Am Mittwoch geh ich mit meiner Mama zum Finanzamt. Das is eigentlich normal, dass man seine Mama mitnimmt zum Finanzamt, oder? Ich mein, ich bin erst dreißig Finger.

14.11.2015 Ich möchte wie ein NICI-Tier von einem Eastpak-Rucksack hängen.

15.11.2015 Patriotismus: uncool
Stadtpatriotismus: geht
Bezirkspatriotismus: urcool

15.11.2015 Ich sollt mich mal wieder in der Flüchtlingshilfe engagieren. Seit in manchen Zeitungen behauptet wird, ich würde das tun, hab ich schon ein ganz schlechtes Gewissen.

16.11.2015 Die Leute, die in den Dschihad ziehen, sollten mal Generationstexte schreiben, nicht immer nur FeuilletonpraktikantInnen.

16.11.2015 Der beste Job ist Wiener-Linien-Wachmann bei der Straßenbahn Linie 6, Station Eichenstraße zu sein. Dort sitzt ein Mann den ganzen Tag hinter einem Glasfenster in so einem Kammerl und isst Chips und schaut fern.

16.11.2015 Ich nehm die Pille nur, weil die Gewichtszunahme und die Thrombosegefahr sich vielleicht gut auf meine Karriere auswirken als fette, einbeinige Fäkalautorin.

17.11.2015 Manchmal rede ich hier am Telefon absichtlich sehr teilnahmslos mit den Kunden, als wäre ich innerlich tot, denn ich möchte, dass sie hören, wie es mir geht.

17.11.2015 Witzmann, seit er Vegetarier ist, im Restaurant immer so:
«In der Gemüsesuppe is ja Fleisch drinnen ... Das steht aber nicht auf der Karte. Das wusste ich nicht. Juhu, juhu, juhu!»

17.11.2015 Texte über Steuern töten meine innere Elfe.

17.11.2015 Nach Acht-Stunden-Diensten geht mein Körper von ganz allein in den Wald.

17.11.2015 Austria's Next Topmodel ist in dieser Folge sehr spannend, denn diesmal geht es um einen Job: ein Foto im *Weekend Magazin*. Das is das Gratismagazin im Zielpunkt!

17.11.2015 Die Gewinner der heutigen Folge dürfen zu einem Shooting in die Wiener Innenstadt. Die andern bleiben im «Modelloft» (Gemeindebauwaschküche in Kaisermühlen).

17.11.2015 Dafür gibt's für die andern Models Geschenke. Sie öffnen strahlend die Päckchen: Es sind Blutdruckmessgeräte.

17. 11. 2015 Gibt's echt Leute, die sich «wo sehen» in 10 Jahren?

17. 11. 2015 Soll ich Nazi werden oder Islamist? Auf jeden Fall muss ich was ändern, die entspannten Linkshippies werden fix zuerst weggebombt.

17. 11. 2015 Kuffar kuffar kuffar

17. 11. 2015 Ich habe mir das mit dem Schriftstellerin sein sehr einfach vorgestellt. Ich dachte, man geht ins Fernsehen, dann kündigt man, die Bücher verkaufen sich von selbst, man macht einmal im Monat eine Lesung, und den Rest der Zeit kann man spazieren gehen, aber es ist anders.

18. 11. 2015 Ich bin der Fête Blanche DJ.
Die Leute haben gute Laune.
Ich bin ein Fête Blanche DJ.
Die Farbe der Unsterblichkeit

19. 11. 2015 Ich lasse mich von der verrückten neuen Kollegin nicht dazu zwingen, ihr zuzuhören. Sie redet auf mich ein, während ich einen Artikel lese und keinerlei Gesprächssignale aussende. Wenn ich beharrlich nicht reagiere, dreht sie vielleicht einfach den Kopf zum Kollegen rechts.

19. 11. 2015 «Rufnummernauskunft, Stefanie Fröhlich, was kann ich für Sie tun?»
«I will den Wolfgang Gindl in Völs.»
«Gindl mit Gustav oder mit Konrad?»
«KINDL!»
«Also mit K wie Konrad, I wie Ida, N wie Nordpol?»
«Ja, NORDPOL mit HARTEM P! Nord-Pol.»

«Wieso buchstabieren Sie mir Nordpol? Ich meinte damit den Buchstaben N.»

«Nordpol mit P. Wolfgang Kindl. Mit einem M, einem D, am Ende ein L.»

«Also Kindl mit K wie Konrad am Anfang? Ist der erste Buchstabe ein K wie in Konrad?»

«WOLFGANG KINDL!»

«Ich finde niemanden, der so heißt. Schreibt man ihn wie das Kind?»

«MIT EINEM L AM SCHLUSS: NORMAL!»

«Also so, wie ich es schreibe, kommt da nichts.»

«SIE VERSTEHN ÜBERHAUPT NIX, SIE BLEDE BLUNZEN!»

21.11.2015 Dadurch, dass ich jeden Tag mit der Straßenbahnlinie 6 fahre, bin ich auch irgendwie muslimisch.

21.11.2015 Fernsehen ist so schön. Wie Internet ohne freien Willen.

22.11.2015 Die Menschen in der Werbung sind so glücklich.

22.11.2015 Ich will durch Brüssel inlineskaten.

23.11.2015 Ich bin ganz allein im Chinabuffet.
Ganz allein?
Nein!
In der Buffetwanne auf einer Dosenlitschi sitzt eine Fliege und prostet mir zu – mit einem winzigen Glas Pflaumenwein.

24.11.2015 In den 50er und 60er Jahren haben die Menschen ihr Partyessen in Aspik eingelegt. Man kann es in den Kochbüchern dieser Zeit bewundern. Sie entwickelten dieses Bedürfnis aufgrund neuen Wohlstands. Auf Nachkriegsjahre und Rezessionen folgte der Genuss von Gelee, in das man alles wie in eine Glasvitrine einlegen konnte, in Sicherheit verwahrt, als Ausdruck der verbliebenen Verlustängste. Man konnte durch das Gelee die Zutaten in all ihrer Üppigkeit ausstellen. Man wollte zeigen, was man hat an Erbsen und Schweinefüßen und Fisch. Der Gabelbissen war ein Schmuckkästchen mit zärtlich eingebettetem Leckereienschatz. Gemeinsam fühlte man sich sicher, indem man sich einlegte, ummantelt von Mayonnaise und einer Schicht Sulz.

24.11.2015 Ich möchte meine Tschick in Sulz einlegen.

24.11.2015 Seit vier Stunden googel ich Sülze im Callcenter. In Künstlerkreisen nennt man das «Research».

24.11.2015 Man spricht nicht, wie man schreibt, das ist doch völlig klar. Man schreibt, wie man denkt, und man spricht angestrengt verlogen.

24.11.2015 Der Mann, der in der U4 immer jede Frau auf ein Bier einladen will, sitzt gemütlich mit einer Frau an der Bar meines Stammlokals, und sie trinken Spritzer. Zuerst dachte ich, der Gast sähe dem Bierkavalier nur ähnlich, ging hin und fragte, ob er echt der Typ is, der in der U4 jede Frau auf ein Bier einlädt. Er hat dann nur irritiert weggeschaut, und die Dame sagte: «Ich glaub, er möchte nicht drüber reden.» Da entschuldigte ich mich und ging wieder weg.

25.11.2015 Witzmann nennt seinen Penis «Mein Fischstäbchen».

25.11.2015 «Ihre Auskunft, Stefanie Fröhlich, was kann ich für Sie tun?»
«Ich hab grad im Radio gehört, wegen einer App, dass wenn man draufdrückt, dann läuft es aus?»
«Wie bitte? Wenn Sie WO draufdrücken läuft WAS aus? Was läuft aus? Was soll das bedeuten?»
«Na ja. Hm. Wissens bei der App, wenn man OK drückt, läuft es aus.»
«Ich weiß nicht, was Ihnen ausläuft. Ich hab keine Ahnung, wovon Sie sprechen. Sie sind bei der Auskunft.»
«Mit einer App.»

25.11.2015 In der Lugner City gibt's jetzt einen Eislaufplatz. Wie ist das möglich, in einem Einkaufszentrum einfach einen Eislaufplatz zu errichten? Statt echtem Eis ist es eine Fläche aus dickem Plastik. Die Kinder in der Lugner City kommen dadurch nur schwer voran, wie allgemein im Leben.

25.11.2015 War das in der Bar nun tatsächlich eine Frau, die der Mann, der in der U4 jede Frau auf ein Bier einlädt, angesprochen hatte? Sie wirkte irgendwie therapeutisch, so alternativ, war es vielleicht seine Psychotherapeutin oder eine wohlwollende Bekannte? Fragen über Fragen. Wenig später verließen sie das Lokal, ich schaute ihnen verdutzt nach.

26.11.2015 Das mit den Überraschungseiern wird langsam zu einem Problem. Auf jedem Platz steht schon eine Überraschungseierfigur. Als der Kollege mich darauf angesprochen hat, habe ich gesagt, dass ich das nicht war.

26.11.2015 Große deutsche Verlage schreiben mich plötzlich an: «Wir haben gehört, Ihre kurzen Texte kommen gut an. Wir wären daher interessiert, aber nur an LANGEN Texten.

Oder Kurzgeschichten. Das ist so, wie Ihre kurzen Geschichten, nur LÄNGER. LÄNGER IST BESSER! LÄNGER, LÄNGER, LÄNGER, WIE UNSERE LANGEN SCHWÄNZE!»

26.11.2015 «Ihre Auskunft, Stefanie Fröhlich, was kann ich für Sie tun?»
«Hallo, wie heißt denn die neue CD von der Michelle?»
«Ähm. Na ja, wir sind die Rufnummernauskunft. Ich kann halt im Internet schaun.»
«Die neue kommt im Dezember.»
«Hm, also auf ihrer Homepage ist das aktuelle Album grad: ‹Michelle: Best of Michelle live›, die is aber schon im Oktober erschienen.»
«Nein, ich mein die neue CD von der Michelle, die im Dezember kommt.»
«Tut mir leid, da find ich nichts. Vielleicht können Sie ja im CD-Geschäft fragen. Wir sind da keine Experten.»
«Wissts ihrs nicht, wie's heißt, die CD?»
«Nein.»
«Gut, ich schau im Internet, dann ruf ich noch mal an.»
«O. k.»

26.11.2015 Morgen beginnt meine Lesereise. Zuerst fahre ich nach Kassel, und dort wird Kassel zerfickt.

26.11.2015 Kündigen ist irgendwie so schwer.

26.11.2015 Wenn ich von dem 25 Kilo schweren Koffer voller Bücher einen Bandscheibenvorfall krieg, kann ich dann meine Verleger verklagen?

26.11.2015 Seit Wochen liegt mein Laptop unbenutzt in der Ecke, weil er kaputt war. Und ich konnte alle Mails mit «Sorry, kann das momentan nicht machen, Laptop kaputt» beantworten. Dabei war wohl doch nur die eine Steckdose in dem einen Café hin.

27.11.2015 Ich bin schon so souverän und locker auf Flughäfen, weil ich eine busy Businesswoman bin.

27.11.2015 Auf dem Wiener Flughafen gibt es jetzt Sitzmöglichkeiten, die so angeordnet sind, dass jeder mit dem Rücken zum andern sitzt. Zusätzlich ist man durch eine Trennwand abgeschirmt, in die ein kleiner Abstelltisch integriert ist, um sich ausschließlich seinem Laptop zuwenden zu können. Es gibt nur Hugo Boss und Starbucks, alles ist aus Glas und Metall, zu essen gibt es nur Functional Food, und alles Organische wird strengstens überwacht. Die Raucherzonen sind nicht ausgeschildert, und die wenigen, die wissen, wo sie sind, dürfen nicht darüber sprechen. Wenn Mitarbeiter zu viele Emotionen zeigen, werden sie für eine Stunde in einen Panic Room gesperrt. Statt Toiletten gibt es medizinische Einläufe, und Kuscheltiere dürfen nur tiefgefroren transportiert werden.

27.11.2015 Die Menschen, die nach Hannover fliegen, schauen alle so aus, als hätten sie ihr Leben im Griff.

27.11.2015 80 % der Leute, die nach Hannover fliegen, sind mittelgroße Männer zwischen 40 und 50 mit Brille und Krawatte und dicken Eheringen auf langen blassen Spinnenfingern.

28.11.2015 Ich hab Heimweh.

28.11.2015 Frech ziehe ich mein Köfferchen. Bestaune deutsche Städte.

28.11.2015 Zuerst war ich etwas enttäuscht, dass ich diese Lesereise noch immer nicht in Fünf-Sterne-Hotels verbringe, in denen ein persönlicher Obstkorb mit erbaulicher Message steht, sondern in Privatunterkünften verlauster Studenten. Nach meinen mittlerweile angesammelten Erfahrungen ist das aber viel besser. Man kann bis nachmittags schlafen, hat nie Angst, das Frühstück zu verpassen, kriegt nicht diesen Hotelzimmerfernseherblues und ist ständig wohlwollend umsorgt, weil alle immerzu ein schlechtes Gewissen haben, einen Superstar so schäbig unterzubringen.

28.11.2015 Ich fahr jetzt nach Darmstadt, dazu fällt mir einfach kein Witz ein.

28.11.2015 Gibt es ein shuffle von allen Liedern auf der ganzen Welt?

29.11.2015 Ich sehe wirklich nicht viel von den Städten, die ich besuche, aber über Kassel kann ich Folgendes berichten. Es gibt dort nicht viel, aber eine Kunstuni, die familiär wirkt. In der Nähe gibt es ein kleines Cafe, in dem die Kunststudenten Kaffee trinken, der von andern Kunststudenten serviert wird. Außer der Kunstuni hat der Homeshoppingsender QVC sein Callcenter in Kassel. Die Kunststudenten, die nicht im Café arbeiten, arbeiten im QVC-Callcenter.

29.11.2015 Ich hab in Darmstadt die Enten gefüttert.

30.11.2015 Am Heimweg von der Darmstadt-Lesung hat mir einer der Besucher einen Zug von seinem Joint angeboten. Ich kiffe schon lange nicht mehr, weil ich es nicht mehr vertrage, aber ich dachte, ich geh sowieso gleich ins Bett, also wieso eigentlich nicht, und ich nahm einen ... zwei .... drei Züge und verabschiedete mich milde lächelnd. Ganz spontan und entspannt beschloss ich, doch noch zur Tankstelle zu gehen für eine Erdbeermilch und einen Schokoriegel, während die dicke, weiche Wollstrumpfhose, die den ganzen Tag perfekt saß, langsam über den Bund über meinen großen, weichen Popsch runterrollte.

30.11.2015 Ich bin die Entenflüsterin.

1.12.2015 Ich mache alles mit, was mir von Medien angeboten wird, um über mein Buch zu berichten. Ich habe keine Würde, ich bin ja nicht blöd. Oder soll ich meinen Kindern mal erzählen «Heute gibt's schon wieder Fischköpfe, weil die Mama war sich zu cool für die Feuilletonspießer»?

2.12.2015 Als österreichisches Arbeiterkind ist man haptisch einfach überfordert mit großformatigen Zeitungen. Ich mache mich hier völlig lächerlich in der deutschen Bahn, begraben unter einem verdrehten, zerknitterten Feuilleton.

2.12.2015 Heute zum Frühstück gab es ein weiches Ei und einen frischgemixten Smoothie. Für die Zugfahrt hab ich ein Bündel selbstgebackener Kekse bekommen. Vielleicht sollte ich meine privaten Gastgeber nach Freundlichkeit und Qualität des Frühstücks ranken. (10 von 10 Punkten)

2.12.2015 Nach dem Scheißen haben sie mich ausgewischt.

2.12.2015 Gepflegte, bürgerliche Frau, schlanke Figur, nimmt im Zug geschnittene Äpfel und Nüsschen aus der Tupperdose und knabbert. Das ist etwas sehr Deutsches. Das is so dieses Alnatura-Deutschland.

2.12.2015 Ich musste durch die ganze erste Klasse im Zug in die zweite Klasse gehen. Man merkte auch sofort den Unterschied. Mehr Frauen, viel mehr Kinder, viel lauter, Chipsberge, Burgergeruch, Drogendealer, Nutten, Schießereien.

2.12.2015 Bei den schlafenden Kindern und ihren Eltern in diesem Zug merkt man sofort, dass es sich um Flüchtlinge handelt. Sie schlummern nicht so zugfahrmäßig, sondern hängen in einem erschöpften Tiefschlaf in alle Richtungen aus den Sitzen wie die Borsten einer alten Zahnbürste.

3.12.2015 Ich will zu einem Backstreet-Boys-Lied allein Autodrom fahren im Kreis.

4.12.2015 Haben liebe Menschen wirklich ein großes, warmes, weiches Herz wie Matsche und böse ein winziges, ausgedörrtes, das hart ist wie ein Pfirsichkern?

4.12.2015 Man sollte die Elfenbeintürme jämmerlicher Chauvis nicht mit dem Feminismus zerstören. Man sollte die darin schleichend isolieren, bis ihnen nichts anderes mehr übrig bleibt, als sich so lange gegenseitig zu ficken, bis sie in Smegma ersticken.

5.12.2015 In Berlin sind alle Künstler. Der U-Bahn-Fahrer ist Künstler, der Fahrscheinkontrolleur ist Künstler, die Backwarenverkäuferin ist Künstler, die Putzfrauen, die Kindergärtner, die Ärzte. Alle sind Künstler.

5.12.2015 In Berlin wirkt niemand, als hätte er sein Leben im Griff.

5.12.2015 Heute habe ich eine Lesung in einer Baumschule.

7.12.2015 Berlin wirkt auf mich immer etwas kaputt. Im Haus, in dem ich wohne, kam zeitgleich mit mir ein vollbetrunkenes Paar heim, die wirkten, als hätten sie drei Tage durchgemacht, und sie suchten gemeinsam nach dem Schlüsselloch. Als ich durch den Flur zur Wohnung ging, lag da ein Typ schlafend am Boden. Ich dachte mir, aha, ein Obdachloser, doch er war sehr hip gekleidet, und in seiner Hand lag sein Wohnungsschlüssel. Gott sei Dank lebe ich nicht hier, denke ich mir dann. Künstlertypen sind nicht gemacht für ein liberales, befreites Kreativghetto, sie brauchen konservative Strenge, die sie einschränkt und untergräbt, um sich nicht zu sehr entfalten zu können. Berlin ist, als hätten alle coolen Kids immer sturmfrei. Eine Woche lang ist es voll super, und man ist im Rausch der Freiheit, aber nach einem Monat stirbt man.

8.12.2015 11. Tag Lesereise: Die Flüchtlinge im Zug setzen sich weg, weil ich schon so stink.

8.12.2015 Ich hab in einer Baumschule gelesen.

8.12.2015 In meinem Zug sitzt Karim von Touché. In Deutschland treffe ich immer Leute aus der Bravohits '97.

9.12.2015 Die schlimmsten zwei Kater hatte ich nach Begegnungen mit Österreichern. Unter Landsleuten lasse ich mich automatisch mehr gehen.

9.12.2015 Wienerisch klingt so krank einfach. Jetzt, nach einer Weile in Deutschland, höre ich es auch. Altmodisch und pervers.

10.12.2015 Köln ist wunderschön

10.12.2015 Morgen ist meine Lesereise zu Ende. Ich werde das Wohlwollen, die ständige Aufmerksamkeit, die Liebe und das Bargeld, die mir von meinen deutschen Freunden ununterbrochen entgegengebracht wurden, sehr vermissen. Auch die schönen sauberen Wohnungen. Jetzt bin ich wieder ein Niemand.

10.12.2015 Das Erste, was ich machen werde, wenn ich wieder in meiner eigenen Wohnung ankomme, ist entspannt sieben Stunden durchscheißen.

12.12.2015 Ich vermisse Deutschland so.

12.12.2015 Wienerisch klingt, als würden alle die ganze Zeit «Herr Ober, noch ein Melange sagen».

12.12.2015 Während ich unterwegs war, ist der Zielpunkt in Konkurs gegangen, und meine vertraute Stammfiliale ist kaum wiederzuerkennen. Seit ich hier vor neun Jahren eingezogen bin, war es die mir nahestehendste Supermarktfiliale. Ich bin mindestens jeden zweiten Tag hingegangen, und sie ist mir dabei sehr ans Herz gewachsen. Das verkatert Mineralwasserflaschen holen. Die Fliegen in der Obstabteilung. Die unterschiedlichen KassiererInnen. Es ist, als läge er im Sterben. Halb leere Regale stehen jetzt da wie ein von Krankheit ausgemergeltes Gerippe. Ich suche nach einem Wurstkranz, aber da liegen nur noch blasse Garnelen im verödeten Kühlregal. Die Mitarbeiter husten, nur die Bioprodukte sind liegen geblieben, die Trendgetränke, das Vollkornbrot. Ich greife nach einem der letzten Aufstriche, aber meine Arme sinken unwillkürlich, die Trauer überwältigt mich und macht alles taub. Ich würge vor dem letzten Milchprodukt.

12.12.2015 Was mach ich ohne meinen Zielpunkt?

12.12.2015 Was mach ich dann bloß?

12.12.2015 Hoffentlich kommt kein Lidl. Lidl ist mir unheimlich, man hat da ja einiges gehört und sich noch nicht so richtig an ihn gewöhnt in Österreich. Pennymarkt deprimiert mich, der gibt sich nicht mal Mühe, seinen Kunden vorzumachen, er würde sie schätzen, er wirkt, als würd er seine Produkte am liebsten mit einem Lkw einfach vor die Leute kippen wie vor Säue. Am tollsten wär natürlich ein Hofer, Hofer vermittelt etwas Solides, bodenständig Billiges, Grundvernünftiges. Das hat er im letzten Jahrzehnt echt geschafft. Billa gibt es schon zu viele in der Nähe, und den Spar würden sie hier in meiner Gegend nicht verstehen.

12.12.2015 Vorm Flex hat mich grad ein junger Typ als «reifere Frau» bezeichnet.

14.12.2015 Ich habe heute gekündigt.

14.12.2015 Keinen Job mehr, keinen boyfriend, keine Freunde. Das nennt man Karriere.

16.12.2015 «Rufnummernauskunft, was kann ich für Sie tun?»
«Hallo! Ich hätt gern die Nummer von Schmidklinistscho.»
«Wie schreibt man das?»
«Normal: Schmidklinistscho.»
«SCHMITZKLIISTSCHO!?»
«Ja.»
«Ich verstehe das nicht.»
«Was isn das schon wieder für eine Scheißtussi!!» (legt auf)
(Rausgestellt hat sich: Schmidt- clean is joy)

16.12.2015 Eine Zeitung hat mich für ein Porträt gebeten, einen Gegenstand mitzubringen, der mir etwas bedeutet. Nun gehe ich seit einer halben Stunde in der Wohnung auf und ab, schau alles genau an und merke: Kein Gegenstand in der Wohnung bedeutet mir etwas.

16.12.2015 Zielpunktsackerl sind jetzt urkultig.

17.12.2015 Die Hausbesorgerin im Gemeindebau hat gesagt, sie hat mich im Fernsehen gesehen.

17.12.2015 Twitter is für mich so: Was man nie über Journalisten wissen wollte.

17.12.2015 «Rufnummernauskunft, was kann ich für Sie tun?»
«Hallo! Kann ich die Nummer vom Karla Versand Salzburg haben?»
«Tut mir leid, ich find so einen Versand nirgends. Hm.»
«Vielleicht ist er auch nicht in Salzburg.»
«O.k., ich finde dazu gar nichts, egal wie ich es schreibe.»
«Aha, na ja, die haben mir eine Rechnung geschickt. Ich habe aber bei denen gar nichts bestellt. Da ist nur eine schwedische Nummer angegeben. Na ja, dann bezahle ich das besser, bevor da was passiert.»

17.12.2015 «Rufnummernauskunft, was kann ich für Sie tun?»
«Du bist süß, oder?»
«Wie bitte?»
«Darf ich schlecken?»

19.12.2015 Mein politisches Engagement besteht darin, immer ein schlechtes Gewissen zu haben.

19.12.2015 In München hab ich den Redakteur eines Magazins wegen eines Auftragstextes getroffen.
Er so: «Und dort trifft man auch mal Giovanni di Lorenzo.»
Ich: «Wer is das?»
Redakteur: «Ähm ... Das ist der Chefredakteur der *Zeit*.»
Ich: «Ach so, hihi.»
Redakteur: «Aber kanntest du *Allegra* früher?»
Ich: «Äh, ich kenn eine in Wien. Welche Allegra meinst du genau?»
Redakteur: «Das ist die Zeitschrift, über die wir die ganze Zeit sprechen. Für die du den Text machen sollst.»

20.12.2015 Ich werde diese Sonntagabenddienste im Callcenter vermissen. Es ruft niemand an, man fühlt sich wohl, weil man so brav arbeitet, und es ist so lauschig.

20.12.2015 Diese Leute, die auf DIY-Märkten ausgedruckte Lesezeichen oder angemalte Konservendosen verkaufen, haben ihre Eltern, die sich, als sie ein Kleinkind waren, über den im Kindergarten selbstgemachten Schwachsinn so gefreut haben, echt zu ernst genommen.

21.12.2015 Der Zielpunktbesuch macht mich jedes Mal so fertig. Ein halb leerer Supermarkt löst archaische Urängste aus.

21.12.2015 Wir studieren Geschichte, Soziologie, Politikwissenschaften und Kultur und Sozialanthropologie. Wir studieren bildende Kunst, Literatur oder Sprachwissenschaften, Philosophie, Afrikanistik und Schauspiel. Aber im Callcenter, im Callcenter sind wir alle gleich.

21.12.2015 Ab 1. Jänner höre ich mit dem Callcenter auf. Aber innen drinnen werde ich immer Callcenterangestellte bleiben. HASTA LA CALLCENTRIA SIEMPRE.

21.12.2015 Nach einer Stunde im teuren, pastellfarbenen Holzspielzeuggeschäft, um für die Kinder der Familie Geschenke zu finden, habe ich plötzlich das Bedürfnis, ihnen eine gefälschte Barbie ausm 1-Euro-Shop mit richtig fetten Titten zu kaufen.

21.12.2015 Ich schenk allen Nazis in der Familie etwas, das den Flüchtlingen zugutekommt.

21.12.2015 Ich kauf Daniel Richters Haus.

22.12.2015 Vielleicht bin ich doch ehrgeizig.

22.12.2015 Das Siebenbrunnencafé ist so morbid. Die Porzellanfiguren, die alten Menschen, die Torten, der Tratsch. Immer wieder schiebt eine Pflegerin den Tod im Rollstuhl ins Lokal, um ihm schweigend gegenüberzusitzen und ab und zu zu fragen, wie ihm die Leberknödelsuppe schmeckt, dem Knochenmann.

23.12.2015 Richard Lugner sollte sich zu Weihnachten als Weihnachtsmann verkleiden, damit man auf seinem Schoß sitzen kann. Helmut Werner ist dann der Elf.

23.12.2015 Mein Gähnen klingt wie ein Schreien.

24.12.2015 Bin in Simmering ausgestiegen. Ein Hund lief auf mich zu, und sein Besitzer rief «Rambo, kumm her do!».

25.12.2015 Der einjährige Sohn meiner Cousine hat immer geweint, wenn ich ihn angeschaut hab.
Cousine: «Unser Sohn hasst dich halt.»
Ihr Mann: «Hör auf zu weinen, das is deine prominente Verwandte. Bei der musst du dich einschleimen.»

25.12.2015 Bei meiner Familie ist jeder, der nicht dick ist, «zaudürr wia a Biafrakind».

25.12.2015 In der Weihnachtszeit mit Leuten Bier trinken zu gehen ist immer so schön, alle sind so emotional aufgeweicht und reden erregt darüber, wie verrückt ihre Familien sind und warum sie so geworden sind, wie sie sind.

25.12.2015 Mein Artikel hat es unter die fünfzehn besten Artikel des Jahres 2015 gebracht. Das bedeutet, dass ich die beste Journalistin der Welt bin, vereinfacht gesagt. Ich glaub, zur Feier des Tages zieh ich meinen neuen Pyjama an und geh allein ins Chinabuffet.

25.12.2015 Es ist toll, eine Familie zu haben, die einen bei den eigenen Lebensentwürfen unterstützt. Heuer habe ich zwei Jogginghosen zu Weihnachten geschenkt bekommen.

25.12.2015 Jedes Mal, wenn ich meinen Vater treffe, lerne ich neue wienerische Wörter. Heute: «Dreckantn» wie z.B. in «Der Faymann, diese Dreckantn» (Dreckente). Ebenfalls: «Nudlhockn», beispielsweise in «Mit 57 kriagst nur mehr Nudlhockn» (Nudelarbeit).

25.12.2015 Vater erzählt: «Do ums Eck bei dir in der Einsiedlergossn, do wor a so a Weinhittn vo am Weinbauern. Die hom an guadn Rotwein ghobt, und do hot a robnschworza Nega ghacklt. Da Salomon. Hahaha. Den hom imma olle eiglond, und am Schluss hot a si nimma auskennt, der woa so eigspritzt und hot, die Gäst Schmoizbrot gschmiert und nochgschenkt, owa nimma gwusst, wer wos ghobt hot. Hahahaa. I hob mi imma oghaut. Der woa so fett, dass er jedn Obend a Defizit gmocht hot, bis da Weinbauer eam auseghaut hot. Der Salomon, a Original, des wor a origenölla

Nega. Und weida unten do bin i imma zum Hubert gonga in die Buchhaunldung in da Wienzeun. Der hot mi imma augruafn und gsogt, sogt er: ‹Peda, kumm her, da Chef is net do.› Daun hot er gsogt, sogt er: ‹Nimm da mit wost wüst› und hot ma die Bände um fünf Schülling unta da Haund verkaft. Hahaha. Und i hob eipockt. Dem sei Chef wor a komischa Kauz. Komische Keiz san die Buchhändler. Der hot imma gsogt: ‹HUUUBERT! FOLGENDES! WIR MACHEN JETZT FOLGENDES!› Hahaha. Des hot zum Vorwärtsverlog ghert. Des wor der Verlog vo da Orbeitezeitung, der wor do daneben. Do drin is imma a Portier gsessn, der Maunfred, der woa a ordinära Hund, hahaha, so a hundsordinäre Sau, do hob i mi imma oghaut, und blad woa dea, so a Kistn, owa hot imma guate Wiatsheisa zum epföhn ghobt.»

27.12.2015 Heiraten jetzt alle ironisch, oder meinen die das ernst?

27.12.2015 Gerne lese ich in den Salons gelangweilter Hochindustrieller als Partyclown.

27.12.2015 Am ersten Werktag nach Weihnachten im Callcenter hofft man insgeheim, dass allen Anrufern was zugestoßen ist.

28.12.2015 Der von der türkischen Bäckerei sagt immer, was für eine schöne Frau ich bin, wenn ich blunzenfett in der Früh noch ein Stück alte Pizza hole. Ich fühl mich beim Salamipizzaessen immer wunderschön.

28.12.2015 «Rufnummernauskunft, Stefanie Fröhlich, was kann ich für Sie tun?»
«Guten Tag, ich habe etwas bestellt.»

«Mhm. Sie sind bei der Auskunft, bei uns kann man nichts bestellen.»

«Ich wollte etwas fragen zur Bestellung.»

«Sie sind bei der Rufnummernauskunft. Bei uns KANN man nichts bestellen.»

«Okay, aber ich habe etwas bestellt.»

«WIR LIEFERN NICHTS, SIE SIND BEI DER AUSKUNFT, MAN KANN NICHTS BESTELLEN.»

«Aha, und wie ist dann die andere Nummer?»

«Welche ANDERE Nummer? Anders als was?»

«Also bitte. Die andere Nummer.»

«Woher soll ich wissen, was Sie mit ‹anderer Nummer› meinen? Das KANN ich nicht wissen.»

«Ich gebe Ihnen einfach mal meine Kundennummer durch.»

«Welche KUNDENNUMMER? Die Kundennummer WOFÜR?»

«Ich habe Kleidung bestellt.»

«WO HABEN SIE KLEIDUNG BESTELLT?? WO HABEN SIE WAS BESTELLT????? SIE SIND BEI DER AUSKUNFT!!!!!»

«Na, dann lass mas, also wirklich, unerhört.» (legt auf)

28.12.2015 Heute sind ständig solche Anrufe:

«Ich bin allein und blind. Niemand hilft mir.»

«Ich will meinen Sohn, ich will ihn sehen, bevor ich sterb.»

«Ich brauch den Doktor. Die Nummer. Ich brauche die Nummer doch nicht, mir geht's heut nur nicht so gut. Mir geht es ganz schlecht.»

28.12.2015 Wenn man stirbt, verendet nur der Körper, der Geist lebt weiter im Internet als Hashtag.

29.12.2015 Ich feier heuer Silvester da, wo keine Islamisten hinkommen. Hate those party crashers.

29.12.2015 Die einzigen Menschen, mit denen ich gemeinsame Interessen habe, sind meine Stalker.

30.12.2015 Vielleicht is das Leben echt so kurz, wie die alten Leute sagen.

30.12.2015 Die Leute entwickeln mangels existenzieller Bedrohungen irrationale Ängste vor alltäglichen Dingen. Vielleicht weil sie sich danach sehnen, mit einer Kalaschnikow durch die Straßen gejagt zu werden, von einem großen Gluten.

30.12.2015 In der Früh habe ich eine Radiosendung mitmoderiert. Dann bin ich mit einem Freund ins Kaffeehaus gegangen, unterhalten haben wir uns über Religion und so. Anschließend ging ich in die Lugner City, kaufte eine neue Strumpfhose und spielte eine Runde Ghostbusterflipper. Abends traf ich zwei Künstlerinnen in einer WG. Wir haben Wein getrunken, während eine von ihrer Jugendbeziehung mit einem Adelsspross erzählte, der vier Liter Milch am Tag trank und dessen Familie sie immer nur am Personaltisch in der Küche essen ließ, weil sie zu links war. Dann ging ich in einen Club mit ihnen und verbrachte die meiste Zeit tratschend am Klo, während mir ständig jemand eine Line spendieren wollte. Danach gingen wir alle in die «Gräfin am Naschmarkt» und haben noch eine Kleinigkeit getrunken. Im Raucherraum mit uns saß eine Gruppe Marokkaner und kiffte etwas. Ich wollte heimgehen und teilte mir mit anderen ein Taxi zum Margaretengürtel. Wir kifften noch was mit einem aus der Marokkanerclique und tranken anschließend noch einen Saft beim Bäcker. Danach war ich so stoned, dass ich mir nicht sicher war, ob der Typ mir nicht was ins Getränk gemischt hat. In der Straßenbahn fand ich's in meiner Wachheit so interessant, dass ich, statt bei meiner Station auszusteigen, einfach immer weiter, bis zur Endstation, fuhr und kichernd «Gedichte» in mein Handy tippte. An der Endstation beschloss ich, noch auf ein allerletztes Getränk ins *Rapidstüberl* zu gehen, ein abgefucktes Tschocherl, das zu jeder Uhrzeit offen hat. Ich setzte mich rein, und gegenüber von mir saßen eine betrunkene Mutter und ihr drogenabhängiger Sohn. Ich fragte sie belustigt: Seid ihr Junkies? Daraufhin wurde das ganze Lokal so aggressiv, dass mich Leute packten und aus dem Lokal warfen, sodass ich fast auf die Straße fiel. Dann ging ich schlafen.

30. 12. 2015 Ich mag es, wenn man z. B. am Bahnhof durch ein Streitgespräch mitkriegt, wie sehr sich Paare eigentlich hassen. Dann kann man's wieder so richtig genießen, völlig allein, einsam und ungeliebt zu sein.

30. 12. 2015 Ab heute arbeite ich nicht mehr im Callcenter.

1. 1. 2016 Ich möchte meine letzten heißen Jahre lieber auf Reisen und Partys verbringen. Sitzen und schreiben kann ich auch, wenn ich alt und schirch bin.

2. 1. 2016 Ich vermisse das Callcenter.

2. 1. 2016 Ich bin jetzt selbständige Künstlerin, das ist so ähnlich wie arbeitslos. Tagesfreizeitsgestaltungsdruck bricht auf einen herein an einem düsteren Wintertag.

2. 1. 2016 Ich bin ins Museum gegangen. Ich geh eigentlich nur ins Museum, um die Leute anzuschaun, nicht die Ausstellungsstücke.

2.1.2016 Im Fernsehen läuft endlos Harry Potter.

2.1.2016 Harry Potter zerfickt alle mit sein Zauberstab ene mene.

3.1.2016 Die Wiener 80er-Kunstwelt wirkte auf dieser Ausstellung so richtig grindig, als wären alle Seelen marlborofarben gewesen und alles voll mit idiotisch herumgespritztem Sperma.

3.1.2016 Im Museum traf ich bei jedem zweiten Exponat von so historischen Fotografien auf denselben alten Mann. Vor einer Wand mit drei kleinen Bildern begann er aufgeregt zu murmeln. Da er etwas nach Urin roch, erweckte er meine Neugier, und ich hörte genau hin. Das verstand er als Einladung und sagte nun direkt zu mir: «Eins hängt zusammenhanglos neben dem andern. Nichts passt zusammen! Typisch Österreich! Alles ein Durcheinander! Nichts hat Struktur! Ein merkwürdiges Volk!» Ich schaute mir interessiert die Pusteln auf seiner Glatze an und antwortete: «Ja, voll, stimmt.» Er musterte mich von oben bis unten, ging kopfschüttelnd weg und sagte: «Die Menschen hier sind so merkwürdig!»

4.1.2016 Ich habe jetzt eine Agentur, die meine Lesungen plant, und einen Rider, in den ich schreiben kann, was ich backstage möchte. Ihr Standard sieht so aus: «Die Künstlerin bekommt ein Catering aus ausschließlich frischen Zutaten. Im großen, abschließbaren Backstage-Bereich steht eine Flasche SEHR GUTER Weißwein.» Ob ich trotzdem noch in besetzten Häusern lesen darf?

4.1.2016 Ich stell's mir aber auch nett vor, wenn vor meiner Lesung ein frisches Schnittlauchbrot auf mich wartet

auf einer hübschen Stoffserviette. Dazu ein Apfel, liebevoll geschnitten, und ein Überraschungsei. Der Raum soll beschallt sein von Walgeräuschen.

5.1.2016 Ohne Job fällt mir schwer zu akzeptieren, dass nicht Ferien sind.

5.1.2016 Wie schaffen das die Künstler mit der Tagesstruktur? Wie hat man genug zwischenmenschlichen Kontakt, wenn alle normale Jobs haben? Im Flüchtlingsheim helfen? Eine Zweckbeziehung? Wie wird man zufrieden und richtig müde am Abend? Sport? Schlaftabletten?

5.1.2016 Ich mag Recht und Ordnung und Etikette und Brauchtum. Vielleicht werde ich doch noch altersrechts.

5.1.2016 Als meine Mama mich zum Spaghetti-bolognese-Essen eingeladen hat, hab ich ganz selbstverständlich nach Parmesan gefragt. Ich bin schon total abgehoben.

5.1.2016 Die Sternsinger warn da. Sie malen mittlerweile keines der Kinder mehr schwarz an. Dafür war ein Kind mit dunkler Hautfarbe dabei. Meine Mama wollte schon entzückt «Schau mal, sogar ein echter N...» rufen, aber ich habe sie noch rechtzeitig in die Rippen geboxt.

5.1.2016 2016 fange ich an, das Wort «beruflich» ohne Ironie zu verwenden.

5.1.2016 Im Internet bin ich viel intoleranter als im echten Leben.

5.1.2016 Eigentlich wollte ich im siebten Bezirk nur schnell ein Raucherlokal finden, und jetzt bin ich hier im *Lin-*

denblatt gelandet. Der Typ, der mir gerade eine Tschick schnorrt, muss in den Häfn bald, sagt er, weil er zu betäubt war von den Benzos, um einzugreifen, wie einer seiner besten Freunde den andern Freund von ihm totgeprügelt hat. Alle Stammgäste sind aus der Gruft.

6.1.2016 Der 60-jährige Typ, der in diesem Lokal kellnert, erzählt gerade von seinem ersten Selbstmordversuch mit 17. «I hob ma a Prostituierte gnumma und danauch olle Tabletten, die i gfund hob.»

6.1.2016 Der 60-jährige Typ hat sich grad Frank Zander aus der Jukebox gewünscht. «Hier kommt Kurt» is sein Lieblingslied, weil er Kurt heißt.

6.1.2016 ORF 2 ist der letzte richtige Undergroundsender

6.1.2016 Die Smalltalkthemen in diesem seltsamen Lokal gestern waren: Vergewaltigung, Obdachlosigkeit, Krebs, Mord und Totschlag, Psychosen und Rapid Wien. Die Bar war weihnachtlich dekoriert mit Christbaumkugeln und Lametta. Ein Typ ist am Klo völlig besoffen aufs Waschbecken gefallen und lag bewusstlos in einer Blutlache. Die Rettung hat ihn dann mit einer zentimetertiefen Platzwunde am Kopf abgeholt, ich dachte, er wäre tot. Danach wurde die Blutlache einfach vom Kellner weggewischt und wieder Musik in die Jukebox eingelegt. Dann hat mir der Kellner Fotos seiner Katze «Garfield» gezeigt. Er sagte, der Kater wäre sein Ein und Alles und würde sich immer genau so auf seine Thrombose setzen, dass er keinen Schmerz spürt. Alle waren sehr nett.

6.1.2016 Sind die Ferien schon vorbei?

6.1.2016 Manchmal würde ich gern fest ins Gesicht geschlagen werden. Ein dumpfer Schmerz, der Schock, mit der Zunge spüren, dass die Zähne locker sind, der Blutgeschmack nach Eisen, der suggeriert, dass ordentlich was los ist.

6.1.2016 Mein indischer Lieferservice ist so top. Es sind Kleinigkeiten, wie eine überflüssige kleine Salatgarnitur, die zeigen: Hier wird mit Liebe gearbeitet. Der Koch hat mich lieb. Er liebt mich.

6.1.2016 Ich habe jetzt eine Künstlersozialversicherung. Das heißt, ich lebe ganz offiziell in der Welt der Phantasie.

7.1.2016 Rechte werden Frauenrechtler. Linke verharmlosen sexuelle Übergriffe. Verwirrende Zeiten.

7.1.2016 Mein nächstes Buch wird ein frecher Frauenroman für die selbstbewusste Singlefrau ab 30.

7.1.2016 Ich hab beim Aufkehren gerade zwei deutsche Reichsmark gefunden und keine Ahnung, wo die herkommen. Vielleicht eine Belohnung von Hitler aus dem Jenseits, weil ich heut so rechts war.

8.1.2016 Meine Lieblingsantwort auf die Frage, was ich so mache, war immer: «Gar nichts.»

8.1.2016 Ich hab gerade wieder versucht ein Buch zu lesen. Zur Recherche, weil ich vielleicht mal probier, was Langes zu schreiben. In dem Buch wird eine Lokalszenerie beschrieben: dass sich dort Leute treffen, es verschiedene Getränke gibt und diese Getränke von Kellnern serviert werden, die zwischen den Tischen herumgehen und … tschüs! Zurück im Internet!

8.1.2016 In meinem Zielpunkt haben sie die Produktpalette bis zur endgültigen Schließung reduziert. Es gibt seit Wochen nur noch das Nötigste für den Österreicher: Suppengemüse, Milch, Käse, Schwarzbrot, Schokolade, Knackwurst, Leberkässemmeln, Alk und Faschiertes.

8.1.2016 Sitze im Park am zugefrorenen Ententeich, esse knusprige Ente und vermisse die Enten.

8.1.2016 Ich: «Bald bin ich reich, dann kauf ich dir ein Schloss. Da kannst du den ganzen Tag malen und Musik hören. Du kriegst Turnunterricht, und wenn ich zu alt bin, kriegst du sogar Sexsklavinnen.»
Witzmann: «Danke! Und krieg ich auch viele TV-Sender?»
Ich: «Ja, Tausende TV-Sender.»
Witzmann: «Alle Motorsportsender?»
Ich: «Ja, alle Motorsportsender.»
Witzmann: «Und wenn ich Auslauf brauch?»
Ich: «Da gibt's einen großen Schlosspark.»
Witzmann: «Und darf ich auch ganz raus, wenn ich will?»
Ich: «Nein, da sind ganz hohe Mauern, ganz raus darfst du nie.»
Witzmann: «Na gut.»

9.1.2016 Witzmann: «Ich bin ein Kulturmensch. Für mein Glück brauch ich vor allem Musik, Literatur und Malerei und Kinderschokolade, Maltesers und *Melrose Place*.»

9.1.2016 Meine Lieblingsszene in Star Wars 7 war, als Leia zu Han Solo sagt, wie sehr sie ihn liebt. Sie schaut ihm tief in die Augen, und man denkt: Wow, wird gleich eine 60-jährige Frau in einem Blockbuster geküsst? Erotik und Romantik einer reifen Frau im Hollywoodkino? Und Harrison Ford packt sie, sagt: «Komm her, du alte Schastrommel!» Und gibt ihr zärtlich eine kumpelhafte Kopfnuss.

9.1.2016 Witzmann: «Der Arzt hat mir 50 Malteser am Tag verschrieben.»

10.1.2016 Meistens sind die Fotografen, die ich für Porträts treffen soll, Männer, und sie haben riesige Kameras mit langen Objektiven, und dann sagen sie: «Einen Schritt zurück, einen Schritt nach links, gut so, gut so, bück dich.»

10.1.2016 Wenn ich im Sterben liege, gebe ich jemandem meine Facebook-Zugangsdaten, damit er ein paar Monate nach meinem Ableben «BUUUHH» posten kann.

10.1.2016 Schade, dass man seine Beerdigung nicht vor seinem Tod feiert. Es ist ungerecht, die ganze Zeit angestrengt zu leben und dann nicht mal mitzubekommen, wem es wirklich was bedeutet hat.

11.1.2016 David Bowie war ein Mensch?

11.1.2016 Ab wann
geht eigentlich
1 Text
als Gedicht
durch?

12.1.2016 Seit der Chef vom Weidinger mir und der Begleitung Gratiskaffee gibt, weil ich Autorin bin, traue ich mich nicht mehr hin.

12.1.2016 Die einzig richtige Haltung zu den Übergriffen in Köln ist anti-alles.

12.1.2016 Seit ich keinen Brotjob mehr hab, fühlt sich das Lesungenhalten nicht mehr wie ein zuckersüßer Geldregen an, sondern mehr so «Japs Japs Taschenrechner».

12.1.2016 Wiener-Linien-Wachmann an der Straßenbahnlinie 6, Eichenstraße ist einfach der beste Job. Mein Verdacht hat sich mal wieder erhärtet, als ich durch das Glas dabei zugesehen habe, wie der Wachmann auf 20 klitzekleine Scheibchen einer aufgeschnittenen Kabanossi mit beiden Händen an der Tube konzentriert jeweils ein Häubchen Senf genau in die Mitte setzte wie ein Maler.

13.1.2016 Ich find's blöd, dass man sich jetzt entscheiden muss, wen man mehr hasst: Ausländer oder Frauen.

13.1.2016 Warum diskutieren Leute immer mit mir, wenn ich sowieso immer recht hab?

13.1.2016 *Austrias Next Topmodel* ist diesmal sogar in Hongkong! Es gibt eine Fashionshow für Fetisch-Oberteile. Laufsteg is so eine Art «Donauinsel von Hongkong» untertags vor den Passanten, die dort herumsitzen und rauchen. Zwei der Mädels bekommen in Hongkong sogar einen Job. Es ist ein Casting, bei dem sie Produkte einer Flohmarktapp präsentieren sollen, also so was wie Willhaben.at.

13.1.2016 Ich gehe jetzt Eislaufen. Fahre einfach 20-mal schnell in Kreis. Dann gehe ich heim.

13.1.2016 Ab wann fängt man eigentlich an, die Eltern zum Essen einzuladen, weil man ein höheres Einkommen hat als sie?

14.1.2016 Witzmann: «Ich fühl mich gar nicht wie ein erwachsener Mensch.»
Ich: «Es fühlt sich eh niemand so. Die Leute tun nur so, um ihre Kinder nicht zu verunsichern.»

14.1.2016 Witzmann und ich haben zum ersten Mal Musik gemacht, und niemand hat's gehört. Allein der Liedtext war genial: «Meine Füße stinken. Sie stinken nach Scheiße. Fick mich in die Füße.»

14.1.2016 Ich habe einen 80-Sitzer-Bus gemietet, mit dem ich in ein tschechisches Grenzcasino in der Nähe von Znaim fahren will. In diesem Casino kann man gratis essen und trinken. Es befindet sich in einem Shopping-Komplex in Form einer Ritterburg namens «Excalibur City», die einem größenwahnsinnigen österreichischen Verschwörungstheoretiker gehört. Dort möchte ich meinen dreißigsten Geburtstag feiern.

14.1.2016 Fear and Loathing in Znaim.

16.1.2016 Die Atmosphäre ist so ungeheuer depressiv im *Excalibur City Casino*. Überall hängen dicke, traurige Menschen an bunt leuchtenden Automaten. Es tüdelt und tüdelt, und sie sitzen schweigend zusammen bei gratis Schnitzeln, und der Teppichboden dämpft die Geräuschkulisse zu der intimen Akustik, als würde man zu hundertst in einer ausgeleierten Jogginghose auf einer 80er-Couch mit Playboypolstern sitzen und sich gegenseitig mit Gelnägelkrallen die Flusen aus der Arschritze kletzeln. Beleuchtet wird der Raum von einem LED-Sternenhimmel. Es ist wunderschön. Meine Hipsterfreunde waren danach richtig gebrochen. Alles Junge und Fröhliche in ihnen war nach dem dritten Schnitzel erloschen. Immer wieder fragte mich jemand, ob wir endlich gehen könnten, während ich zufrieden zwischen spielsüchtigen Familienvätern am Roulette-Tisch saß und gratis Spritzer aus dem Halbliterglas trank. Im Bus zurück ließen meine Freunde ihrem Schmerz dann freien Lauf, sie tranken und tanzten und schrien in das Mikrophon vorne beim Fahrer, auf den sie immer wieder drauffielen. Der behielt erstaunlicherweise die Nerven. Sie rauchten im Bus und spuckten am Boden und steckten sich gegenseitig die Zungen und Finger rein. Ein schöner Geburtstag. Heute habe ich eine Lesung in Wels mit Nino aus Wien und Natalie Ofenböck.

17. 1. 2016 Während in dem Welser Irishpub, in dessen oberem Stockwerk ich untergebracht war, noch alle Bewohner tief in den alten Gemäuern schlafen, bin ich auf der Suche nach einem Kaffeehaus, um frühstücken zu können. Jetzt habe ich endlich ein offenes gefunden. Alle dort trinken und spielen Dart. Meine Erwartungen an die Frühstücksqualität waren also relativ niedrig. Habe einen Imbiss aus der kleinen Karte (TK-Pizza, TK-Baguette, Würstl) bestellt und, mit den schlimmsten Befürchtungen, ein «Schinkenstangerl». Das beste «Schinkenstangerl», das ich je gegessen habe! Warm und knusprig, frisch aufgebacken. Eine schmelzende Butterschicht, nicht zu dick, belegt mit zartem Beinschinken in idealer Blattzahl. Zwischen den Blättern hat der Kellner eine raffinierte Schicht Kren gestreut, ausgewogen in perfekter Harmonie, ein Mundorgasmus.

17. 1. 2016 Es ist schon schön, nicht mehr in die Schichtarbeit zu müssen.

17. 1. 2016 «Genau jetzt is ja hell, aber nachher wird's dunkler. In der Nacht ist es ja kalt. In der Früh hab ich gefrühstückt. Ja. Untertags is wärmer. Genau. Abends wird's

kälter. Ich hab die Erlauf gesehen. Jetzt wird es dunkler.»
(Zugtelefonat)

17.1.2016 Diese Actionfilmmänner mit den großen, breiten Kinnpartien sind immer von Heteromännern gecastet. Denn diese Kinne sind ihr Männlichkeitsideal.

17.1.2016 Es sollte diese Bravoheft-Selbstporträts von nackten Teenies auch mit 50-Jährigen geben.

17.1.2016 Kinderbuchidee: Erwin zappt den ganzen Tag von Fernsehsender zu Fernsehsender. Auf jeder Seite sieht man eine andere Sendung am Bildschirm, aber nichts gefällt ihm. Er steht auf und schaut phlegmatisch aus dem Fenster. Ende.

19.1.2016 Ich mag keine Berge, sie verdummen die Leute. Man merkt es an Wintersportprofis, ein Leben lang am Berg, das ist nicht gut für den Geist. Sie sind wie dressierte Tiere, ihre Zähne sind schön und ihre Lungen kräftig, das Fleisch ist sehr fest, aber sonst fehlt's echt an allem.

19.1.2016 Am Berg ist auch noch nie irgendwas entstanden, außer Nazi-Lyrik.

19.1.2016 Witzmann murmelt vor dem TV Gerät: «Die Deutschen sind auch ganz normal, wenn du sie im Fernsehen anschaust. Sie haben auch ihre Probleme. Sie gehen in den Wickelraum und verlieren die Nerven, obwohl sie eisenhart sind. Er ist Zahnarzt, sie ist wahrscheinlich auch irgendwas. Mir sind zu viele Mangostücke im Nömix, Steffi!»

19.1.2016 Hügel finde ich gut.

19.1.2016 Ich hab in meinen Handynotizen ein bekifftes Gedicht gefunden und bin begeistert:
Mit schwieriger Hitze
Mit hitziger Soße
Ohne Soße
Gut Tapfhahn.

19.1.2016 Ich hasse Schach.

19.1.2016 Gehen wir Frauen beschützen im Park.

19.1.2016 Leute, die im Internetcafé beim Hinsetzen die Sonnenbrille aufsetzen.

20.1.2016 Seit ich dreißig bin, weiß ich nicht mehr, wie ich mit jungen Leuten umgehen soll. Soll ich sie einfach in Ruhe lassen? Ich bin für die jetzt schließlich so eine Dreißigjährige. Ich fand die Dreißigjährigen, die auf dieselben Partys wie ich gingen und mit mir abhängen wollten, früher insgeheim immer komisch. Ich dachte mir immer: «Sind die auf irgendwas pickngeblieben?»

20.1.2016 Zuerst sterben die Helden der Jugend. Dann die Eltern. Dann bekommen die ersten Freunde Krebs. Dann sterben auch die. Guten Morgen.

20.1.2016 Mit einem Einkommen von 700 Euro hat mir die Bank ohne Zögern eine Kreditkarte gegeben, aber jetzt wo sie gehört haben, dass ich selbständige Künstlerin bin, haben sie sie mir gleich weggenommen.

20.1.2016 Ich würd den Zumbakurs, den mir meine Mutter zu Weihnachten geschenkt hat, schon gerne wenigstens einmal probieren. Aber ich glaube, wenn ich einer Gruppe

Wiener Frauen dabei zuschaue, wie sie (auf die brasilianische Art) mit den Hüften wackeln, muss ich speiben.

20.1.2016 Von Formularen bekomme ich Depressionen. Von Zumba-Anfängervideos werde ich suizidal.

20.1.2016 Ich bin zu Gangster für Zumba.

20.1.2016 Von Zumbavideos werd ich misogyn.

20.1.2016 Vom Zumba kommt man sicher frühzeitig in den Wechsel.

20.1.2016 Der Internetcaféchef erklärt Flüchtlingen gerade die Zugstrecke. Sie sagen, gestern waren sie noch in Griechenland, da war's nicht so kalt.

20.1.2016 Internetcafés sind so spannend.

20.1.2016 Das Nervige an einer breiteren Leserschaft ist, dass man nicht mehr seelenruhig abhaten kann über Leute, weil es dann alle lesen. Man muss den ganzen Hate für reale Gespräche mit Freunden aufsparen und subtil das Thema auf die eine Person lenken, über die man so gerne endlich lästern will, die sie aber dann möglicherweise gar nicht kennen, weil sie an meiner Internetwelt nicht teilhaben. Beim Spazierengehen probiere ich es dann. So: «Schaut aus nach Gewitter. Apropos Gewitter: Lest ihr manchmal Twitter? Da gibt's den einen, und der ist innerlich so leer, und ich HASSE den.» Und alle so «Mhm, okay. Der Paul wird bald eingeschult.»

20.1.2016 Linke projizieren irgendwelche ideellen Erwartungen auf mich, aber sobald ich es mir leisten kann, hole ich mir eine Eigentumswohnung, wähle Neos, kauf mir Freunde, und alle können scheißen gehen.

21.1.2016 Ich liebe die Gegend um die U6-Station Burggasse. Da habe ich alles, was ich brauche. Das alte Café Weidinger zum Kaffee trinken. Die Hauptbibliothek fürs Geistige. Die Lugner City fürs Sinnliche. Den exotischen Supermarkt für originelle Getränke zwischendurch. Ein Chinabuffet gegenüber vom Weidinger für den Hunger. Das teure Running Sushi in der Lugner City für besondere Anlässe (Geburtstag, Jahrestag, Muttertag). Zwei interessante Internetcafés, ein kleines normales, ein großes zwielichtig kriminelles. Gürteltschocherl mit kaputten Gestalten zum Abstürzen, wenn mir danach ist, und einen Bus, der direkt auf die Psychiatrie fährt.

21.1.2016 Im Merkur Lugner City haben's immer spitzen Fertiggerichte (aus Ungarn). 1A Krautfleckerl und gutes Reisfleisch. Neben Käse. Gute Qualität, anständige Portionen.

22.1.2016 Seit ich einen Alltag habe, in dem die junge Kunstszene keine Rolle mehr spielt, werde ich beim jährlichen Rundgang der Akademie der bildenden Künste richtig sentimental, wenn ich diese Massenansammlung an Freaks besuche. Gestern wartete ich mit ein paar Mädchen auf eine frei werdende Toilette, die vermutlich von Kokain ziehenden Bildhauereistudentinnen blockiert wurde. Weil es so lang dauerte, hat sich die vermutlich-Performance-Studierende vor mir splitternackt aufs Waschbecken gesetzt und es einfach laufen gelassen. Dann hat sie mir eine Line Ketamin angeboten, die ich lächelnd ablehnte.

22.1.2016 Manchmal wäre ich gerne Lehrerin, um am Puls der Zeit zu sein.

22.1.2016 SMS von Witzmann: «Der Kartoffelkäseauflauf wird mir beim Dickerwerden helfen.»

22.1.2016 Manchmal wär ich gern ein Metallerpärchen, das am Stadtrand von Wien lebt. Wir hätten zwei Katzen, die alles vollhaaren, und ich würde am Bett liegen auf der lilanen Fantasymotivdecke und meinem Freund zärtlich durch seine langen fettigen Haare streichen.

23.1.2016 Mein Verhandlungsstyle: «Das ist mir zu wenig Geld. Mehr habt's nicht? Na gut, okay, ich mach's.»

23.1.2016 Fernschaun is so schön.

23.1.2016 Witzmann: «Ich möchte so fett werden, dass sie einen eigenen Sarg für mich anfertigen müssen.»

25.1.2016 In dieser Doku über aus Österreich geflüchtete Juden sagen sie gerade: «When we arrived in England, they gave us bananas.»

25.1.2016 Vielleicht kann ich von meinem nächsten Buch ewig leben wie Christiane F.? Es wird das «Wir Kinder vom Bahnhof Zoo» für 30-Jährige. Vielleicht.

25.1.2016 Im vollgestopften Sechser halte ich mich an einer Stange fest. Eine Frau steigt ein, hält sich an derselben Stange fest. Ihr kleiner Finger legt sich dabei auf meinen Zeigefinger. Meine Nackenhaare stellen sich auf, und ich rutsche ein bisschen nach unten, in Sicherheit. Sie will ihren Griff ändern und setzt erneut an, legt diesmal ihre GANZE Hand auf meine. Spürt die Oide gar nichts mehr?? Ich ziehe die Hand entsetzt weg, es schüttelt mich. Die Frau bemerkt den Ruck und hält sich nun ganz weit oben an der Stange fest, ich unten. Entspannt lehnt sie ihren Körper fest an die Stange, auf meine Hand. Meine Hand versinkt tief in ihrem weichen Bauch, immer tiefer, und ich gebe auf, ertaste ihre Leber, spüre ihre Organe, untersuche ihren Magen, sie hat einen ganzen Hühnerknochen verschluckt und ein paar Legosteine.

25.1.2016 Was fehlt in Wien, ist so ein deutsches Restaurant mit deutscher Küche, in dem einem ein Deutscher namens Uwe Königsberger Klopse serviert mit so deutschem Akzent.

26.1.2016 Jetzt, wo ich mich daran gewöhnt habe, mag ich die beschränkte Produktauswahl beim Zielpunkt. Ich mag das Spartanische, es beruhigt die Nerven, schafft Ordnung und regt die Kreativität an. Zwischen sieben Variationen desselben Produkts wählen zu können, erfordert einen Zeitaufwand und eine Entscheidungsstärke, die einen langfristig in die Depression treibt.

26.1.2016 Die FPÖ hat jetzt eine Islamisten-Melde-Hotline angelegt.
«Grüß Gott! Folgendes: Mein Mann und ich haben einen Islamisten gefangen.»
«Grüß Gott! Bei mir hots heit gleit, und do worn zwa Mauna vur der Tia, die ham gsagt, dass vom GIS kommen. Glauben S', des worn Islamisten?»
Ob man sich bei der Hotline auch über Juden beschweren darf?

26.1.2016 Sind abartige Gewaltphantasien eigentlich normal?

27.1.2016 La la la Figaro, heute fick ich deinen Opa.

27.1.2016 Fahrscheinkontrolleure erwischen einen älteren Mann im 41er.
Frau neben mir: «Den lossens sicher gratis weiterforn wie DIE FLÜCHTLINGE. Die kriagn a ois gratis.»
Ich: «Können Sie nicht leise denken? Niemanden interessiert Ihr Geschimpfe.»
Sie: «Leck mich am Orsch.»
Ich: «Und Gusch.»

27.1.2016 Ich brauche Zaubertinte für die ganzen Verträge …

27.1.2016 Während der langen Suche nach dem Internetcafé Pilgramgasse habe ich festgestellt, dass der Chef es jetzt Pilgrampizza genannt hat und in einem roten T-Shirt Pizzas verkauft statt in einem weißen Hemd Internet.

27.1.2016 Soll man Menschenrechte nur einhalten, solange es chillig ist?

28.1.2016 Weinst du jetzt?

28.1.2016 Bin allein ins Kika-Restaurant gegangen. Unter der schwachen Beleuchtung habe ich Penne um vier Euro gegessen, habe durchs Panoramafenster auf die Straßenlichter des 10. Bezirks geschaut, einem Pärchen beim Streiten zugehört.

28.1.2016 Schales Cola im Möbelhausrestaurant.

28.1.2016 Dreißig klingt irgendwie unsexy. Vierzig klingt wieder total geil und pervers, so verdorben, so nach Swingerclubverzweiflung. Aber dreißig nicht so.

28.1.2016 Warum sind beim *Perfekten Dinner* nie Psychos dabei? Warum gibt es nie Eskalationen?

28.1.2016 Der Journalist eines bekannten deutschen Magazins hat mir beim Interview gerade den Unterschied zwischen «guten Frauen» und «Fotzen» erklärt. «Fotzen» würden sie innerhalb von kurzer Zeit rausekeln aus der Redaktion. «Fotzen» bringt man auch schnell zum Heulen. «Gute Frauen» halten das aus. Das hat mich an den Veranstalter einer Lesung erinnert, der mir den Unterschied zwischen «coolen Frauen» und «Bitches» erklärt hat. «Bitches» muss man benutzen wie einen Gegenstand, sie ficken und wegwerfen, hat er mir erklärt. Ich wusste nicht wirklich, was ich dazu sagen sollte, außer, dass ich mich für die falsche Ansprechperson bei dieser Thematik halte.

28.1.2016 Pandas Pandas Pandas

28.1.2016 Es gibt jetzt eine Barbie mit durchschnittlicher Figur am Markt. Bei ersten Tests haben die kleinen Mädchen gerne mit ihr gespielt. Am liebsten haben sie «Fette Barbie» gespielt. Dabei haben sie die Barbie ausgezogen und ausgelacht.

29.1.2016 Ich gehe nur auf die Demo, um eine Ausrede zum Biertrinken zu haben.

29.1.2016 Heute bin ich mir wieder peinlich.

29.1.2016 Mein Hauptantrieb für politisches Engagement is die Angst, was zu verpassen.

29.1.2016 Ich bin 30 und habe Angst, auf einer Demo was zu verpassen.

29.1.2016 Ich will, dass Lugner Bundespräsident wird und die Lugner City die neue Hofburg!

29.1.2016 Wann explodiert endlich was?

29.1.2016 Die «Ich liebe mich»-Werbung für Fastenprodukte wäre besser, wenn sie ehrlicher wäre. Im Original ist sie so: «Ich liebe mich, weil ich voller Ideen bin. Ich liebe mich, weil ich immer gute Laune habe. Die neuen Produkte von Fasten.» Ich hätte sie lieber so: «Ich hasse mich, weil ich einen fetten Arsch und Orangenhaut habe, ich hasse meine Schamhaare, ich hasse meine Kinder, ich hasse meinen Mann, und ich hasse jeden Tag meines verschissenen Lebens» und dann so: «Die neuen Fastenprodukte, jetzt mit noch weniger Fett, weil Sie kein Fett verdient haben, Sie fettes Stück Scheiße … dumdideldum.»

29.1.2016 To-do-Liste:
1. Etwas aus dem Fenster schmeißen (z. B. Schuh)
2. Auf YouTube eine Doku über die Landwirtschaft Liechtensteins schauen
3. Der Verwandtschaft eine SMS schreiben «Ich ficke dich mit Gurke»
4. Zwei Dinge mit geschlossenen Augen aus dem Kühlschrank nehmen, mischen, essen
5. Beim nächsten Straßendealer sagen: «Ja, okay, um 20 Euro!»
6. In ein Lokal gehen, einen Kaffee bestellen und fragen «wie das Geschäft läuft»
7. Fünf Minuten rückwärtsgehen auf einer belebten Straße
8. In die Dusche scheißen
9. In den Supermarkt gehen und sieben Produkte in gelber Verpackung kaufen
10. Eine Augenbraue abrasieren

11. 10 Euro anzünden
12. In der Wohnung 30-mal den eigenen Namen schreien
13. Cola in den Wasserkocher leeren und dann ein Glas heißes Cola trinken
14. So lange im Bus sitzen bleiben, bis sie mich rauswerfen

30.1.2016 Hab ich irgendeinen nordafrikanisch aussehenden Freund, mit dem ich immer Selfies posten und etwas dazu erzählen kann für mein Image («Heute waren Ahmed und ich in Schönbrunn»)? Mir fehlt momentan einfach die Zeit für einen echten.

30.1.2016 I unsra Hektomatik-Wöd, draht si olles nur um Mocht und Göd.

30.1.2016 Ich hatte nie den Antrieb, Vegetarierin zu werden wie viele meiner Freunde. Ich esse an sich lieber Beilagen. Knödel, Nudeln, Pommes, Bratkartoffeln, so was. Ich bin natürlich schon gegen Massentierhaltung. Aber ich habe ganz generell nicht so viel Empathie mit Tieren wie andere. Dafür hab ich sie ganz stark gegenüber Menschen. Ich würd z. B. niemals einen Flüchtling essen.

31.1.2016 Der Begriff Trauma wird oft falsch verwendet. Als wäre ein Menschenleben keine selbstverständliche Anhäufung existenzieller Erschütterungen.

1.2.2016 Cameltoe würd noch grindiger klingen, wenn man es auf Wienerisch sagen würd.
«Schau, die hot an muadsdrum Kamözechn.»

1.2.2016 Du gibst mir Halt wie schwerer Ballast.

2.2.2016 Arbeitsethos wäre etwas Schönes. Pflichtbewusstsein. Aufwachen und denken: «Ahhh … dann werd ich mal den Ficus umtopfen, bis das Faschierte auftaut is und dann SCHWUPS eine Nespressokapsl, und ich hab noch ein bissl Zeit für meine Zeitschrift am Balkon, mein kleines Glücksi. Und vom Gugelhupf bring ich morgen was mit ins Büro.» Aber ich denke: «Alles ist sinnlos, ich möchte nichts tun, gebt mir das Geld einfach so. Ich hab's verdient, weil ich lebe.»

2.2.2016 Die Steiermark find ich landschaftlich am schönsten in Österreich. Weich und waldig, sanft hügelig. Nicht so nazimäßig wie diese scharfkantigen Berge. Nicht so aggro.

3.2.2016 Hotelfachfrauen sind so arg. Ihr Lächeln ist so breit und offen, und doch wirken sie so kalt und unnahbar. Wie sie gerade meine Rechnung gefaltet, geklammert und kuvertiert hat wie ein geschminkte Maschine.

4.2.2016 Ich bin voller Liebe.

4.2.2016 Partyidee: Alle bringen ihre Kinder, wir verkleiden sie als alte Leute, kiffen was und schauen ihnen beim Tanzen zu.

4.2.2016 Ich seh den Style der 20-jährigen Artkids und denk mir «Verrückte Jugend mit ihrem Internet».

5.2.2016 Straßenjunkies lächeln eigentlich fast nie, trotz der ganzen Drugs.

5.2.2016 Noch mal in Gedichtform:
Straßenjunkies lächeln nie
Trotz

Der ganzen
Drux

5. 2. 2016 Gestern musste ich für eine Fernsehsendung so tun, als würde ich gerad in mein Handy tippen. Habe heute geschaut, was es war: «Cafe stadfbagn gacki lulu aha bürgershit trip action fick mach drine mutter kaputt du butch hab eine depressoon no non jyes abrakadabra bam oida ich denk an sich wenn ich deinen bänker sticht deine bänke trifft dein mongo ist meine bomgo du hurensohn lebst auf nem mongotron mit deiner mutter sie ist kik nutte die fickbutter hat eine katze namens glatze mutschus grazias hallo was ist los haben alle depressionen und hat bussis in ihrer tankstelle sie ist klein mit zöpfchen sie hat ein köpfchengzgugugububkjjjj»

5. 2. 2016 Wenn ich liege und das ganze Fett in den Körper reinrutscht, schau ich richtig dünn aus wie eine Magersüchtige.

5. 2. 2016 Am liebsten lösche ich solche Kommentare: «Warum löschst du meine Kommentare?»

5. 2. 2016 Im Internetcafé sind lauter Penisfotos am Computer.

7. 2. 2016 Ich finde es entsetzlich, wie Gewalttaten einzelner Personen dazu genutzt werden, einen allgemeinen Hass auf Flüchtlinge zu schüren. Ich finde, sie sollten lieber dazu genutzt werden, einen allgemeinen Hass auf Männer zu schüren.

8. 2. 2016 Ich würde ja gern ein routiniertes Leben führen mit Disziplin, gesunder Ernährung, wenig rauchen und

viel Bewegung an der frischen Luft. Mit früh aufstehen und abends müde schlafen gehen. Aber immer wenn ich das eine Zeitlang hinbekomme, erlebe ich nichts Interessantes.

10.2.2016 Ich bin ständig mit sehr schwierigen Überlegungen über das Leben beschäftigt (gegen einen Zaun gelaufen grad).

11.2.2016 Die Securityfrau am Flughafen hat mein Buch im Nachtdienst gelesen.

11.2.2016 Ich bin in der Schweiz, in der stabilen Schweiz mit ihren starken Menschen und den Schokoladenseen. Gebratene Hendlhaxen fliegen mir durch die Luft in den Mund.

12.2.2016 In letzter Zeit halte ich mich immer ein paar Minuten länger auf öffentlichen Toiletten auf als nötig. Wegen dem schützenden Gefühl beeile ich mich nicht mit dem Rausgehen. Ist das dieses Burn-out, von dem alle immer sprechen?

12.2.2016 Wenn beim Duschen ein langes Haar den Rücken runtergespült wird, zwischen die Backen Richtung Damm bis fast zur Scheide, und man sich danach trocknet, es bemerkt und dann mit diesem leicht schneidenden Gefühl rauszieht, ist das so ein schaurig-schönes Gefühl, als würde man eine Larve aus einer Wunde holen.

14.2.2016 Die drei Stadien des Erfolgs:
1. Wenn die eigenen Idole einen kennen (uuh).
2. Wenn die eigenen Idole einen zwecks Zusammenarbeit kontaktieren (aahh).
3. Wenn einem die eigenen Idole auf die Nerven gehen (iihhh).

14.2.2016 Heute ist Valentinstag, da brate ich meinem Schatz ein paar Schnitzeln, und zur Nachspeise gibt's MICH in meiner neuen Reizwäsch' vom Kik.

15.2.2016 Die Buben werden immer gleich geliebt, weil sich die Männer in ihnen wiederfinden. Die Frauen lieben die Buben auch automatisch, weil sie durch ihre Aufmerksamkeit mehr wert sind. Aber ich hasse die Buben, ich smashe die Buben, ich crashe die Buben, ich nehm den Buben ihr ganzes Geld weg, und dann zerfick ich ihre Väter mit mein' Riesenfut.

15.2.2016 Ich bin der beste Mensch auf der ganzen Welt.
Wer ist der beste Mensch auf der ganzen Welt?
Ich, ich bin es. Ich bin's.
Auf wen musst du immer hören?
Auf mich. Steffi. Bester Mensch der Welt.
Wem opferst du dein Leben im Krieg, in der akuten Not?
Mir, Stefanie. Deiner Herrscherin.
Wer führt dich zur Wahrheit, wessen Worten musst du dich ergeben, und wem folgst du in der Dunkelheit und ins nasse Loch?
Deinem Steffilein.

15.2.2016 Das Reicherwerden hilft mir über das Dickerwerden hinweg.

15.2.2016 Ich küsse mein Geld stundenlang.
Ich flüstere dem prallen Bündel zu, wie sehr ich es liebe und dass es wunderschön ist.
Ich lecke meine Hunderteuroscheine zärtlich ab
und führe mir Münzrollen ein.
Zuerst hinten.
Dann vorne.

Dann gleichzeitig.
Autsch

15. 2. 2016 Die strähnigen Stirnfransen vernachlässigter Kinder

15. 2. 2016 Es gibt jetzt eine App, um seinen Nachbarn näherzukommen. Eine Nachbarschaftsapp für Masochisten. Dabei weiß doch jeder, dass Nachbarschaft der schlimmste und gefährlichste aller sozialen Zwänge ist. Nachbarn sind die Ersten, die einen ans Messer liefern, wenn die politischen Systeme es erfordern. Millionen von Menschen wurden als Folge von Nachbarschaftskontakt exekutiert. Ich persönlich werfe vorm Verlassen der Wohnung immer lieber einen Blick durch den Türspion, um dem Nachbarschaftshorror zu entgehen. Ich hätte lieber eine App, mit der ich der Nachbarschaft gezielt und zuverlässig ausweichen kann.

15. 2. 2016 Seit ich selbständige Künstlerin bin, kann ich mir die Depressionen nicht mehr leisten.

16. 2. 2016 Ob ich in vier Tagen noch einen Text für den Bachmannpreis schaffe?

16. 2. 2016 Lesereisen sind insgesamt nicht sehr spannend. Man fährt herum im Zug, man liest und trinkt ein paar Bier. Man unterhält sich mit Leuten über ähnliche Dinge und schläft am nächsten Tag so lange wie möglich, um sich von den sozialen Strapazen zu erholen. Von den Orten bekommt man wenig mit. Die Veranstalter decken das Spektrum Linksradikaler bis Kunsthipster ab, und sie sind nett und keine Psychos, über die man Anekdoten bringen könnte. Dass es anscheinend in jedem österreichischen, deutschen

und Schweizer Kaff einen urban wirkenden Kulturverein gibt, überrascht mich auch nicht mehr so wie am Anfang. Da ich also nur Züge sehe, mit Anarchos, Comiczeichnerinnen oder Konzertveranstaltern in WG-Zimmern sitze, um anschließend in Offspaces und linken Beisln meine Texte zu lesen, ist mein Eindruck der Kleinstädte sehr verzerrt. Über die einzelnen Leute zu erzählen, wäre unhöflich oder langweilig, aber einer habe ich es versprochen. Dem Mädel aus dem «Horstclub» in Kreuzlingen, das versehentlich die Klotür aufriss, als ich direkt nach der Lesung gacken war. Hinter ihr war eine Schlange, und anstatt auf meinen Aufschrei hin die Tür zu schließen, kam sie einfach rein, sperrte hinter sich zu und fragte mich, während ich machte, mit meinem Buch in der Hand, warum ich denn die eine Stelle über Feminismus nicht vorgelesen hätte. Nachdem ich meinte, die wär mir zu polemisch, und schnell fertig machte, übernahm sie die noch warme Schüssel, und ich ergriff die Flucht.

16. 2. 2016 Ich habe mich in der U-Bahn genau auf den freien Platz zwischen drei großen, breiten arabischen Männern gezwängt, obwohl in der Sitzreihe daneben, zwischen den dünnen, weißen Studentinnen, mehr Platz gewesen wäre. Ich hab mich aber aus Rassismusparanoia nicht mehr abbiegen getraut und mich dann erst recht gefragt, ob das jetzt so wirkt, als würde ich ihre Nähe suchen, um mich an ihrem Exotismus aufzugeilen.

16. 2. 2016 Bachmann Flachmann

19. 2. 2016 Das wird nichts mit dem Bachmanntext heuer.

19. 2. 2016 Man weiß ja gar nicht mehr, welchen Parteiplakaten man ein Hitlerbärtchen malen soll.

19. 2. 2016 Kann man an zu vielen E-Mails sterben?

19. 2. 2016 Ich habe endlich eine Idee für einen Bachmanntext:
«Mein schönster Urlaub»

19. 2. 2016 Die Schreibschulenstreber haben ihre Texte sicher alle schon vor einem Monat abgeschickt.

19. 2. 2016 Ich weiß, ich sollte dankbarer sein, aber ich hab keine Lust.

19. 2. 2016 Habe schon einen Schlusssatz für den Text: «Dann wachte ich auf, und es war alles nur ein Traum.»

19. 2. 2016 Schreiben ist eigentlich voll lustig, sollte ich öfter machen.

19. 2. 2016 Politisch orientiere ich mich an schönen Poesiealbumsprüchen.

20. 2. 2016 Ich stell eine Winkekatze in die Babyklappe.

20. 2. 2016 Mein Zielpunkt hat nun fast gar keine Produkte mehr. Da stehen nur noch ein paar Balsamicoflaschen (–80 %) und die Mitarbeiter sitzen rund um die Kasse und spielen mit ihren Handys. Es gibt zwar noch zwei Billas, die sind aber mindestens sechs Gehminuten entfernt, das ist nach meinem subjektiven Empfinden weit und auch schon gefährlich nahe an der Hipstergegend. Dort hab ich immer Angst, dass irgendjemand mich erkennt und Instagramfotos macht, wenn er an der Kasse hinter mir steht, und dann wissen alle, dass ich diese dicken Binden verwende, diese alten dicken. Deshalb haben mich in letzter Zeit schon zwei

Freundinnen ausgelacht. Sie sagen, niemand verwendet die, außer mir. Und außerdem sehen dann alle, wie dekadent ich seit dem Einkommensanstieg einkaufe, sehen die Garnelen und den Ziegenkäse und gehen damit an die Medien.

20.2.2016 Ich mag's, wie die müden Familien sich beim Chinabuffet nie unterhalten.

20.2.2016 Schämt ihr euch wirklich, Deutsche zu sein, wenn jemand was Nazimäßiges macht? Ich schäme mich eigentlich immer nur für Leute, die mir ähnlich sind. Autoren, Künstler, Punks, Feministinnen usw.

20.2.2016 Die Sonne liegt über der Landschaft ... wie eine müde ... Löwin ... ihr blauer Kragen überragt gerade so das Kinn. Der Kellner nimmt die Bestellungen auf und bringt die Getränke. Die Nase hängt aus dem Gesicht wie ein durstiger Vogel. Zwanzig Sätze über ein Weinglas und zehn über die Tischdecke. (Ich übe Literatur.)

20.2.2016 Immer wenn ich befürchte, durch meine steigende Bekanntheit überheblich zu werden, lese ich meine alten Texte und bin beruhigt, dass ich unbekannt schon genauso überheblich war.

21.2.2016 Ich liebe es, wie Menschen sich für Dinge interessieren, wie «Mineralienvorkommen in den Karawanken» oder «Spätgotik».

21.2.2016 Stipendien sind wichtig, weil Künstler keine durchschnittlich lebensfähigen Menschen sind. Sie malen z.B. in das Kartoffelpüree abstrakte Muster mit dem Löffel und vergessen dabei, es aufzuessen. Sie steigen nicht rechtzeitig aus der Straßenbahn aus, weil sie das Fahrgeräusch zu einem experimentellen Track inspiriert, und sie werden verprügelt, weil sie sich so komische Frisuren machen, und im Winter frieren sie, weil sie alles für Buntstifte und Kokain ausgegeben haben. Wir müssen ihnen helfen. Sie sind lieb und haben special needs.

22. 2. 2016 Wer will so leben?

22. 2. 2016 Ein dicker alter Mann auf der gegenüberliegenden Rolltreppe hat pervers geschaut und «Bussi» gemacht. Ich starre den dicken alten Mann seitdem wie eine Irre an. Der dicke alte Mann lächelt provokant zurück. Ich starre den dicken alten Mann noch intensiver, wie eine Verrückte, an. Der dicke alte Mann wird nervös und wendet ängstlich sein Gesicht ab. Nach Ende der Rolltreppenfahrt geht er schnell weg. Ich habe gewonnen.

23. 2. 2016 Hängen wir in einer Elternwohnung ab, wenn sie auf Urlaub sind, und kiffen, und essen wir ihre Tiefkühl-Marillenknödel, und schauen wir den «Koyaanisqatsi»-Film.

24. 2. 2016 In diesem hippen Babycafé im siebten Bezirk, an dem ich vorbeigegangen bin, waren nur Frauen. Gemeinsam gefangen in einer kollektiven Stresssituation. Es sah aus wie ein Gefängnis, wie die Hölle irgendwie.

27. 2. 2016 Seit ich dreißig geworden bin, fällt mir dieser Ageism überall erst auf. Dass Zwanzigjährige sagen, dies und jenes würden nur Dreißigjährige hören, auf diese Party würden nur Dreißigjährige gehen. Was soll das? Das ist verletzend! Wir 30-Jährigen können auch noch Boogie-Woogie tanzen. Wir 30-Jährigen sind auch «laser», haben den «schweg» und denken uns «beste Leben», wenn wir «was abfeiern» auf «schnippchat».

27. 2. 2016 Witzmann: «In der Jugend möchte man möglichst viele Erfahrungen machen. In meinem Alter versucht man, sich nur noch vor Erfahrungen zu schützen.»

28. 2. 2016 Schwanz ist die Abkürzung von Schwanentanz.

29. 2. 2016 Die Naturkosmetikmasken brennen so. Mein Organismus wehrt sich gegen mein Streben nach einem guten Leben. Die Poren sind gereizt von der Heilerde, sie wollen stundenlange Tschumsenluft. Von den Fischplatten kriege ich Durchfall, vom guten Rotwein Sodbrennen und von den Kulturmenschen posttraumatische Belastungsstörungen.

29. 2. 2016 Mein erstes englischsprachiges Interview ist erschienen:
«Question: There always have been interactions and disputes between the discourses of poetry and politics. Do you see possibilities of emancipatory strategies concerning contemporary interactions between poetic and political discourses and agendas? How can/should/do these literary strategies look like?»
S. Sargnagel: «What?»

1. 3. 2016 Mein Vater ist heut auch bei einem Verlag wie ich. Er repariert dort die Heizung.

2. 3. 2016 Verkatert bin ich heute nach fünf Stunden Schlaf aufgewacht, rausgegangen und musste die Polizei rufen, weil im Sechser ein Mann einer drogensüchtigen Frau mit seinem Gehstock das Gesicht blutig geschlagen hat, nachdem sie ihn «Scheißkanak» nannte. Dann hat ein Kultursender ein Porträt über mich gefilmt. Dann war ich beim Steuerberater. Danach hat mich ein Freund mit Psychose

angerufen, den ich beruhigen musste. Jetzt esse ich Tomatensuppe im Restaurant.

2.3.2016 Carla Bruni war mal mit Donald Trump zam.

3.3.2016 Tut Pavianen ihr Popo eigentlich weh? Brennt es sie?

3.3.2016 Durch den Künstlertagesrhythmus kommt man nicht mehr zum U-Bahn-Zeitunglesen und verliert komplett den Zugang zur Gesellschaft.

3.3.2016 Österreicher nennen einen Schlaganfall ein «Schlagerl».

3.3.2016 Was mir im Naturhistorischen Museum heute aufgefallen ist: Es gibt so viele Arten auf der Welt.

4.3.2016 Ich hab für ein TV-Porträt eine Begrüßungsszene mit dem Internetcafébetreiber nachgespielt. Es war unser Mcmoment.

4.3.2016 Früher in der prätentiösen Artworld dachte ich mir immer «Ich gehöre da nicht hin, denn ich bin mehr ein prolliges Kleinkunstgirl, volksnah und so». Jetzt wo die Kleinkunstwelt auf mich zukommt, denk ich mir «Oh no, muss weg – bin doch 1 arty girl. Ciao!»

4.3.2016 Witzmann während des Hitlerdoku-Schauens mit *Kinder-Schokobons* zu füttern, erregt mich.

5.3.2016 Keinen Nahversorger mehr zu haben, schränkt meine Lebensqualität massiv ein.

5.3.2016 In Berlin unterrichten jetzt Technomusiker in den Grundschulen, wie man elektronische Tracks macht. Danach nehmen die Berliner Grundschulkinder Ritalin und feiern illegale Raves am Spielplatz. Genauso stell ich mir Aufwachsen in Berlin vor.

5.3.2016 Gerade war die Ampel am Gürtel auf Rot, aber drei Junkies sind trotzdem rübergegangen, sehr zielstrebig und selbstverständlich, und deshalb sind auch so MigrantInnen und Gürtelgangster und eine betrunkene Künstlerin blind gefolgt, und so blieb den Autos nichts übrig, als stehen zu bleiben, und die betrunkene Künstlerin dachte sich: «Genau so muss es sein in meiner Utopie.»

6.3.2016 Russische Männervornamen sind schön. Sie klingen nach Erfrierungen. Nach Blässe und gruslig.

7.3.2016 Ich bin jeden Tag in der Lugner City, und ich weiß nicht, warum. Ich steh einfach plötzlich drin und frag mich, wie das schon wieder passiert is.

9.3.2016 Morgen beginnt meine Berlintour. Als Erstes werde ich das Borchardts zerficken.

9.3.2016 Gestern hat mir ein Drogendealer mit schwerer Kindheit erzählt, dass er Fan meiner Texte ist.

10.3.2016 Nachdem mich meine Mutter zum Flughafen gebracht hat, wurde ich in Berlin von meiner Bookerin abgeholt. Sie fuhr mich zum Hotel. Ich füllte meinen leeren mitgebrachten Koffer mit 100 Büchern aus ihrem Auto. Jetzt ist er sehr schwer. Gerade sitze ich in einem Hotelzimmer. Alles ist in einem niederschmetternden Türkiston gehalten. Die Beleuchtung hat was Suizidales, im Spiegel

sehe ich dicker aus als daheim. Am Fernsehschirm läuft ein flackerndes Feuer wie in der Hölle. Gleich geh ich in ein Snobrestaurant zu meiner ersten Lesung. Es lesen mehrere Autoren. Man kommt nur mit Einladung rein. Benjamin Lebert liest auch. Kennt ihr den noch? Das ist der mit dem Wichskeks. Tschüssi.

11.3.2016 Farin Urlaub hat Bücher von mir gekauft.

11.3.2016 Was ich nicht mag an Hotels, sind diese Karten, die man statt Schlüsseln bekommt. Erstens steht keine Zimmernummer drauf, und wenn man sie betrunken nicht mehr weiß, muss man sich an der Rezeption demütigenden Situationen stellen. Zweitens: Man braucht diese Karte meistens, um das Licht im Zimmer einzuschalten. Wenn man diese Karte aber verlegt, kann man das Licht nicht einschalten. Man kann die Karte dann allerdings auch nicht suchen, weil es ja dunkel ist und man das Licht nicht einschalten kann, und so ist man verdammt zu einem absurden Teufelskreis aus ewiger Kartenlosigkeit und unendlicher Dunkelheit.

11.3.2016 Wäre ein drittes weiches Ei vermessen?

12.3.2016 An Deutschland finde ich manche Wörter gruslig wie z.B. «Ruhrpott». Oder dass der durchschnittliche Prolostil so leicht gothic ist. Die Popgrößen sind Rammstein und Unheilig, und reiche Frauen schminken sich den Lippenrand schwarz wie Thomas Gottschalks Frau und alle sind zwei Köpfe größer als in meinem Land. Das ist für mich das Unheimliche an Deutschland. Claudia Gültzows Makeup.

12.3.2016 Dresden gefällt mir eigentlich sehr gut. Ich find die historischen Altstadtgebäude an der Elbe mit ihren fast schwarzen Fassaden sehr schön, stimmungsvoll, melancholisch und die mit jugendlicher Subkultur bevölkerte Neustadt ist auch ganz reizend. Wenn's warm ist, sitzen sie alle auf der Straße und machen Blödsinn wie in einem riesigen besetzten Haus. Auch das Sächsische hat seinen Charme, ich fühl mich immer wie in einem Fred-Feuerstein-Cartoon, und die Taxifahrer sind immer so nett und erzählen mir wer was wann wie gebaut hat und wünschen mir alles Gute. Ich kann mir wirklich nicht vorstellen, dass das alles Neonazis sind.

12.3.2016 Ich ess immer alles auf im Backstageraum, weil ich bin eine brave Schriftstellerin.

13.3.2016 Morgen wird Heidelberg zerfickt.

13.3.2016 Wenn man nicht zu viel trinkt, ist so eine Lesereise eigentlich ganz entspannt.

13.3.2016 Einen Koffer mit 100 Büchern durch Deutschland zu ziehen, sensibilisiert einen für Barrierefreiheit.

13.3.2016 In meinem Rider steht, ich möchte Brot und Käse im Backstageraum. Jetzt liegt da jeden Abend sehr viel Käse. Ich esse den Käse natürlich, weil ich eine brave Schriftstellerin bin. Jeden Tag drei Käse. Den übrigen Käse packe ich ein und esse ihn zum Frühstück und im Zug. Schaue auf Deutschland und beiße ab von großen Käsestücken. So viel Käse hab ich noch nie gegessen. Ich bin schon ganz käsig. Ich rieche würzig wie eine Bergziege, und meine Haut ist ganz ölig und gelb. Wenn ich schwitze, kommen dicke gelbe Tropfen aus meinen Poren, sie ziehen Fäden wie ein Fondue, und alles juckt mich schon und ist komisch wund, und überall, wo ich hingehe, verfolgt mich eine riesige Schar von Mäusen.

14.3.2016 Am wenigsten an der Lesereise mag ich die Müdigkeit und das Zugfahren, am meisten mag ich das viele Gratis-Essen.

14.3.2016 Flüchtlingsmenschenmengen und Bierzeltfeste sind auch die einzigen Situationen, die konservative Männer darüber klagen lassen, dass zu wenige Frauen vertreten sind.

15.3.2016 Ich habe schon seit einer Woche kein Sonnenlicht gesehen.

16.3.2016 Wäre ich jetzt zu Hause, würde ich den lautesten Schas ever lassen. Aber ich bin nicht daheim. Ich schlafe in einer WG. Daher behalte ich die Gase in mir. Ich schiebe sie tief hinein in mein Inneres und vergrabe sie in meinem Bauch, der sich langsam aufbläst, bis ich in die Luft steige wie ein Ballon. Sachte erhebe ich mich über Neukölln. Ich schwebe über die Wolken zur Sonne, immer näher, bis die Hitze mich entzündet und zum Platzen bringt und ein feiner Schauer aus Kot und Blut fast unbemerkt über die Erde rieselt.

17.3.2016 Morgen hab ich einen Tag lesefrei.

17.3.2016 Der Deutsche mit der schmalen Brille neben mir im Bus knabbert an einer Möhre. Das Wort Möhre muss in dem Zusammenhang einfach sein, auch wenn ich sonst Karotte sagen würde. Seine geschälte Möhre hat er extra in Frischhaltefolie verpackt, und jetzt isst er sie. Die Vorstellung, wie der Typ in seiner dummen Küche steht, seine Möhre schält und in Frischhaltefolie packt für die Busfahrt («meine leckere Bus-Möhre»), macht mich extrem aggressiv.

18. 3. 2016 In Stuttgart nennen sie den großen Spritzer «Containerschorle».

18. 3. 2016 Ich sollt weniger Leute dissen. Es gehört sich irgendwie nicht. Aber ich kann's halt so scheißgut.

18. 3. 2016 «Drogenparty im Islamkindergarten»

18. 3. 2016 Manche Leute sind starker Fremdbetreuung ihrer eigenen Kinder gegenüber sehr kritisch, sie denken, der ständige Aufenthalt in Kindergruppen sei schlechter, als dauernd mit den Spleens der eigenen Eltern konfrontiert zu sein. Ich habe die elternbetreuten Kinder als sozial viel anstrengender, neurotischer und einfach weniger abgehärtet als Ganztagsschulkinder empfunden, und sie haben alle lustigen Sachen immer verpasst.

19. 3. 2016 Deutsche Securitytypen am Frankfurter Bahnhof nennen Frauen «Torte». «Die Torte drüben hat was gefragt.» Schön, eine Torte zu sein. Ich wäre gern eine Malakofftorte mit extra Schlagobers.

20. 3. 2016 Ich liebe die Cosplaymesse auf der Buchmesse so. Hab schon vier stark übergewichtige Einhörner gesehen. Flauschi.

20. 3. 2016 Gerade ist ein schlecht gelaunt wirkender Mann in Camouflageoutfit mit Sprenggürteln, Handgranaten und Maschinengewehren hier bei der Buchmesse an der Secu-

rity vorbeigegangen, und alle hielten ihn für einen Cosplaycharakter.

20.3.2016 Die Cosplaymesse is das Beste. Ich verstehe echt nicht, was man auf der Buchmesse machen soll, wenn es ein Phantasieparadies als Alternative gibt.

20.3.2016 An der Cosplaymesse hat so eine japanische Band gespielt, und Pikachu hat Head gebangt neben Rainbow Cat.

20.3.2016 Heute wurde mir ein Fünfsternehotel gezahlt, und ich dachte mir: «Wow, ich war noch nie in einem Fünfsternehotel. Dann mach ich dort gleich die ganzen Fünfsternehotelsachen. Am Obstkörbchen naschen, mit Schlafmaske schlafen, den Spabereich nutzen, Sekt aus der Minibar schlürfen.» Aber die Minibar is leer. Stattdessen steht da eine Flasche stilles Wasser. Ich wollte schon daraus trinken, bevor ich las, dass sie ab dem ersten Schluck 5 € kostet. Der Spabereich kostet auch extra. Es gab nicht mal ein Zuckerl auf dem Kopfpolster. Und statt freundlichem Empfang an der Rezeption stand da ein Amerikaner und beschimpfte die Rezeptionistin als «stupid germans». Das Frühstück gibt's auch nur bis zehn. Es gibt aber einen Bademantel.

20.3.2016 Ich bin immer so erstaunt, wenn mein Publikum über 60 is und meine Texte trotzdem ankommen. Diese [Saubatteln]().

20.3.2016 Meine Lesung war die beste der ganzen Buchmesse, muss man ganz objektiv feststellen.

20.3.2016 Ich liebe die trockene Poesie von Natascha Kampusch. Ich freue mich immer, wenn sie zitiert wird. «Als Natascha Kampusch sich schließlich selbst befreien konnte, kommentierte sie das Erlebte folgendermaßen: ‹Es ist ja so, dass sich jeder Wellensittich damit arrangiert, dass er in einem Käfig lebt und regelmäßig Körnchen bekommt und Wasser. Dann singt er auch wieder so, wie er es früher aus seiner Heimat oder dort, wo er gezüchtet wurde, gewohnt war.›» Solche Sätze sagt sie einfach so.

21.3.2016 Auf der Buchmesse begrüße ich die Leute so: «Na, du Leseratte.»

21.3.2016 Heute saß ich eine Stunde im Zug und fuhr durch die bayrische Landschaft. In meiner Nähe saßen zwei StudentInnen und plauderten. Das Gespräch plätscherte so vor sich hin, sie hatten angenehme Stimmen und wirkten wie nette Menschen, der flow des unaufgeregten Dialogs riss nicht ab, und es war so beruhigend banal. Sie z. B. verträgt keinen Kaffee, er trinkt pro Tag fast eine Kanne. Er ist Vegetarier, sie isst nur daheim bei den Eltern Fleisch, ihre Lieblingspizza ist Vierkäse. In den Ferien hat sie auf einer Baustelle gearbeitet und durfte sogar einmal Gabelstaplerfahren probieren. «Wow, das wollt ich als Kind auch immer», meint er. Mit dem verdienten Geld möchte sie gern mit einer Freundin Interrail in Skandinavien machen. Beide waren schon einmal auf Klassenfahrt in Paris. Er war am Eiffelturm, sie nur davor. Den Louvre fanden beide ganz toll. So schöne Bilder. Als sie erzählt, dass sie aus Versehen dort an ein Bild anstieß und sie ein Aufseher ermahnte, müssen beide lachen, kriegen sich kaum ein, weil die Geschichte so witzig ist. Er hat einen Hund, der isst die Knochen immer zu hastig, und das ist schlecht für seine Verdauung. Sie hat bei den Eltern zwei Katzen. Sie wirken behütet, aber nicht verwöhnt, naiv, aber interessiert und gebildet. Im Sommersemester möchte sie verreisen, weil da sei das Wetter zu schön, um daheim zu versauern. Seine

Lieblingsband sind die Red Hot Chilli Peppers, aber er war noch nie auf einem Konzert. Sie war schon mal auf einem Festival, da war's aber zu verregnet, aber einmal möchte sie schon wieder. Als Nächstes geht sie zu Bruce Springsteen, das schenkt die Familie dem Vater zum Geburtstag, und in die Olympiahalle wollte sie immer schon. Aber jetzt will der Papa selbst Karten besorgen, und sie wissen nicht, wie sie es ihm ausreden können. Beide lachen wegen der verrückten Situation: Hahahahaha. Das Gespräch ist so entspannend langweilig, ich möchte es mir aufnehmen, um's daheim vorm Schlafengehen immer und immer wieder anzuhören. Er fragt, ob sie Marina Abramovic kenne, die fände er voll cool und erzählt von ihrer Performance im MOMA. Ich mag nicht, wo sich das Gespräch hinbewegt. Sie sagt, sie hätte in Taiwan letztens eine coole Ausstellung besucht. Wtf? Ich werfe meinen Kaffeebecher auf ihre Köpfe und rufe: «Redet gefälligst wieder über Pferdchen, ihr Bauern!»

22.3.2016 Letzte Lesung geschafft. Es war sehr sportlich. Wie in Trance wandelt man von Zug zu Lesung zu Wein zum Bett zum Zug zur Lesung, bepackt mit Rucksack und Koffer, sieht niemals Sonnenlicht und verliert jedes Zeitgefühl. Elfmal habe ich gelesen. Zehn Städte besucht, viel getrunken und kaum geschlafen.

23.3.2016 Seit ich die Grenze passiert habe, rede ich doppelt so österreichisch wie sonst. Habe gerade Chips bei der Bahnangestellten bestellt, so: «A Backl Dschieps, bittschee, dank Ihna, pfiati, hawe di Ehre, gnä Frau!»

24.3.2016 Wieso wirft MIR nie jemand vor, ich bekäme die ganze Aufmerksamkeit nur wegen meiner Sexualität? Ich musste zehn Sandler blasen, um da zu sein, wo ich jetzt bin.

24. 3. 2016 Ich find nicht, dass Richard Lugner rechts oder links ist. Er strahlt in alle Richtungen wie eine Sonne.

24. 3. 2016 Das ist alles Dissoziation.

24. 3. 2016 In Hernals werde ich immer so wehmütig. Alles in meinem Heimatbezirk ist genau wie vor zwanzig Jahren. Sogar im Libro spielts immer noch Dr. Alban.

25. 3. 2016 Wisst ihr noch, von welcher Marke die großen Tiersticker aus Stoff waren, die nur die gstopften Kinder hatten? Es gab sie nur in edlen Papierfachgeschäften, und die reichen Kinder wollten sie nie tauschen. Ich möchte sie mir gerne mit meinem Buchvorschuss kaufen. Die Tiger, die Rehe, die Collies, alle!

25. 3. 2016 Soll ich ein Aussteiger werden, der auf alles scheißt, oder ein Machtmensch, der alle zerfickt? Finde beides attraktiv.

25. 3. 2016 Habe heute zehn Minuten im Wald meditiert.

25. 3. 2016 Alles in Henrals ist voller Erinnerungen. Der Sexshop, an dem ich mit meiner Schulfreundin immer die Tür aufgestoßen hab, um lachend wegzurennen, hat immer noch genau dasselbe Schild. Der alte Ostermarkt in der Kalvarienberggasse hat zwar weniger Stände, aber es riecht immer noch gleich nach dem Frittierfett, das mir meinen Langos damals gebraten hat, den ich in der Osterzeit immer am Heimweg fraß um 15 Schilling, erfüllt von diesem Glücksgefühl, das nur dicke Kinder kennen. In der Kirche riecht es immer noch nach jahrhundertealten Mauern und Schuld, und da ist auch der Jungscharraum ums Eck, in dem ich der Leiterin stolz zeigte, wie viele Schamhaare

ich mit meinen neun Jahren schon hatte. Da ist der Bäcker, von dem ich sonntags nach dem von der Mutter georderten Zeitungsdiebstahl ein Schokocroissant holen durfte, und ein paar Meter weiter das Kebabgeschäft, in dem der alte Türke mich und meine 16-jährige Freundin vor dem Ausgehen mit gratis Raki abfüllte, solang wir seine Pornoheftsammlung bewunderten, und in dem uns Gino Excel, der Zuhälter von gegenüber, seine Visitenkarte zusteckte, um uns für einen Job in der Szene zu begeistern. Da ist der Park, in dem mir meine Nachbarin Hülya türkische Klatschspiele beibrachte, während ihre Eltern um die Ecke Gemüse am Brunnenmarkt verkauften. Das ist ihre gehörlose, hinkende Tante, die als Kind von einer Schaukel gefallen war und immer «Habaaaaa» rief, wenn wir nach Hause gehen sollten. Ihr Vater, der mir beim alltäglichen «Hallo, wie geht's?»-Fragen am Gang in die rechte Brust zwickte, als dort eine Beule zu wachsen anfing. Unser immer betrunkener Nachbar Ernstl, den ich manchmal aufwecken musste, wenn er wieder am Gang eingeschlafen war, und der mich dann immer überreden wollte, zu ihm fernschauen zu kommen. Der uralte Herr Silaba, dem ab und zu, wie mein Vater sagte, «wieder das Material durchgegangen ist», wenn er mit seinen braunen Flecken auf der Hose schimpfend durch die Straßen schlurfte. Hach.

25.3.2016 Ich kann immer die Straßenbahnlinie 18 oder die Straßenbahnlinie 6 nehmen für meine täglich abzuarbeitenden Strecken. Aber der 6er is mir irgendwie sympathischer. Ich nehm lieber ihn. Der 6er is einfach realer. Der 18er tut bissl Ghetto, aber kurz vorm zehnten Bezirk, kurz bevor's hart auf hart kommt, biegt er doch lieber in die aufstrebenden Vierteln ab wie eine feige Sau.

26. 3. 2016 Auf der Baumgartner Höhe spaziert auf den Wegen des Psychiatriegeländes seelenruhig ein depressives Reh im Laternenlicht.

26. 3. 2016 Der Bierkavalier war heute in der U6.

26. 3. 2016 Mit den klügsten meiner Freunde diskutiere ich meistens darüber, wie wir's möglichst gezielt vermeiden können, auf irgendeine Weise in die Arbeitswelt einzutreten.

27. 3. 2016 Ich kann euch beruhigen, alt werden ist auch nicht anders als jung sein. Man wird nur immer hässlicher, kränker, und ständig stirbt jemand, den man kennt, aber sonst ist es genau gleich.

28. 3. 2016 Habe mich sechs Stunden lang im Wald versteckt.

29. 3. 2016 Ich freue mich immer, wenn die Menschen bei meinen Lesungen viel lachen. Ich fühle mich dann lustig und legitimiert. Aber manchmal bin ich auf Veranstaltungen, die ich gar nicht lustig finde. Und da lachen sie auch alle, und ich frag mich erschrocken: «Oh Gott, sind das etwa dieselben?»

29. 3. 2016 Weshalb macht man eigentlich keine Gewürze aus Eigenkörpersäften? Eine Stelle von mir riecht heute wie geräucherter Speck, sehr umami.

29. 3. 2016 Was is das für ein Prekariat, das die ganze Zeit Thailandfotos postet mit seinen iPhones?

29. 3. 2016 Beim Steuerberater wurde mir ganz schummrig im Kopf von seinen argen Wörtern, als würden unter meiner Schädeldecke plötzlich hundert Bienen aus verklebten

Waben schlüpfen. Jahresausgleich, Differenzen, Mehrwertsteuer. Gott sei Dank war meine Mama mit. Sie machte fleißig Notizen, stellte vernünftige Fragen und zog meinen katatonischen Körper vorsichtig an der Hand vom Sessel und über den Teppichboden wieder aus der Kanzlei.

29. 3. 2016 Rechnung kommt von Rache.

29. 3. 2016 Wer will noch eine Rechnung?

29. 3. 2016 Wie kriegt ihr eigentlich euer Leben auf die Reihe ohne meine Mama?

30. 3. 2016 Die deutschsprachige Literaturwelt is bissl so: Es gibt Lyrik, Dramatik, Epik. Und alles dazwischen ist VERRÜCKT. Es kann nicht sein, es ist verkehrt und abartig und gegen die Natur und überhaupt: PLOT PLOT PLOTT! Plott? Ahhh. Überforderung. Kopfweh. Erbrechen. Erliegen. Wegsperren, in den Brunnen mit dem Obelisken, in den Keller mit dem deformierten Kind. Pfuh. Jesus Christus. PS: Außer Poetry Slams, die sind okay. Die sind die durchgeknallte Avantgarde. Die Jungen dürfen ruhig ausflippen mit ihren Wortspielen in der drogenfreien Jugenddisko.

30. 3. 2016 Seit wann ist eigentlich «Selbstinszenierung» bei künstlerisch tätigen Menschen was Schlechtes? Jeder inszeniert sich doch selbst, die meisten sind halt einfach langweilig dabei.

31. 3. 2016 Wenn ich dann genug Geld hab durch mein Rowohltbuch, zersetze ich den Staat.

1. 4. 2016 Mir fällt kein anderes Lokal mehr zum Treffen ein als das Café Weidinger. Ich fühle mich dort einfach wohl.

Klar, es gibt viele ähnliche Lokale. Aber irgendetwas ist im Weidinger einfach besser. Ich glaube, es ist die Akustik. Selbst wenn es laut und belebt ist, haben intime Gespräche in leisem Ton immer noch Raum. Man überblickt das Lokal, fühlt sich aber trotzdem zurückgezogen. Wenn man Bekannte trifft, kann man ihnen winken, ohne sich gleich in einem Gespräch zu verfangen. Man kann gemütlich lesen und Kaffee trinken, fühlt sich aber auch nicht plump dabei, zu fünft bei Bieren zu diskutieren. Wenn ich Lust auf Gesellschaft habe, treffe ich oft zufällig jemanden, zu dem ich mich setzen kann, aber niemand erwartet es. Abends ist das Publikum eher so Boheme, trotzdem gehen da auch Gastarbeiter in Blaumännern rein, alte Frauen trinken Kaffee, und Nazis halten ihren Dienstags-Stammtisch. Das Publikum ist heterogen. Kunsthipster trifft man, aber nicht zu viele, Linksradikale trifft man, aber nicht zu viele, Kultur- und Medienleute trifft man, aber nur ein paar. Es ist gleichzeitig unprätentiös heruntergekommen, aber auch konservativ-traditionell, weder sehr abgefuckt noch in irgendeiner Art schick, geschichtsträchtig und mitten in der Zeit. Das Fing Schwui ist unstressig, die Raumaufteilung perfekt. Jedes Mal denke ich mir, ich könnte einen anderen Treffpunkt vorschlagen, aber mir fällt nichts mehr ein.

1. 4. 2016 Wenn ich eine WG gründe mit einem extrem ordentlichen Menschen, der dafür weniger Miete zahlt, is das Sklaverei, oder?

1. 4. 2016 Musiktherapeutin: «Welche Musik hören Sie denn gerne?»
Witzmann: «Lärm.»

1. 4. 2016 Habe gerade einen Artikel übers Impostor-Symptom gelesen. Es geht ungefähr darum, dass vor allem er-

folgreiche Frauen den positiven Urteilen anderer über ihre Leistungen misstrauen, weil sie das Gefühl haben, gar nicht wirklich talentiert zu sein, sondern alles nur zur faken. Ich kenne das ähnlich, aber ein bisschen anders. Wenn mich Leute loben, denk ich mir auch immer, kann ich das Lob wirklich ernst nehmen? Ich mein, was soll ich mit dem Lob von Leuten anfangen, die nicht mal halb so intelligent und talentiert sind wie ich?

2.4.2016 Diese selbstgefälligen, draufgängerischen Skater/Snowboarder/BMXler-Alphatypen ... Wie ich sie dafür verachte, geil auf sie zu sein.

4.4.2016 Von den Kopfhörern im Internetcafé jucken mich die Ohren immer so.

4.4.2016 Meine Wohnung ist wie ein Sarg, in dem ich die Stunden überdauere, in denen ich mich nicht gesellschaftsfähig fühle. Ich liege dort hinter abgedunkelten Fenstern herum, bis ich wieder ausfliege. Ich lade nie Besuch ein, ich starre taub aufs TV-Gerät, koche Nudeln und warte aufs Weiterleben.

5.4.2016 Ich will mein Geld zurück wegen die Panama Papers.

5.4.2016 Ich hab geträumt, ich schlafe in einem Bett auf der Straße. Ein kleines Känguru hüpft vorbei. Über mein Bett, die Decke und hinter mir weg. Als Nächstes hüpft ein Babylama vorbei. Es hüpft ungeschickt gegen meinen Hals und bleibt liegen wie eine Krause. Es leckt mich am Ohr mit seiner kleinen Zunge. Ich muss so viel lachen deshalb. Dann hüpft es weg. Tschüs, kleines Lama.

5.4.2016 Ich hab aus Versehen parfümierte Binden gekauft. So grindig. Als hätte einem jemand Klospray ins Fifi gesprüht.

6.4.2016 Ich dachte, ich hätte voll Steuern hinterzogen mit meinen Nebeneinkünften letztes Jahr, dabei hab ich objektiv gesehen eh fast nix verdient, haha, das subjektive Reichtumsempfinden armer Menschen is cute.

8.4.2016 Die intellektuellen Frauen schämen sich immer für ihre Essstörungen, weil dünn sein wollen so pubertär ist.

8.4.2016 Je schlimmer die Repression und je tragischer die Lebenssituation, desto besser ist der Humor, sofern man welchen hat. Deshalb vermiss ich die Schule manchmal.

8.4.2016 Ich konnte nicht schlafen und habe mich gefragt, obwohl schon jemals jemand Baklava in Form einer Balaclava gemacht hat. Google sagt ja.

9.4.2016 30 is das neue 90.

9.4.2016 Ich bin zu müde, um den das-furzende-Einhorn-Sticker als Antwort auf nette Nachrichten zu verschicken.

9.4.2016 Meine Mama lasst heut so viele Schas, es ist phänomenal. Ich glaube, ich zapf sie an statt der Fernwärme.

9.4.2016 Das Fauteuil ist ganz begeistert von meinem Schas.

9.4.2016 Neue Wiener Lakonie.

10.4.2016 Immer wenn jemand Neuer, den ich kenne, anfängt, Yoga zu machen.

Bekomm ich Angst, dass ich übrig bleib.
Als Einzige, die kein Yoga macht.
Und alle werden flexibel, entspannt und ausgeglichen.
Und wenn sie sich beugen, strecken und bücken in Baumwollleggins im Studio.
Steh ich verkrampft am Straßeneck.
Wie ein verspanntes Blech.
und scheppere.

11.4.2016 Meine 30-jährigen Freunde sind nun auch auf Snapchat. Das deutet darauf hin, dass die Teenager schon wieder ganz woanders sind.

11.4.2016 Snapchat is also schon out. Alle sind jetzt auf Younow, wovon ich bis gerade noch nie gehört habe. Sobald ich auf den Registrier-Button drück, werden sie in einer großen Welle zur nächsten Social-Media-Plattform schwappen, eine pralle Datenmenge aus jungen Seelen, von der ich doch nur kurz kosten wollte, ein bisschen plätschern in ihrer Frische, nur ein bissi davon abbekommen.
Doch sie laufen davon vor mir, wie wir früher vor dem wichsenden Opa im Park.

12.4.2016 Ich sitze planlos auf irgendeiner Parkbank und warte, dass irgendwer, den ich kenne, zufällig vorbeikommt.

12.4.2016 Wenn ich lang nicht in der Kunstszene war, weiß ich's wieder richtig zu schätzen. Ihr Gespür für Freshness, ihren elitären Zynismus und ihre anstrengende Überdrehtheit. Wenn ich dann genug davon hab, weiß ich das linksalternative Publikum wieder zu schätzen. Die schmuddligen Haare, die entspannte Aufgeschlossenheit, die geschmacksbefreite Kunst und die naiven antikapitalistischen Werte.

12. 4. 2016 Leute auf Partys lenken mich davon ab, mich mit meinem eigenen Rausch zu beschäftigen.

15. 4. 2016 Bin in Rumänien, aber ich hab irgendeine Entzündung im Mund.

15. 4. 2016 Berufe, bei denen eine sichtbare Arschritze Kompetenz und Zuverlässigkeit ausstrahlt: Installateur, Maurer, diverse Handwerksberufe. Berufe, bei denen das nicht der Fall ist: der Typ, der einem grad mit dem Rücken zugewandt einen Imbiss zubereitet.

17. 4. 2016 Leider konnte ich meine Rumänienreise nicht so enjoyen, weil irgendetwas Seltsames in meinem Mund los war, nach dieser Ketaminparty, und deshalb konnte ich nie richtig schlafen, und Verstopfung hatte ich auch, aber das Städtchen Cluj war so hübsch und Sibiu noch hübscher und die Expat-Community aus LektorInnen sehr sympathisch, und ich hätt gern noch ein paar Ausflüge gemacht. Ich habe aber aus Unsicherheit, ob ich am seltsamen Mundgefühl sterben könnte, lieber den nächsten Nachtzug nach Wien genommen. Im Zug Bukarest–Wien, den ich von Sibiu genommen hab, zahlte ich einen Aufpreis für einen Schlafwagen und hatte dann glücklicherweise sogar ein Abteil für mich allein und schlummerte vor mich hin auf der Pritsche, während die Sonne über der transsilvanischen Landschaft unterging. Ich schlief sehr schlecht wegen der seltsamen Halsschmerzen, und seltsame Träume hatte ich auch. Immer wieder schreckte ich hoch, weil ich auch sehr viel brunzen musste. Als es wieder so weit war und ich mich schnell aufrichtete und mein Handy schnappte, sah ich in der Schwärze des Abteils plötzlich eine Gestalt vor mir sitzen und erschrak. Ich war benommen vom Schlaf und den rumänischen Schmerzmitteln, es war stockdunkel, und

ich schaute genau, weil die Umrisse der Person von Statur und zerzausten Haaren im Dunkeln auch einfach ich sein konnte, deshalb schaute ich genauer, was war das, hä, war da ein Spiegel im Abteil angebracht? War das eine Spiegelung? War das noch ein Traum? Verwirrt fragte ich: «Hallo?» Und die Gestalt sagte: «Hallo.» Ich zuckte zusammen, mir wurde ganz anders. Und die Person sprach weiter mit hoher Stimme: «Ich bin blind. Ich schlafe nebenan. Meine sprechende Uhr ist kaputt. Wissen Sie, wie spät es ist?» Ich drehte das Licht auf, erkannte die Person als eine, die ich schon am Bahnsteig gesehen hatte, und sagte ihr höflich die Uhrzeit. Dann ging sie wieder raus. Wow.

18.4.2016 Meine Lieblingsfigur der Neuen Rechten in Wien ist Alina Wychera, die sich auch «von Rauheneck» nennt, vermutlich aus identitärer Unsicherheit. Sie sieht so harmlos und lieb aus mit ihrem Engelsgesicht, ist immer ordentlich frisiert und gekleidet wie jemand, den man gern seiner Oma vorstellt. Sie wirkt sehr romantisch veranlagt, mag die moderne Welt nicht, liest Gedichte und pflückt verträumt Blumen auf Wiesen. Davon macht sie künstlerisch fragile Selbstporträts im Wald. Das nennt sie Lichtkunst, weil Selfie zu modern klingt. Sie spielt auch gern Klavier und liebt es, strenge Zöpfe zu flechten, die an der Kopfhaut ziehen. Ihr Lieblingsjob ist Kinderhüten, da flechtet sie den Kleinen den Kopf und phantasiert von fruchtbarer Mutterschaft. Sie kann auch ganz gut zeichnen. Sie zeichnet am liebsten Bleistiftporträts von jungen, schönen Offizieren und träumt davon, wie sie von ihnen unter einer Linde gepackt und wild geküsst wird, bevor diese wieder ihren Wachtdienst im KZ antreten, in traditioneller Männlichkeit. Ihre Welt ist voll schmerzhafter Sehnsucht.

19.4.2016 Man sollte sein Publikum immer auch ein bisschen verachten.

19.4.2016 Ich hab noch immer Verstopfung. Gestern hab ich was gemacht, das war wie ein großer brauner Stein.
Es ist aus mir rausgefallen und hat die Keramik zerschlagen.
Ich hab es aufgehoben und in den Bach gelegt.
Zu den andern Steinen ins Bett
Über grüne und rote Steine
Floss der klare Bach.
Nur meinen braunen Stein nicht.
Der zersetzte sich Stück für Stück.
Bis Maiskörner zum Vorschein kamen.
Gelb wie die Sonne.
Vom Kukuruzstand im rumänischen Park.
Erinnerungen an Cluj Napoca.

19.4.2016 Es ist nicht ganz richtig, die Identitären als Nazis zu bezeichnen. Ihre Eltern sind womöglich Nazis, viele ihrer Anhänger sind bestimmt Nazis, unter ihren Unterstützern sind ganz viele Nazis, sie gehen zu geschlossenen Treffen, bei denen Nazis anwesend sind, und im Social Media sind sie mit massenhaft Nazis vernetzt. Deswegen ist man aber noch lange kein Nazi.

19.4.2016 Wegen meinem sehr menschlichen Text über Alina hat mich Facebook eine Woche lang gesperrt.

21.4.2016 Ich muss aufhören, Nazis auf Twitter sexuell zu belästigen, das ist einfach nur weird.

22.4.2016 Twitter is wie Egoshooter spielen.

23.4.2016 Wie alt bin ich eigentlich jetzt? Bravo Hits 205?

23.4.2016 Ich, blunzenfett im Beisl zur uralten Kellnerin, die nachts serviert und untertags in der Wäscherei arbeitet: «I bin schon sosalistisch eingestellt. Ich will, dass alle gut lem können.»
Kellnerin: «Na ja und wie lang noch?»
Ich: «Uns geht's doch eh relativ gud. Alleinersieherinnen sollten gmiadlich leben können. Alle sollten gmiadlich leben kön'.»
Kellnerin: «Ich war auch Alleinerzieherin. Aber ich hab gearbeitet. Ich hab's geschafft. Meine Tochter hat Matura.»
Ich: «Aber ich habe Freunde, bei denen geht sichs nicht aus, und andere erben Mijonen.»
Kellnerin: «Weil deren Eltern brav dafür gearbeitet ham.»
Ich: «Nein, weil sie über Generationen reich sind. So was kann sich niemand erarbeiten, nicht mit einem durchschnittlichen Lohn.»
Kellnerin: «Bist ihnen neidig? Klingt nach Neid. Deren Eltern haben sich das erarbeitet, man muss halt arbeiten, nicht neidig sein.»
Ich: «Ihr findet's gerecht?»
Mann an der Bar: «Halt die Pappen und geh wos hackln.»

23.4.2016 Lächeln und lachen sind Gesten der Unterwerfung, sagen sie im Fernsehen.

23.4.2016 10 Jahre lang kitzelten Forscher verschiedene Affenarten.

23.4.2016 Ich mag Menschen, die keinen Humor haben.

25.4.2016 Ich erreiche nach einer Woche und zwei hinterlassenen Rückrufwünschen die ÖBB:
«Hallo, ich habe meinen Pass im Zug Nummer 346 von Bukarest nach Wien in einem Schlafabteil liegen gelassen.»

«Wie ist Ihr Name?»
«Sprengnagel.»
«Wurde nichts gefunden.»
«Und gibt's einen Kontakt in Rumänien, ich weiß genau, wo er war.»
«Also wir haben Kontakte zu Italien, Slowakei, Deutschland, etc. Aber nicht zu RUMÄNIEN. Nein, haha.»
«Keinen möglichen Kontakt? Gar keinen?»
«Wirklich nicht.»

25.4.2016 Ich schaue gern diese Sendung auf Puls Vier, in der verschiedene Humoristen Witze erzählen in einer Art Wettbewerb. Es ist überhaupt nicht witzig, aber am unwitzigsten sind die Witze von Harry «Gaudimax» Prünster, einem Urgestein des österreichischen Pensionsten-TVs. Sie sind so seltsam konstruiert, eigenartig spießig, und die Pointen sind einfach nur sinnlos. Aber seine ganze Performance dabei ist so aus der Zeit gefallen, dass ich irgendwie total süchtig danach werde. Sie erinnert an eine Ära, in der es nur Schwarzweißfernsehen gab und man sich zur Unterhaltung zum Kartenspielen im Wirtshaus treffen musste. Ein dunkles Wirtshaus, in dem alle Männerpullover speckig waren vom Arbeiten, und dann kam der lustige Harry und brachte Farbe in das grobe, schwielige Leben mit «seine Witz». Ich schau mir das an und rieche sofort billigen Schankwein und etwas Pilz. Harry Prünsters Witze sind wie verklebte Maggiflaschen.

26.4.2016 Die Forderung nach Gleichberechtigung ist gescheitert. Ständig hört man trotzdem die Meinung, man müsse sie nur netter, partnerschaftlicher und humorvoller kommunizieren. Ich habe keine Lust mehr auf Schongänge, die Jahr für Jahr ins Leere laufen. Ich habe den Wunsch nach Gleichberechtigung aufgegeben. Scheiß auf 50 %-Quoten, ich will 150 %. Ich fordere, wofür es schon längst Zeit ist: das uneingeschränkte Matriarchat!

27.4.2016 Man kann nicht von Postfeminismus oder der Befreiung vom sozialen Geschlecht reden, solang sich Männlichkeit in ihren Prinzipien noch immer durch die Unterdrückung des Weiblichen definiert. Man muss mindestens zehn Jahre lang alles Männliche in allen Gesellschaftsbereichen hart unterdrücken. Danach kann man wieder entspannt über Gender reden.

27.4.2016 Wann checkt Sarah Wiener endlich, dass wir Proleten niemals Eier um 5 Euro kaufen werden, egal wie oft sie's noch auf Arte sagt.

27.4.2016 Ich habe heute Martin Sellner beim Bipa gesehen. Er hat OBs gekauft.

27.4.2016 Diesen Bobo-Feinkostladen, der in meiner von Tschocherln gesäumten Straße vor drei Jahren eröffnet hat, habe ich nach Ewigkeiten wieder mal betreten. Ich mochte es damals nicht, wie mich der nette Mann in ein persönliches Gespräch verwickelt hat, weil er so regional ländliches Flair feiern wollte. Aber da ich keinen Nahversorger mehr habe, gab ich ihm wieder eine Chance. Ich bestellte ein Kürbiskernweckerl, und der moderne Bauer bot mir an, es doch zu belegen. Oh Gott, es passierte schon wieder. Meine Phobie vor Smalltalkgesprächen mit Fremden durchzuckte mich erneut und nach dem zehnten: «Aaha, ja.» «Verstehe» «Ach so, ganz frisch?» «Eher mild der Gouda, also.» nutzte ich den Moment, als er sich wieder wegdrehte und mir eine Kostprobe vom neuem Biobrot abschneiden wollte, und rannte ohne Weckerl aus der Bäckerei, rannte so schnell ich konnte durch die Siebenbrunnenfeldgasse, quer durch den

Reumannhof, über den Margaretengürtel, schreiend vor Schreck, weinend vor emotionaler Bedrängnis, rein in den Pennymarkt und holte mir ein in Plastik eingeschweißtes Sandwich um 1,19 Euro, gefüllt mit pürierten Hühnerkrallen und einer Creme aus Sägespänen und Kacke und zahlte es bei der schweigenden Kassiererin. Zufrieden verabschiedete ich mich grußlos.

27. 4. 2016 Spaß, ich hab den Martin Sellner gar nicht beim Bipa gesehen. Ich hab Alina W. gesehen. Sie hat Windeln gekauft. Für Erwachsene.

28. 4. 2016 Ich find's gemein, Männer mit kleinen Penissen zu dissen. Wenn ich ein Mann wär, hätt ich sicher auch einen ganz kleinen, aber ich wär trotzdem charmant und sexy.

28. 4. 2016 Das hippe Kuchenlokal «Fett und Zucker» hat auf die Wahlergebnisse damit reagiert, den Norbert-Hofer-Wählern mit einem Schild vorm Lokal zu empfehlen, woanders einzukehren. Diese stellen sich nun als die neuen Juden dar und fühlen sich diskriminiert. Ich finde es legitim, seiner Kundschaft solche Empfehlungen auszusprechen. Kein saftiger, origineller Kuchen vom «Fett und Zucker» für FPÖ-Wähler. Für Rechte gibt's nur speckigen Gugelhupf mit picksüßer, in den 90ern abgelaufener Kuvertür von ihren senilen Naziomas und dazu warme Milch mit Haut aus dem Häferl, in das sie auch in der Nacht die falschen Zähne einlegen.

30. 4. 2016 In der U-Bahn lehnt ein maximal 7-jähriges verschleiertes Mädchen, das komplett allein unterwegs ist, mit einer bemalten Lederjacke auf einem Fahrrad, schaut böse und isst Chips. Was is das? Muslimischer Kinderpunk?

1.5.2016 Am meisten tun mir ja die ganzen rechten Männer leid, die jetzt Angst vor Vergewaltigung haben.

1.5.2016 Ich kann auch die Identitären verstehen. Ich mein, stell dir vor, du wächst in den Wiener Banlieues auf, deine Eltern müssen sich mit Homöopathie über Wasser halten, und deine Straße ist gesäumt von tristen Villen, in denen alle von ähnlichen Problemen geplagt sind. Rassehunde scheißen in die mühevoll gestalten Ziergärtchen am Hauptplatz, überall Diplomatenkinder aus andern Kulturen, und das Einzige, wofür dein Ort wirklich bekannt ist, ist Glücksspiel. In die Stadt kommst du nur mit der Badner Bahn (!), und deine einzigen Zukunftsaussichten sind die Universität Wien oder andere Hochschulen, womöglich im Ausland, wenn du Pech hast, privat. Es ist klar, dass sich da irgendwann eine Riesenwut aufstaut. Es ist verständlich, dass man Angst hat.

1.5.2016 Der Prater: Er ist voll mit glücklichen Wienern.

1.5.2016 Seit ich bei einer Burschenschaft bin, find ich die ganze linksalternative Ästhetik so abgesandelt und verweichlicht.

2.5.2016 Wann züchten sie endlich Kinder, die für immer Babys bleiben?

2.5.2016 Das Leben ohne Nahversorger ist die Hölle.

2.5.2016 Ich vermisse meinen Zielpunkt und das Getrappel von Crocs.

3.5.2016 In Würde altern is so eine dumme Floskel, die hauptsächlich dafür verwendet wird, dass Frauen ihre schwindende Attraktivität mit Unsichtbarkeit verarbeiten sollen. Man sollte wirklich nicht in Würde altern. Man sollte sich grotesk operieren und anziehen wie eine Hure, schrill schminken und nymphomanisch gebärden, dabei zehn Eizellen einpflanzen lassen und kiloweise Mdma essen und das ganze Unglück des Verfalls leben und die ganze Gesellschaft extrovertiert und laut mit der eigenen Todesangst belasten. Finde ich halt.

3.5.2016 Ich mag die Gürteldealer. Sie fragen immer, wie's mir geht, und wirken dabei aufrichtig interessiert.

3.5.2016 Für jemanden mit einer unbehandelten Depression leiste ich echt Beachtliches.

4.5.2016 Ich hab ein reines Wesen.
wie Wasser
wie Engel
wie Engel voller Wasser
Ödeme in den Flügeln

4.5.2016 Termine in den Terminkalender eintragen fühlt sich an, als würde man sich bei lebendigem Leib einmauern.

4.5.2016 Was spricht eigentlich gegen eine Islamisierung Europas? Die Österreicher sollten eh weniger saufen und Schweinefleisch essen, und die Teppiche sind urchillig.

4.5.2016 Seit ein Typ eine Frau mit einer Eisenstange in der Nähe eines bei Journalisten beliebten Fischrestaurants erschlagen hat, zucken alle aus. Als ein Typ in meiner Gegend mehreren Frauen den Schädel mit einer Eisenstange eingeschlagen hat, wurde das viel weniger skandalisiert, weil hier kein Fischrestaurant ist.

4.5.2016 Obwohl Wien etwas Provinzielles hat, ist es doch immer wieder überraschend, wie viele KünstlerInnen einander gar nicht kennen, obwohl ihre Arbeiten gut zusammenpassen würden und eine Vernetzung wichtig wäre. Immer wieder komme ich drauf, dass sich da welche noch nie miteinander unterhalten haben. Da merkt man erst, wie wichtig Alkoholismus is.

4.5.2016 Ich möchte nach Schottland, mit einem schwarzen Schaf sprechen.

5.5.2016 Früher war ich anderer Meinung, aber mittlerweile find ich es legitim, Leute aufgrund ihrer künstlerischen Darbietungen konstruktiv zur Sau zu machen. Nicht aus reiner Bosheit natürlich, aber wenn man anderen ernst gemeinte Aufmerksamkeit für sein Kunstzeug abverlangt, dann muss man es auch aushalten, dass sie es schlecht finden. Wenn man meint, man hätte ein Anrecht auf die Beachtung des eigenen Kots, sollte man das auch vor sich selbst und der Menschheit rechtfertigen können, ansonsten ist man einfach nur ein anstrengendes, infantiles Arschloch.

5.5.2016 Wenn Leute bei einem Gespräch über eine Frau zu stark betonen, wie viel «Power» und «Ausstrahlung» diese hat, weiß man sofort, dass sie über eine dicke Frau sprechen.

5.5.2016 Dass das Produkt «Shampoo und Duschgel in einem» nur in Hotelzimmern vorhanden ist, zeigt die ganze Verlogenheit des Kapitalismus.

6.5.2016 Heute saß ich, wie immer auf Lesereise, restfett in einer gehobenen Frühstückspension und dachte mir, mein Leben wird immer merkwürdiger, als plötzlich Alexander van der Bellen durch den Frühstücksraum spazierte.

6.5.2016 Neben mir im Frühstücksraum sitzt eine Familie wie aus dem ÖVP-Bilderbuch. Bei so konservativen Familien und ihren kleinen Preppy Kids in den blauen Benettonwesten, in die schon ihre ganze Biographie eingenäht ist, denk ich mir immer, ich wünsche mir, ihr Kind wird ein Junkie. Aber die Kinder werden glücklich, und sie werden gesund, wegen den vielen Müsliriegeln und dem regelmäßigen Schiurlaub.

6.5.2016 Ich hab schon wieder eine Lokalidee: ein Gasthaus, in dem es traditionelle und internationale Gerichte aus süßem Speiseeis gibt. Eis-Schweinsbraten. Eis-Gulasch. Eis-Spaghetti.

6.5.2016 Vorarlberg ist wirklich anders, alle lächeln einen an. Hab schon geschaut, ob ich irgendetwas im Gesicht habe und sie mich auslachen.

6.5.2016 Ich vermisse Taxi Orange so.

7.5.2016 Ich lauf halt nur auf 5 % Akku.

7.5.2016 Werden in eurem Internet auch immer mehr Leute rechts?

7.5.2016 Alle Lokale am Dornbirner Marktplatz sind ausreserviert. Den Dornbirnern geht's zu gut, scheint mir.

7.5.2016 Ich lese dann in Innsbruck. Sitze im Zug und schaue ängstlich die Berge an.

7.5.2016 Die Veranstalterin fährt mich mit dem Cabrio durch Innsbruck.

7.5.2016 Alles Fute zum Muttertag.

8.5.2016 Mir gefällt's hier in Innsbruck. Ich mag den Wohlstand und die Berge.

8.5.2016 Wenn Frauen abtreiben wollen, müssen sie in Zukunft etwas warten und vorher ein beratendes Gespräch mit Norbert Hofer führen.

8.5.2016 Ich glaub, ich setz die Pille ab, nur damit ich noch ein paarmal abtreiben kann, bevor Hitler Bundespräsident wird.

9.5.2016 Ich hab mittlerweile die Bühnenangst komplett abgebaut. Ich kann richtig ich selbst sein bei der Lesung. Davor und danach bin ich zwar weiterhin mein höfliches und sozial verklemmtes Ich. Während der Lesung bin ich aber mein böses, echtes, inneres Ich.

9.5.2016 Warum muss man bei Kulturförderungs-Einreichungen alles ausdrucken oder auf Datenträgern einsenden? Finden sie cool, so zu tun, als gäb's kein Internet?

9.5.2016 Wann es Rechten um Menschenleben geht:
Der Täter war Ausländer.
Eine Frau will abtreiben.

9.5.2016 Im Internetcafé zocken lauter 11-Jährige und schreien: «Ich zerfick dich. Wir zerficken ihn.»

9.5.2016 Ich mag wieder von Waldspaziergängen und den lieben Rehlein erzählen und Gedichte schreiben.

9.5.2016 Ist Gewaltbereitschaft was Gutes oder etwas prinzipiell Schlechtes? Ich bin mir nie sicher.

9.5.2016 Anzeigen gegen Mord und Gewaltdrohungen von FPÖ-Wählern ersetzen bald meine Stipendien.

10.5.2016 Die Hitlerfans fordern nach meinem Abtreibungswitz alle meine Sterilisation. Diese Forderung möchte ich mit einem Gedicht kommentieren:
Hitler abtreiben
Nazis nazis
Der Abtreibungshitler

11.5.2016 Onanie ist Mord.

12.5.2016 Schlechtes Wetter ist der beste Freund des Katers.

12.5.2016 Wenn man sich etwas zum Essen liefern lässt und es kommt nicht: Ich finde, das is die schlimmste Art von Enttäuschung.

12.5.2016 Ich finde es rührend, wie nach dem großen Shitstorm der Rechten immer noch kleine Beleidigungen in meinem Social Media aufblitzen. Die letzten kleinen Gackispritzer nach dem großen Sturm. Immer wieder ploppt ein «Bring dich um» oder «Lass dich von Flüchtlingen vergewaltigen» zusammenhanglos zwischen Diskussionen auf. Wie die übriggebliebenen Schnapsleichen auf einem Festivalgelände kurz vorm Abbau. Man lächelt milde, es hat was Melancholisches, es ist over.

12.5.2016 Thomas Forstner ist heute Softwareentwickler.

12.5.2016 Meine Raps gehn runter wie Rapsöl.

13.5.2016 Die Jazzgitti hatte echt 1 bewegtes Leben.

16.5.2016 Nach den tagelangen Drohungen sehe ich ein: Ich werde nie wieder den Propheten Norbert Hofer beleidigen. Es ist kein schönes Leben unter der Fatwa.

17.5.2016 Im großdeutschen Reich werd ich's nicht so lustig haben wie jetzt.

20.5.2016 Norbert Hofer findet die blaue Kornblume einfach schön und will sich so etwas nicht von den Nazis wegnehmen lassen. Rassismus, Schwulenfeindlichkeit und Frauenhass findet er auch einfach schön und will sich das nicht von den Nazis wegnehmen lassen.

20.5.2016 Ich bin körperlich konditioniert auf sitzen und schaun.

20.5.2016 Seit Jahren gehe ich aus Interesse am Schaudern auf FPÖ-Veranstaltungen, doch jedes Mal flasht es mich aufs Neue. Meine heutigen Highlights bei der Kundgebung im Migrantenbezirk: ein Glatzerter mit Donald-Trump-Fan-T-Shirt. Norbert Hofer, der vor Rührung weint. Das Publikum, das vor Rührung weint, während sie gemeinsam einen patriotischen Popsong singen. Ich weine, weil mir diese abgefuckte Situation so leidtut. Die 50-Jährige hinter mir erzählt ihren adretten Freundinnen, dass letztens ein Flüchtling mit runtergelassener Hose ausm Busch gesprungen ist. Ihre Freundin sagt, sie würde das Gsindl am liebsten steinigen (mit 24 Kilo Stana) und dann behaupten, es wär wegen einer Traumatisierung passiert. Verhältnismäßig viele Leute mit Sauerstoffgeräten stehen herum. Ganze Hooliganclans, das Kleinkind bis zum Opa im Hool-Outfit. Theresianumschüler Graf Gudenus, der erzürnt auf die Eliten

schimpft. HC Strache, der Babys küsst. Aufgeregte Frauen, die ihn berühren. Menschen, die jauchzen, weil sie einen Handschlag bekommen haben. Neu: gemeinsames kämpferisches Aufschreien gegen Gewalt gegen Frauen und für Frauenrechte. Verschleierte Frauen mit Kinderwägen eingezwängt zwischen Bierbäuchen und Jeansjacken. Junkies, Alkis, Kranke, Gebrechliche. Gefühle, Gefühle, Gefühle.

20.5.2016 Schaue neidig auf die aufgeregt angespannten Technoteenies mit ihren XTC-Pupillen. Sie kaufen Bier im Bahnhofssupermarkt, während ich eine Zucchini für das Abendessen vorm TV-Gerät in die Manteltasche schiebe.

21.5.2016 Das Leben ist so kompliziert. Allein das Wäschewaschen.

22.5.2016 Es ist Wahltag, und die Hippies im Türkenschanzpark schauen nicht mal auf ihre Smartphones. Stattdessen spielen sie Bob Marley auf der Gitarre, sodass wir den Livestream der Stimmenauszählung nicht hören. Jonglieren deppert herum. Wir machen Videos von ihnen, um sie in zukünftigen historischen Fernsehbeiträgen zu shamen.

22.5.2016 Ich will ja nicht wie 1 Nazi klingen, aber ich find die 50 Prozent Norbert-Hofer-Wähler sollten mit einem Tränen lachenden Emoji markiert werden.

23.5.2016 Ich bin für eine Mauer in Österreich. Auf der einen Seite ist ein blauer Präsident, auf der andern ein grüner. Auf der einen Seite wachen die Leute morgens auf, essen ein schönes Müsli und strampeln mit dem Fahrrad in eine prekäre Kreativarbeit. Auf der anderen Seite essen die Leute Knackwurst mit Essig und fahren mim Panzer zur Arbeit, Maschinen reparieren, über kleine Rehlein. Auf der einen Seite geht man in der Freizeit in den Park und liest 1 Roman, hört französische Chansons oder Jazz und macht Yoga, spielt Federball. Auf der andern Seite geht man sieben Stunden Bergsteigen, rezitiert Ernst Jünger und singt gemeinsam über Kriegshelden und Ehre. Auf der einen Seite scheint immer eine Sonne, und kleine Vögelchen machen schwulen Sex am Baum. Auf der andern Seite hagelt es tagein, tagaus auf die rauen Waden, und jeder hat einen scharfen Schäferhund. Auf der einen Seite fragt man die Frauen immer, ob man sie nicht eh triggert, wenn man sie sanft streichelt, auf der andern Seite budert man die Weiba hart unters Dirndl am Heuboden ins stechende Stroh, ob sie wollen oder nicht. Auf der einen Seite machen die Kinder alternative Tanzkurse zum Entfalten, auf der andern Seite gibt's Reckturnen, Ministrieren und Gnackwatschen. Usw.

23.5.2016 Ich liebe die Favoritenstraße. So viel zum Schaun. Ein einziger Schaugasmus.

23.5.2016 Trotz momentanen Höchstgewichts werd ich im Zehnten immer noch alle zehn Meter street harrassed. Darauf gönne ich mir gleich zwei Eismarillenknöderl fürs Popschi.

23.5.2016 Chubbychicks 30+ pro Multikultiwahn.

24.5.2016 Ich fahr zum Bachmannpreis, aber was mach ich dann mit den 25 000 Euro?

24.5.2016 Ich muss mir überlegen, wie ich die anderen AutorInnen am besten destabilisiere.

24.5.2016 Meine neuen FPÖ-Leser möchte ich darüber informieren, dass ich die einzige Österreicherin in diesem

Multikultiwahnsinn namens «Tage der deutschsprachigen Literatur» bin. Bitte für mich voten und dabei «OSDAREICH OSDAREICH OSDAREICH» grunzen.

24.5.2016 Ich freu mich schon, wenn die Autoren einander vorgestellt werden und ich jedem, dem ich die Hand schüttle, unauffällig «Ich zerfick dich» ins Ohr sag.

25.5.2016 Immer wieder lese ich, es wäre unfair und kontraproduktiv, alle Hoferwähler als Nazis zu bezeichnen. Nicht jeder, der einen rechten Bundespräsidenten wählt, nicht jeder, der nicht links wählt, ist automatisch ein Nazi. Das sehe ich ein, trotzdem bleibt eine Frage offen: Warum sind dann alle Hoferwähler solche Nazis?

26.5.2016 Der Kurpark Oberlaa is echt ein Wahnsinn.

27.5.2016 Mein Flughafenstyle mittlerweile: vernudelte Joggingheidl + verspiegelte Sonnenbrille. Das Flugzeug is für mich schon wie Straßenbahnlinie 6.

28.5.2016 Keiner weiß genau, warum man im Flugzeug Tomatensaft trinkt. Es gibt ein paar Theorien, von denen keine einzige schlüssig ist. Es hat einfach jemand eingeführt, und jetzt gönnt man sich beim Abenteuer Flugzeugfliegen, das ästhetisch immer noch von einer Art 50er-Jahre-Luxusgefühl zehrt (hübsche junge Frauen als Stewardessen, Zigarren und Schmuckverkauf an Bord, Hugo-Boss-Hemd und eine Flasche Bourbon vorm Einstieg), ebendiesen besonderen Tomatensaftkick, also de facto ein Stamperl Sugo. Mein Plan ist es, Sauerkrautsaft beim Busfahren zu etablieren, als wäre es etwas ganz Besonderes. Zu einer Busfahrt gehört einfach 1/8 l Sauerkrautsaft, das wird eine Busfahrbesonderheit. Und keiner wird wissen, wie das angefangen hat und warum es ein Ding ist, aber dieses Sauerkrautsafttrinken beim Busfahren und der Durchfall, das gehört dann einfach dazu.

28. 5. 2016 Dieses Hotelzimmer hat mehr qm als meine Wohnung.

28. 5. 2016 Ich will hier für immer bleiben.

28. 5. 2016 Diese Frühstücksbuffet ist so aufwühlend. Der Weichkäse ist sahnig. Das Rührei ist fluffig. Der Smoothie schmeckt nach Wiese. Das Chutney aus dem kleinen Glas wie tausend Sonnen.

29. 5. 2016 Heute, nach dem Immergutfestival, bin ich stundenlang durchs ausgestorbene Neustrelitz spaziert und dachte die ganze Zeit solche Sachen:
«Es war ein Sonntag wie jeder Sonntag in Neustrelitz, die Läden waren geschlossen, die Straßen menschenleer, und die Sonne brannte auf den Asphalt. Ich wollte Malte abholen, um gemeinsam mit dem Fahrrad zum See zu fahren. Heute würde ich mit ihm zum ersten Mal Petting machen mit allem Drum und Dran. Mein Name ist Maike, und das ist mein Sommer in Neustrelitz.»

29. 5. 2016 Ich hätte nie gedacht, dass ich eines Tages so viel über Hotelzimmer nachdenken würde.

30. 5. 2016 Die Flasche Wein im Backstage geht auf der Lesereise mittlerweile runter wie Saft.

30. 5. 2016 Habe mir für die Busfahrt einen leckeren Rohkostsalat gegönnt.

30.5.2016 ohr stok hub
hor kots uhb
roh kost buh

31.5.2016 Eine Gießener Sehenswürdigkeit ist das sogenannte «Elefantenklo». Das sind drei große und doch unscheinbare Öffnungen auf einer Fußgängerbrücke. Daraus versucht man alles rauszuholen, was geht. Man stellt sich einfach vor, hier geht ein riesiger Elefant scheißen, und schon wird die graue Realität aufregend und verrückt.

1.6.2016 Lesereisen sind harte Arbeit.

1.6.2016 Lesereisen verkürzen meine Lebenszeit um mindestens 10 Jahre.

1.6.2016 «Danke fürs Kommen. Danke für die Einladung.» Ich kann's nicht mehr sagen.

3.6.2016 Meine Ernährung auf der Lesereise sieht ungefähr so aus: drei Teller Rührei mit Speck vom Frühstücksbuffet dazu zwölf Kaffee + verschiedene Käsevariationen und Räucherfisch. Im Zug Snacks, eine Kombination aus eingepackter Backstageverpflegung und gierigen Katerkäufen am Bahnhof, manchmal noch abgerundet durch einen kurzen Besuch im Speisewagen als Zeitvertreib. Dazu drei Flaschen Mineralwasser gegen den Brand. Nach Ankunft im Veranstaltungsort Nüsse, Schokolade, Zuckerl und Käse, was halt so da ist im Backstage, wird weggemäht. Danach bekomme ich vor jeder Lesung ein Gratisdinner: Meistens irgendetwas Deutsches von der deutschen Sau mit Knödel und Specksaft und als Dessert Schmalzcreme mit Zucker. Danach ca. drei Flaschen Weißwein für die Nerven. Das Ganze ca. zehn Tage durchgehend ohne Scheißen.

3.6.2016 Worüber sprechen fremde Leute im Zug miteinander? Zusatzstoffe im Essen.

3.6.2016 Ein Mann Mitte dreißig erklärt einem 80-jährigen Paar, er sei jetzt Flexitarier. Jagen würd er schon, aber nur mit Respekt, wie die Indianer. Auf seinem T-Shirt steht: Dich krieg ich auch noch.

3.6.2016 Der Flexitarier sagt, dass es die Freimaurer gibt, das muss man ja nur in Google eingeben – sofort 'n Ergebnis! Die alte Dame sagt: «Ja, die Aposteln warn a so was.» Der Flexitarier sagt, die Jesuiten sind die Drahtzieher für alles Schlechte.

3.6.2016 Flexitarier ist, wenn man manchmal vegetarisch, aber auch manchmal Fleisch isst.

3.6.2016 Der Flexitarier sagt, Churchill und Hitler und Stalin waren im selben Geheimorden. Und Stalins Leiche war nur ein Doppelgänger. Und Hitler hat auch gute Sachen gemacht, manchmal.

3.6.2016 Jetzt sagt der Flexitarier, es gab keine Gaskammern. «Ich hab mich viel damit beschäftigt.»

3.6.2016 Ich halt das nicht mehr aus. Habe dem Flexitarier jetzt gesagt, dass Holocaust-Leugnung in Österreich verboten ist und er sich einbremsen soll.

3.6.2016 Jetzt flüstern sie zu dritt. Ich will gar nicht wissen, was sie flüstern, nach dem, was sie sich alles laut sagen trauen.

3.6.2016 Die alte Frau: «Schön, dass wir so ehrlich reden.»

3.6.2016 Was ist aus den guten, alten Kellernazis geworden?

3.6.2016 Der Flexitarier ist aufs Klo gegangen. Die alte Frau sagt zu ihrem Mann: «Na, was wir da heute zamreden. Da darf ma gar nicht zuhören. Lauter lustige Sachen.»
Ich sage: «Na ja eher traurig, was Sie sich da offen sagen trauen über Hitler und dass es keine Gaskammern gab.»
Die alte Frau lacht: «Ja eh. Habens eh recht. Schon wild. Haha.»
Ich: «Es ist einfach daneben.»
Alte Frau: «Na ja, aber wissen tun wir ja nix. Gell. Haha.»
Ich: «...»

3.6.2016 Jetzt ist der Flexitarier ausgestiegen. Er hat mich hämisch angeschaut, und die alte Frau meinte zum Abschied: «Jetzt hamma a Hetz ghabt.»

3.6.2016 Ich glaub, die alten Leute waren Flexi-Nazis.

3.6.2016 Endlich wieder in Österreich.

4.6.2016 Mit Witzmann treffe ich mich im Kaffeehaus auf eine gediegene Melange, und der Kellner bringt mir im Auftrag des Chefs die *Kleine Zeitung* am Tablett, damit ich den Artikel über mich darin lese. Die ältere Frau am Nebentisch erhebt den Blick über ihre Zeitung und gratuliert mir zur Teilnahme am Bachmannpreis. Ich so: Was ist das für 1 life?

5.6.2016 Geilen jungen Frauen wird vorgeworfen, die Aufmerksamkeit nur durch ihr Aussehen zu bekommen. Wenn sie durchschnittlich ausschauen, wird ihnen vorgeworfen, die Aufmerksamkeit durch ihre inszenierte Nachlässigkeit bzgl. ihres Aussehens zu bekommen.

5.6.2016 Wenn Linke mich als politisch inkorrekt kritisieren, würd ich aus Trotz am liebsten rechts werden.

6.6.2016 Im Kommunismus würd ich so chillen.

6.6.2016 Ich hab heut drei Illustrationsaufträge erledigt, ohne aufzustehen.

6.6.2016 Ich hab den Stoffwechsel einer Palatschinke.

6.6.2016 Ich sollte mich wieder bewegen, aber ich hab vergessen, wie das geht.

6.6.2016 Ist es heiß draußen? Muss man nackt sein?

6.6.2016 Wann eröffnet endlich der neue Supermarkt? Ich halt's nicht mehr aus.

6.6.2016 Gerade war eine alte Reportage über Hausbesetzungen auf ATV, bei der ich auch dabei war. Ohh. Damals hatte ich noch Ideale (Biertrinken, Krawall, Hedonismus, Pöbeln, Action).

7.6.2016 TAG€ D€R D€UTCHPRACHIG€N £IT€RATUR

7.6.2016 Beim Zeichnen bin ich glücklich.

7.6.2016 Jesus war aus Oblaten. Fragiler, knuspriger Messias.

7.6.2016 Gibt's in Wien einen Wald mit WLAN?

7.6.2016 Ich glaub, die Pointe in meiner Biographie wird, dass ich in zwei Jahren wieder in einem Callcenter anfang.

10.6.2016 Am Morgen lecker Müsli, zu Mittag kalte Sülze, abends Knäääääckebrot.

10.6.2016 knäcke knäcke knehke

10.6.2016 Das erste deutsche Knäckebrot wurde 1927 von Dr. Wilhelm Kraft gebacken. Kraft wollte eigentlich Meeresbiologe werden, aber seinen Eltern fehlte das Geld. Er studierte daher Chemie und begann 1927 in einer Berliner Dachwohnung, Knäckebrote zu backen. Die Knäckebrote waren ein voller Erfolg, und er gründete ein RIESIGES Knäckebrotwerk (sehr groß). Als Gegner des Nationalsozialismus zog er 1932 in die Schweiz. Dort verstarb er im Alter von 94 Jahren. Er wurde auf einem großen Knäckebrot im Zürisee verbrannt.

10.6.2016 Knäckebrot klingt so deutsch. Hart und nahrhaft, Arbeit für den emsigen Darm des emsigen Deutschen. Wer nicht kräftig kaut, flink, ausdauernd und fleißig, dem wird die Speiseröhre aufgeritzt wie während einer Bühnenshow von Rammstein.

10.6.2016 Gedicht:
Rammstein
Knäckebrot
Rammstein
Knäckebrot

10.6.2016 Viele denken, nur weil man bekannt ist als Autorin, hat man auch Geld. Das täuscht. Sogar die erfolgreichsten und etabliertesten SchriftstellerInnen haben ganz normale Nebenjobs. Elfriede Jelinek z.B. kellnert halbtags in einem Heurigen in Grinzing. Thomas Glavinic arbeitet im A1-Shop in der SCS. Friederike Mayröcker ist Teilzeit im ÖBB-Callcenter. Vea Kaiser ist Skilehrerin. Und alle machen's für acht Euro die Stunde mit der Hand.

10.6.2016 Grad ging ich so über die Favoritenstraße und dachte mir wieder: Warum macht mich die Favoritenstraße so scheißglücklich? Ist das ein Gendefekt? Da stolperten zwei chinesische Kinder auf mich zu und hielten sich an meinem Rock fest und ich so «AWWWW Favoritenstraße». Beim Weiterflanieren sah ich, wie zwei Balkantypen mit Sonnenbrillen in halb offenen Hemden grad behutsam kleine Teelichter am Boden verteilten. Sie reihten sie zu einer Schrift auf, und mehr und mehr Leute blieben stehen und schauten ihnen dabei zu. Ich blieb natürlich auch stehen, schaute mir die am Boden liegenden Blumen an und dachte: Oje, ist wer gestorben? Eine alte Türkin unter den Schaulustigen fragte sie, was das ist, und der eine: «Is für meine Freundin.» Erst jetzt erkannte ich die am Kopf stehende Schrift und las: ALLES GUTE ZU JAHRESTAG. Ich möchte für immer auf der Favoritenstraße bleiben.

10.6.2016 Auf der Favoritenstraße gibt's immer was zu sehen.

10.6.2016 Ich möchte für immer auf der Favoritenstraße bleiben.

10.6.2016 Ich hasse Film, ich hasse Philosophie, ich hasse Musik, ich hasse bildende Kunst, ich hasse darstellende Kunst, ich hasse Literatur, ich hasse Politik, ich liebe nur die Favoritenstraße.

11.6.2016 Wenn Alina die Tochter des Waldes ist, hat ihr Vater dann den Wald gefickt oder der Wald ihre Mutter?

12.6.2016 Gestern war ich bei der Demo der «Neuen Rechten» oder, wie sie sich selbst nennen, der «europäischen Jugend». Sie haben beeindruckende Fahnen, und von weitem erschreckt man sich sehr, aber bei genauerem Betrachten besteht die «europäische Jugend» dann doch einfach aus ungefähr 40 % auftrainierten, ungarischen Hooligans, einer 70-Jährigen im Dirndl, die mir die Zunge gezeigt hat, 30 % bierbäuchigen Männern um die 60 (die rufen: «Wir sind die europäische Jugend») und geleckten Burschenschaftlern und Bauern, die zum ersten Mal im Leben «auf Wean owefohrn» sind in der Sonntagstracht.

12.6.2016 Einen habe ich gefragt, ob ich seine patriotische Fahne halten darf, und als er sie mir gab, lief ich davon. Ich weiß, es ist kindisch, aber sehr lustig.

13.6.2016 Seit ich bezahlte Cartoons liegend vom Bett aus zeichne, hab ich das Gefühl, ich hab den Kapitalismus ausgetrickst.

13.6.2016 Es gibt so Studenten, die eigentlich rich sind und nie wirklich pleite, aber sie spielen manchmal auch pleite, weil sie sich sonst neben ihren Pleitefreunden blöd vorkommen. Sie sagen dann: «Ja, ich bin AUCH pleite», und meinen damit aber, dass ihr Konto leer is, sie aber eigentlich noch die Eigentumswohnung und und ein paar Treuhandfonds haben. Dann kochen sie Spaghetti mit Ketchup, drehen Zigaretten und leben den Pleitelifestyle.

13.6.2016 Ich glaube, es ist voll gesund, im Liegen zu arbeiten, alles zu schonen.

13.6.2016 Schonen schonen.

13. 6. 2016 Am inspiriertesten bin ich beim Nudelnessen.

13. 6. 2016 Ich glaub, diese Typen, die sich von der Political-Correctness-Diktatur unterdrückt fühlen, würden sich nach einem Tag im Körper einer Minderheit erschießen.

13. 6. 2016 Ich will Schauspielerin werden.

14. 6. 2016 Dieser Rechtsruck, der sich den Schutz der Frauen auf die Fahnen schreibt, während dieselben Menschen Frauen, die nicht spuren, Vergewaltigungen wünschen, sie als fette Huren beschimpfen, ihnen die Frauenhäuser nehmen, das Recht auf Abtreibung einschränken und sie in möglichst wenig öffentlichen Positionen sehen wollen, nährt sich durch die Angst vor dem politischen Islam, der eh ähnliche Ambitionen hat. Im Grunde geht's um einen aggressiven Wettbewerb zweiter Patriarchate, dem wir einzig und allein eines entgegensetzen können: die uneingeschränkte Einführung des Matriarchats. Den Rückzug von Männern in den privaten Bereich, in dem sie den Schutz und die Entmachtung spüren, die sie längst brauchen. In dem sie durch Fürsorge und der Gestaltung eines liebevollen Nests endlich die emotionale Reife lernen, nach der sie sich insgeheim sehnen.

15. 6. 2016 Ich hab gestern betrunken in den Bruno-Kreisky-Park geschissen.

16. 6. 2016 Ich kleb schon wieder am Bett fest.

22. 6. 2016 Meine wahren Gedanken hört man nur im Internet und im Vollrausch. In echt bin ich verlogen aus Respekt.

22.6.2016 Ich sitze mit sechs AutorInnen in einem Bus, der durch Slowenien fährt. Gemeinsam sind wir auf dem Weg nach Belgrad. Ich wurde dazu vom «Forum Stadtpark» eingeladen. Neben mir machen vor allem LyrikerInnen und so experimentelle Texter mit. Das Ganze ist ein EU-Projekt zur Vernetzung internationaler DichterInnen, und wir halten Lesungen in irgendwelchen Parks und kleinen Institutionen und andern komischen Orten. Ich habe zugesagt, weil es spannend klang, aber auch irgendwie angsteinflößend. Während der ganzen Reise sitzen wir im selben Bus mit demselben Busfahrer. Jeder hat kurze Texte vorbereitet. Mit mir unterwegs sind: ein mittelalter deutscher Mann namens Ulrich Schlotmann. Er ist groß, stämmig, kommt aus dem Sauerland und liest Texte über Beton und Stahl. Eine blonde aktivistische Feministin aus Kroatien mit rosa Lippenstift, die gerne säuft und zu Hause, glaube ich, LGTB-Proteste anführt. Ein türkischer Zyprer mit starken Armen, Dreitagebart und Macho-Attitüde, der mit allen Frauen flirtet und Gedichte darüber liest, wie sein geliebtes Land vergewaltigt wird (wie eine Hure). Ein griechischer Zyprese, der immer total preppy angezogen ist, sechs Paar Schuhe mithat, Gedichte über seine geliebte Oma liest und, ich glaube, «in the closet» ist. Eine deutsche Lyrikverlegerin, die während der ganzen Tour arbeiten muss und sich wenig zeigt. Sie hat eine toupierte Frisur, die an eine graue Regenwolke erinnert, und liest Landschaftslyrik über isländische Wikinger. Die Letzte ist eine fesche Finnin in den 40ern, deren Text «Schlange» heißt. Sie erzählt oft von Männergeschichten und wirkt sympathisch labil. Alle lesen in ihren Landessprachen und sind freundlich, aber da ein Großteil keinen Alkohol trinkt und früh schlafen geht, bleibt die Gruppendynamik leider recht statisch. Einzig die Kroatin und die Finnin sind Haudraufs, aber ich bin selbst auch noch etwas fertig von der Lesereise und angespannt wegen Klagenfurt. Am Weg treffen wir allerlei Leute, die uns dann irgendwohin mitnehmen. Heute hat uns z. B. eine Slowenin, die als Schriftstellerin in Berlin lebt, abgeholt, um uns zu so einem Hippieökohof in einem Kaff zu bringen. Da sollen wir heute lesen.

22. 6. 2016 Gestern haben wir unsere Texte im Pavelhaus gelesen, einem kleinen slowenisch-steirischen Kulturzentrum an der Grenze. Es kamen vielleicht vier Leute, aber die waren sehr freundlich, und am Ende gab es ein Lagerfeuer, zu dem sich ein kauziger alter Mann dazugesellte. Er war klein, hatte einen langen weißen Rauschebart und einen Hut, ein Waldschrat wie aus dem Bilderbuch, und sein Dialekt war das tiefste Urzeitsteirisch, dass ich je gehört habe. Er erzählte eine Geschichte nach der anderen und lachte dabei ganz laut über seine eigenen Witze. Die Geschichten waren tatsächlich unterhaltsam, und mit der Zeit stellte sich heraus, dass er nicht, wie ich anfangs angenommen hatte, seinen Bauernhof seit seiner Geburt nicht verlassen, sondern schon die ganze Welt bereist hatte und fließend Englisch sprach. Vom Wald und der Natur kam er plötzlich auf das Indien der 70er zu sprechen, erzählte Geschichten vom Ganges und wie ihm ungefragt eine Impfung in den Arm injiziert wurde, weil er zufällig in einer Menschenansammlung stand, mit derselben Nadel wie den 200 andern Leuten neben ihm. Er schien aber kein Hippie gewesen zu sein, eher ein Arbeiter. Ganz konnte ich es nicht einordnen.

23. 6. 2016 Bei unserer Lesung heute kamen Anrainer und Nachbarn vorbei, und die Idee des Nachmittags war, dass wir Texte lesen und sie uns als Gegenleistung etwas in einen riesigen Strohkorb legen sollen, der mitten auf dem alternativen Bauernhof stand. Die slowenische Autorin stellte uns vor und las nach unseren Lesungen jeweils die Über-

setzungen auf Slowenisch vor. Davor wurden die Leute aufgefordert, ihre Dinge in den Korb zu legen, und die Idee, die mir anfangs kitschig und vielleicht zu unangenehm für die Leute erschien, ging eigentlich gleich auf. Nach jeder Lesung ist eine Person aufgestanden und hat darüber gesprochen, was sie mitgebracht hat und warum. Einer macht Schneidbretter und meinte «Das ist halt meine Poesie», eine andere hat einen Topf Kirschen mitgebracht, «because they are yummy». Ein Teeniemädchen brachte eine Zeichnung, ein Typ brachte Tee, von einer gab's einen Apfel. Ein alter Mann legte Honiglikör rein, weil «der die Worte süß macht». Es war so scheißsüß.

23.6.2016 Heute waren wir bei einer Weinverkostung, der ersten in meinem Leben, bei einem bioaktiven kleinen Weinbauern. Für mich war guter Wein immer ein Synonym für alles über 4 Euro beim Zielpunkt. Aber diese literweise Wein, die ich da getrunken hab, waren ganz anders als alles, das ich kannte. Der Rausch war ganz sanft, wie ein sachtes Lüftchen hob er mich durch das slowenische Weingärtchen des esoterischen Biobauern über die Felder zur Sonne. Alles war golden und süß im Mund und im Kopf, das Licht wurde «warm». Ich hab dem versoffenen Biobauern nicht mal widersprochen, als er von Prana zu sprechen begann, und hatte am nächsten Tag keinen Kater. Ich dachte, die Suizidgedanken nach dem Cafe-Jara-Schankwein wären der Normalzustand. Wie herrlich das war.

23.6.2016 Morgen brunchen mit dem österreichischen Botschafter in Belgrad. Danach bring ich meinen Pudel zum Hundefriseur.

23.6.2016 Ich kann Schriftsteller, die noch nie einen Trip geschmissen haben, einfach nicht ernst nehmen.

23.6.2016 Sind mitten in der Nacht in Belgrad angekommen, und es hat 50 Grad.

24.6.2016 Ich verstecke mich im klimatisierten Zimmer vor diesem Wetter und übe meinen Bachmannpreis.

24.6.2016 Während der Reise hat sich der Busfahrer auch in unsere Gruppe eingebracht, was ich nett fand. Er hörte sich alle Lesungen an und war sehr interessiert. Er hat ein bisschen über sich erzählt. Früher war er Automatenspielsüchtig und trank sehr viel, aber er hat eine Therapie gemacht und sieht jetzt als Busfahrer die ganze Welt. Rundreisen durch Schottland, Kongresse in Deutschland, alle möglichen Menschen führt er jetzt herum und hat so viele Kontakte wie noch nie. Die Leute in seinem Heimatort wären schon sehr neidisch, wenn er ihnen die Fotos zeigt. Er war mir sehr sympathisch. Mit der Zeit fing er an, uns ein bisschen von oben herab zu behandeln und unsere Leseauftritte zu bewerten. Am Ende klärte er mich mit antisemitischen Verschwörungstheorien auf und meinte, nur weil Leute Doktortitel hätten, wüssten sie trotzdem nicht, was auf der Welt passiert. Da ging er mir dann doch auf die Nerven.

24.6.2016 Belgrad gefällt mir in den fünf, zehn Minuten die ich außerhalb des klimatisierten Zimmers aushalte, immer gut.

25.6.2016 Immer wenn ich an das Wort «Waldschrat» denke, muss ich lachen.

27.6.2016 Mein Held Deix ist gestorben.

27.6.2016 Heute dachte ich an die katholische Privatschule, die ich als Volksschulkind besucht habe. Meine Eltern schickten mich vor allem wegen der günstigen Nachmittagsbetreuung hin. Im Gegensatz zu vielen andern habe ich kein großes Katholizismus-Trauma. Ich hab mich dort eigentlich recht wohl gefühlt. Beten, Beichten und Bibelgeschichten fand ich vor allem unterhaltsam, und ich durfte immer die Fürbitten vorlesen bei den wichtigen Messen, ein absolutes Highlight für ein egomanisches Kind. Ich mochte die Schwestern, z. B. die bucklige Schwester Simone mit der Kinderlähmung, die uns immer Saft gab und Stofftiere schneidern konnte. Oder die verhutzelte Büchereischwester, die mir die neuesten Kinderbücher zusteckte. Eigentlich kann ich mich kaum an negative Erlebnisse erinnern. Nur ein Mal, als ich der Schwester Mathilde im Religionsunterricht eine Zeichnung schenkte. Ich hatte Jesus auf dem Kreuz gemalt, aber als Comicdinosaurier, und statt INRI stand unter seinen Füßen DNRI, wegen Dino. Sie freute sich nicht, sondern wurde leicht hysterisch, weil es sich bei dieser Darstellung um Gotteslästerung handelte. Ich erinnere mich noch an ihr wütendes Gesicht, als sie «GOTTESLÄSTERUNG» schrie. Das zweite unangenehme Erlebnis war der Besuch von Schwester Jana, eine Schwester, die auf Besuch kam, aber sonst in Afrika bei den Aussätzigen arbeitete. Mit den Leprakranken. Wir hatten damals gelernt, dass Lepra über Berührungen übertragbar sei, und meine kindliche Logik sagte mir, dass diese Frau Aussatz haben muss. Sie hat uns allen die Hand gegeben, und ich fragte mich: Bin ich denn die Einzige, die kapiert, was hier passiert? Mir hat so gegraust, und in den folgenden Wochen wartete ich darauf, dass einem Kind nach dem anderen aus der Klasse eine kleine Gliedmaße abfault. Es ist aber nichts passiert.

27. 6. 2016 Ich habe geträumt, statt Topfpflanzen seien Topfschwammerl in den Wohnungen der Menschen. In jeder

Ecke stand ein großer stattlicher Pilz, es war sehr wohnlich auf rustikale Art.

27.6.2016 Österreichische Patrioten haben auch ein ähnliches Humorverständnis wie Islamisten.

27.6.2016 Der Tod kommt näher und näher mit seinen gelben Stöckelschuhen.

28.6.2016 Cool bleiben.

28.6.2016 Ich bin so stolz auf dicke Frauen, die sich anziehen wie Huren.

28.6.2016 Ich hab mit meinen Freunden Bachmannpreis gespielt, und sie waren die schlimmste Jury.

29.6.2016 Die Ikonen der Zwanzigjährigen leben eh noch alle.

29.6.2016 Ich altere als politisches Statement.

29.6.2016 Ich schau auch immer mehr aus wie Houellebecq.

29.6.2016 Ich soll morgen um zehn Uhr vormittags als Erste lesen.

30.6.2016 Schön die Aussicht aus dem Zugfenster im Zug nach Wien.

30.6.2016 Ich hab mehr Angst vor dem Internet als vor der Jury. Im Internet sagen alle, was sie denken.

30.6.2016 Immer wenn ich durch kleine österreichische Städte gehe, seh ich Geschäfte, die ich mal bei der Rufnummernauskunft beauskunftet hab.

1.7.2016 Wenn ich nicht den Bachmannpreis gewinne, wird Norbert Hofer Bundespräsident. Ihr müsst die Zusammenhänge erkennen.

1.7.2016 Ich bin zu faul, das Hotelzimmer zu verlassen.

1.7.2016 Es ist halb locker hier und halb formell. Die Partys am Abend erinnern an Büroweihnachtsfeiern. Alle Verlagsmenschen und Journalistinnen sind schick angezogen und tanzen betrunken in der Kleinstadtdisko und schmusen, duzen sich aufs ärgste und greifen sich gegenseitig auf die Ärsche, genau wie man sich das vorstellt. Es ist ihre wilde Zeit.

2.7.2016 Ich liege im verdunkelten Hotelzimmer, schaue fern und warte darauf, heimfahren zu dürfen.

2.7.2016 reife Frauen
Ruf an
kurz vorm Platzen
reif und prall
die Haut birst und die ganze
Reife spritzt einen an

2.7.2016 Meine Favoritin bin ich.

2.7.2016 Ich will endlich die 25 000 Euro.

2.7.2016 Na gut, ich glaube, ich werde den Publikumspreis bekommen.

2.7.2016 Ich ignoriere die Veranstaltung etwas, weil ich so erschöpft von den letzten Wochen des Unterwegsseins bin, aber meine Mutter und die Tante Sissi sind mich besuchen gekommen und kippen voll rein. Sie stehen extra früh auf, um sich alles anzuhören, und haben zu jedem Text eine plausible Meinung.

3.7.2016 Ich bin Goethe.

3.7.2016 Ich hab den Publikumspreis gewonnen, und alle Leute auf der Straße gratulieren mir zum Bachmannpreis.

4.7.2016 Ich muss mich jetzt ganz viel duschen, um diesen bürgerlichen Schmutz wegzuwaschen, in dem ich mich die letzten Tage gesuhlt habe.

4.7.2016 Echten Menschen gegenüber bin ich immer viel zu versöhnlich.

4.7.2016 Inge borg gibt mir keinen Berg money
Inge borgt mir nur 1 Bach money

4.7.2016 Kennt ihr das, wenn ihr sexuell belästigt werdet, die Situation nicht ganz einordnen könnt, daher irgendwie zu nett reagiert und daheim erst realisiert, wie eklig das war? Und euch ärgert, nicht die angemessene Abwehr gezeigt zu haben?
So fühl ich mich irgendwie grad in Bezug auf die letzten Tage.

4.7.2016 Immer wenn Artikel mich in den Himmel loben, fühl ich mich verstanden.

4.7.2016 Jetzt fällt mir ein total guter Text für den Bachmannpreis ein.

6.7.2016 Schau wie der Nazi traurig seine Wut schluckt
Mein Kontostand steigt höher als sein Blutdruck

6.7.2016 Jemand hat ein Buch über mich geschrieben. Es heißt «Wenn Tyrannenkinder erwachsen werden».

8.7.2016 Sitze am multikulturellen Yppenplatz, trinke Macchiato-Chia-Chai und schreibe an meiner Lifestyle-Kolumne. Neben mir wird ein Videoprojekt besprochen, während eine Romafamilie heitere Musik spielt und Lieder über ihr freies Landstreicherleben singt. Nachher kommen meine Freundin, die Linguistin, und mein Freund, der Philosoph, vielleicht noch auf ein Weinchen. Das Leben könnte herrlicher nicht seinchen.

9.7.2016 An diesen neuen rechten Tendenzen, sei es Trump, FPÖ oder Islamismus, merkt man, dass sich die Männer in den Wirren des modernen Daseins wieder nach klaren Strukturen und konservativen Werten sehnen. Sie rufen verloren nach der Geborgenheit autoritärer Unterdrückung, nach einem einfachen, streng regulierten und entschlossenen Weltbild. Es ist die von Nostalgie getriebene Sehnsucht nach der starken, milchbrüstigen Mutter. Deshalb arbeitet Hysteria eifrig am Aufstieg des Matriarchats, um die männliche Sinn- und Haltsuche des Abendlandes aufzufangen und in einem restriktiven System zu stillen. Der weiße Mann ist verwirrt und müde, wir schaffen ihm ein Bettchen zum Ausruhen.

10.7.2016 20-Jährige sind irgendwie so cool. Wie coolere Versionen von uns 30-Jährigen.

10.7.2016 Der Mann, der mir gegenübersitzt, schaut sich die ganze Zeit in meinen Sonnenbrillengläsern an. Ich habe das Gefühl, er starrt mich an, mir direkt in die Augen, dabei mustert er sich eigentlich selbst. Er begutachtet sich, mit leichtem Zweifel im Blick, und ich werde integriert in einen intimen Monolog. Sein Blick durch sein Spiegelbild in meine Augen macht mich quasi zu ihm, sperrt mich in sein Selbst, ich bin seit drei Minuten in seiner Seele.

12.7.2016 Eine Bosna is was Feines.

12.7.2016 Dinge wie Steuern, Wirtschaft, Bürokratie, Recht erzeugen so eine Aufnahmehemmung in meinem Gehirn. Ich bekomme Kopfweh, als würde ein Panzer über meine innere Blumenwiese fahren.

12.7.2016 Irgendwann wird mich eine Schar gekränkter Chauvinisten am Stephansplatz hängen.

13.7.2016 Ich hätt gern einen Dackel namens Josef. Mit dem würd ich dann den ganzen Tag beim Wirten sitzen.

13.7.2016 Bin mit Witzmann Eis essen in Währing.
Am Nebentisch sitzen lauter Frauen mit Perlenohrringen: «Die Karin managed ja Ärztekongresse. Da waren sie in Großbritannien …»
Witzmann laut zu mir: «Mama Gacka!»
Ich: Hahaha
Nebentisch: «Das Oberteil schaut super aus, macht ein tolles Dekolleté. Hab ich für die Hochzeit gekauft. Die war an der Amalfiküste. Wunderschön, wie in einem Hollywoodfilm.»
Witzmann: «Mama Gacka!»
Ich: Hahaha

Nebentisch: «Das waren so bezaubernd verpackte belgische Pralinen. Sündteuer – und dann waren die total ranzig.»
Witzmann: «Mama Gacka!»
Ich japse, spucke mein Baccio am Tisch, falle vom Sessel, sterbe am Boden.

14.7.2016 Man sitzt an der Bar, die Gläser werden über die Budel gereicht, alle sind laut und ausgelassen, alles ist stickig und verraucht. Augenringe, Drogen, Anbraterei. Man redet über den Urlaub und lacht über den alten Penner, der sich offensiv am Beidl kratzt, und vor einem liegt das Smartphone, das kleine Tor zur Hölle, in der die Menschen ohne Augen, Nasen und speichelnden Münder allein ihre moralischen Vorstellungen, stressigen Meinungen und optimierte Selbstwahrnehmung sind.

14.7.2016 Ich find's legitim, ab 30 künstlerisch langweilig zu werden. Es kommen eh neue coole 18-Jährige nach.

15.7.2016 Was ich an Witzmann mag, ist, dass er so ein aufrichtig böser Mensch ist. Wenn ich beim Minigolf versage, macht ihn das einfach froh.

17.7.2016 Ich bin doch nur eine kleine Cashew.

17.7.2016 Den Vorwurf von kultureller Aneignung finde ich bei mir echt unpassend. Ich bin sicher einer der wenigen Menschen, die von sich behaupten können, noch nie irgendwas gemacht zu haben, was in andern Kulturen bereits so vorgekommen ist …

17.7.2016 Warum gibt es keinen apokalyptischen Alienfilm, in dem die Aliens mehr so wie die Barbapapas ausschaun?

18.7.2016 Wir brauchen einen Alienangriff, um die Welt zu einen und die Solidarität der Völker wieder aufleben zu lassen. Aliens als der ultimative galaktische Megatschusch, auf den sich alle einigen können.

18.7.2016 Ich wollt grad ein kleines Kind mit einem Stein abschießen, weil ich dachte, es wär ein Pokémon.

18.7.2016 Früher sind Zocker langsam eins mit ihrer Couch geworden, sie haben geschwitzt, ohne sich zu bewegen, und sind von den Chips und den Instantnudeln ganz schwammig und verwimmerlt geworden. Jetzt laufen sie so lange abwesend durch die Parks, bis sie immer dürrer werden und verhungern.

19.7.2016 Die grausligen Warnbilder auf den Tschick machen mich so nervös, dass ich gleich doppelt so viel rauchen muss.

19.7.2016 Ich kann religiöse Menschen echt nicht ernst nehmen. Mein Respekt vor der Religiosität anderer Menschen ist mehr so ein: «Is scho guad.»

20.7.2016 Warum bin ich nie auf die Idee gekommen, in einem Park zu arbeiten? Echt nice, der Waldmüllerpark. Er hat seine eigene soziale Struktur irgendwie. Neben dem Beachvolleyballplatz schlafen seit zwei Tagen slowenische Rucksackhippies. Vier Typen. Sie übernachten im Park, und dann spielen sie den ganzen Tag Slackline, Frisbee und bringen den Parkkindern Saltos bei. Irgendwann gehen sie wieder schlafen, je nachdem, wie lang sie aus waren. Sie scheinen einfach Reisende zu sein, aber die Stadt schaun sie sich offenbar nicht an. Mein Interrail war eigentlich genauso, wir sind hauptsächlich in nächstgelegenen Parks abgehangen. Man lernt dabei eh viele Leute kennen. Man findet einen Supermarkt für Dosenbier, macht sich Nudeln am Gaskocher und säuft sich neugierig durch die Bahnhofsparks Europas.

20.7.2016 Habe jetzt eine Schrittzählapp.

20.7.2016 Viele Deutsche fragen mich, warum Wien plötzlich so cool ist. Aber das ist eine verzerrte Wahrnehmung durch ein paar Poperfolge. Möglicherweise ist das Coole an Wien, dass es überhaupt nicht cool ist. Es gibt einfach keine coole Gegend in Wien. Als «hip» gilt zum Beispiel der 7. Bezirk, dessen «Designshops» zwischen gutbürgerlichen Restaurants wie 90er-Jahre-Museen wirken. «Linksalternativ» ist der 16., weil zwischen dem Fischrestaurant und dem Chai-Café ein paar zersauste Althippies sitzen. Als «artsy» gilt der 4 mit seinen coolen Studentenlokalen wie dem «Point of Sale» und dem Treffpunkt der wilden Künstlerboheme, dem «Anzengruber». Wien ist konsequent uncool. Unser Berghain is die Staatsoper.

20.7.2016 Die Hälfte meiner Freunde nimmt schon Serotoninhemmer.

21.7.2016 Eierspeis schmeckt mild, fettig und stärkend. Eierspeis hat nicht die Intensität eines Stücks Fleisch, z.B. keine starke Würze. Nicht auf diaf. Es ist ein unaufdringlicher und doch nahrhafter Geschmack, zart. Genau wie ungeborenes Leben schmecken sollte.

21.7.2016 Ich vermisse das Nummern beauskunften. 3 59 23 98 92 09 31 34 92 93 42 82 73 80

21.7.2016 Der Grasser schaut der Fiona immer ähnlicher.

21.7.2016 Warum geben sie Sebastian Kurz immer Rouge drauf?

22.7.2016 Ich hatte etwas Bedenken, heute auf dieses Hip-Hop-Festival zu fahren, weil ich schlecht drauf war und dachte, fröhliche Teenager mit ihren schönen Körpern auf einem Festival belasten meine Psyche. Aber alle hier sind alt und fertig, eh klar, die meisten Acts sind ja auch schon fast 60.

22.7.2017 Überdurchschnittlich viele Battle-Rapper sind dick. Es ist wie der Feminismus der Männer.

22.7.2017 Ich teil aus, wie ich will, und ihr Bitches steckt ein, ich bin eine Frau, ihr müsst politisch korrekt sein.

23.7.2016 Gestern bin ich also auf dieses Hip-Hop-Festival nach Wiesen gefahren, um mir den Auftritt von G-Udit anzuschauen. Eigentlich habe ich das Kiffen vor zehn Jahren sein lassen, weil sich die Realität schon nach wenigen Zügen in eine zu stressige Groteske verzerrt und mir alle Menschen wie seltsame Irre vorkommen (die sie eigentlich auch sind). Nur ganz selten nehm ich ein paar Züge, wenn ich weiß, ich geh bald heim und muss sozial nicht mehr funktionieren. Dann phantasier ich im Bett und genieße einen Eintopf. Aber am Hip-Hop-Fest dachte ich mir nach drei, vier Bier, ich nehme auch mal wieder einen Zug. Danach traf ich zufällig einen meiner Verleger in der Menge und setzte mich zu ihm. Ich blieb neben ihm sitzen, bis ich Lulu musste, dann machte ich mich erstaunt über die ganzen Menschen auf zur Toilette. Den Verleger fand ich danach nicht mehr und fühlte mich etwas desorientiert beim Auf-und-ab-Gehen an der sitzenden Crowd, sodass ich beschloss, mich lieber etwas hinzusetzen, bevor noch jemand einen Selfie mit mir machen will, weil er mich aus dem Internet kennt. Ich setzte mich einfach neben irgendwelche Typen, bewegte mich kaum, schaute starr auf die Bühne und dachte mir: «Einfach ganz unauffällig verhalten.» Nach ca. zwei Wochen, die ich im regungslosem Schneidersitz verbrachte, fand mich G-Udit wieder, und ich war endlich in Sicherheit. Wir gingen gemeinsam zum Bahnhof, um zurück nach Wien zu fahren. Da die Bahn noch nicht da war, drehte G-Udit noch einen Joint, und wir beschlossen, die Zeit damit zu überbrücken, einfach querfeldein in ein Maisfeld zu gehen. Immer tiefer, wie bei einer Dschungelexpedition, schlugen wir uns durch riesige wuchernde Pflanzen ins dunkle Unbekannte. Nach weiteren vier Tagen ohne Essen und Wasser fanden wir wieder raus. Es war immer noch Nacht, und wir setzten uns in den nächsten Zug, den wir am Bahnhof erwischten, auf Richtung Heimat, da waren wir uns sicher. Entspannt fuhren wir los, passierten Station nach Station. Nach zwei Stunden bekamen wir die ersten SMS. Es waren Roaming-Nachrichten, die uns darüber informierten, dass wir nun in Ungarn wären und die Tarife steigen würde. G-Udit begab sich in dem menschenleeren alten Geisterzug daraufhin auf die lange Suche nach einem Schaffner. Ich blieb sitzen, rauchte eine Zigarette, schaute ins schwarze Nichts vor dem Fenster wie ins Weltall und war fasziniert von der Spaceshuttlefahrt durch Raum und Zeit. Genau kann ich es nicht mehr rekonstruieren, aber irgendwann saßen wir in einem kleinen Lokal in der Wiener Neustadt auf einem Tisch, der wie tausend Diamanten funkelte, vor einer riesigen, glänzenden Margarita. G-Udits persönlicher Taxifahrer kam, den sie in der Not aus Wien bestellt hatte, er trug einen exzentrischen Schal und einen bunten Zylinder und brachte uns für 60 Euro heim in unsere Wohnungen.

23.7.2016 Was verraten Ihre Zehen über Sie?
Diese Snitches ...

24.7.2017 Ist mit 30 Battle-Rapperin werden wollen meine Midlife-Crisis?

25.7.2016 Ich habe meine Ohren zum ersten Mal genauer im Spiegel angeschaut. Ich hab sie eigentlich nie richtig beachtet. Also nur so halb, wegen der Perspektive, eh logisch. Eigentlich sind sie mir richtig fremd. Es könnten genauso gut die Ohren eines mir unbekannten Menschen sein und gar nicht meine eigenen Ohren. Nach fünf Minuten genauerer Studie muss ich sagen: Macht das nicht nach! Es macht einen total verrückt!

25.7.2016 Ich liebe die Schrittzählapp. Man lernt so viel über sich selbst.

25.7.2017 Ich darf die Begeisterungsfähigkeit meiner Freunde, wenn ihre Antidepressiva zum ersten Mal wirken, nicht ausnutzen. Ich darf die Begeisterungsfähigkeit meiner Freunde, wenn ihre Antidepressiva zum ersten Mal wirken, nicht ausnutzen.

25.7.2017 Seit ich 80 % der Anfragen absage, schaue ich wieder viel jünger aus.

25.7.2017 Ein herrliches ORF-2-Programm.

25.7.2017 Die einfachen Menschen sind so weise.

27.7.2017 Ich: «Ich liebe meinen Schrittzähler. Ich bin heute schon 13 Kilometer gegangen.»
Witzmann: «Wann bitte bist du 13 Kilometer gegangen?»

Ich: «Na ja, es zählt ja alles mit, z. B. wenn ich beim Frühstück zum Buffet geh. Das waren allein schon 8 Kilometer.»

29.7.2017 Witzmann bietet mir eine Gauloises mit Schockbild an: «Loch im Hals?»

30.7.2017 Das Konzept «Urlaub» stresst mich, seitdem ich selbständige Künstlerin bin und mein Alltag vor allem aus dem Kampf gegen mich selbst und aus dem Bemühen um effiziente Tagesgestaltung besteht. Im Urlaub möchte ich keine Entscheidungen treffen über Ausflüge, Restaurants oder Liegeplätze, im Urlaub möchte ich heuer auf einem Bauernhof arbeiten und unter despotischen Befehlen geknechtet werden nach strengem Tagesplan.

3.8.2016 Im Zug habe ich einen schönen Dialog gehört.
Frau: «Was is das?»
Bahnangestellte: «Das ist ein Twix.»

5.8.2016 Hab meinen Vater im Café Weidinger getroffen:
V: «Die oide Gülek hob i letztens am Elterleinplotz troffen. (Familie aus meinem ehemaligen Wohnhaus.) Die Emse hot jo an Östarreicha gheirat, des hot dem oidem Gülek goa net taugt, weus kan Tiakn gheirat hot. Di hot beim Radio ghacklt und an Ingenieur kennanglernt. Is oba gschiedn jetzt. Owa die is jo do vastoßn wurdn. Weus kan Tiakn gheirat hot. Do siagst, wi oag di Tiakn san.»
Ich: «Und wenn ich einen Türken geheiratet hätte?»
V: «Na daun hätt i di hechstwoascheinlich a vastoßn, hahahaha!»
Ich: «Und was is aus der Hülya worden?» (Meine Kindheitsfreundin.)
V: «Die is Kraunknschwesta wurdn im AKH. Jetz ist daham

mit zwa Kinda. Die woa eh brav. Die hot eh an Tiakn gheirat.»

I: «Und die Tante?» (Die gehörlose Tante.)

V: «Die is vastuabn.»

I: «Und der große Bruder? Ich weiß gar nimmer, wie der geheißn hat.»

V: «Der is ollaweu nu mit der verheirat, und die haum 2 Kinda.»

I: «Die sind damals ganz klassisch nach dem Urlaub mit einer Frau für ihn zurückgekommen. Die haben dann zu acht in der Wohnung gwohnt. Die hat überhaupt kein Deutsch gekonnt und uroft geweint beim Gangaufwischen.»

V: «Aso jo. Do was ich nu, do bin i moi in da Nocht hamkuma. Her i so wos aus der Goartnhittn im Hof. Do bin i ausegaunga und hob di Tia vo da Goartnhittn aufgmocht und gsegn, wie der grod ane schuastat! I hom ma docht, ich scheiß mich an. Die Frau schloft vuan, und er schuastat ane im Goartnhittl. Und er glei: Bitte sag nichts! Das wäre eine Katastrophe. Ich bekomm dann so viele Probleme. Schuastat 100 Meta vo da Wohung a aundre! Hahaha! Ich hob ma docht, i scheiß mi au!»

5. 8. 2016 Ich würde eigentlich gerne in einer netten WG wohnen. Über mich: Ich bin eine gehypte Jungautorin um die dreißig, nett, umgänglich und oft im Ausland. Ich habe Messie-Tendenzen und schaffe es auf charmante Weise innerhalb kürzester Zeit, auf kleiner Fläche maximales Chaos zu verursachen. Ich bin sehr ehrlich, direkt und fair, und in Konflikten neige ich daher zu starker Ausfälligkeit. Andere Menschen machen mich nervös, aber ich weiß mir mit Alkohol zu helfen. Im Vollrausch neige ich zu Aggressionen und sexueller Übergriffigkeit. Ich liebe gutes Essen und aus Töpfen zu kosten, bis fast alles weg ist. Mir mit Hygieneartikeln anderer das Arschloch zu reiben, bereitet mir eine

diebische Freude. In meiner Freizeit liege ich am liebsten tagelang nackt im Wohnzimmer vorm Fernseher. Ich bin spontan und aufgeschlossen und nehme daher gerne wildfremde Menschen mit nach Hause. Blähungen zu entladen sehe ich als Zeichen von Vertrauen und Zuneigung. Meine Interessen sind sitzen und Kette rauchen. Haustiere habe ich keine, Veganer toleriere ich. Melde dich!

6.8.2016 Daheim ist, wo der Finger stinkt.

7.8.2016 Alle Rechten haben Puffn daheim.

7.8.2016 Habt ihr auch manchmal so Sonntage, an denen ihr einfach niemanden findet, der was mit euch unternehmen will, oder bin ich einfach sehr unbeliebt?

7.8.2016 Langweilig ist mir aber eigentlich nie.

7.8.2016 Ein Büro so umräumen, dass es wie eine Hipsterkunstausstellung ausschaut.

8.8.2016 Immer wenn mir fad is, ruf ich in der vollen U-Bahn «Allahu akbar».

8.8.2016 Soll ich heuer aufs anarchistische Sommercamp fahren? Hab immer ein bisschen Angst, dass sie mich ev. hängen.

9.8.2016 Ich mach einfach einen Workshop am anarchistischen Sommercamp:
Richtig hassposten – so wirst du ein Star im Social Media!
Oder:
Politisch korrekt schimpfen – in fünf Schritten weg von Street Credibility

Oder:
Battle-Rap als safezonefreie Kunstform – Sag der fetten behinderten Schwuchtel endlich deine Meinung
Oder:
#shameshaming – offene Diskussion: Kann man den Schämer schamlos shamen? Schämen sich Shamer? Ist Scham shamen Shaming? Kann es Schmähshaming geben? Und was ist mit #shamisn? Ist #Shamanism Cultural Appropiation oder einfach 1 #Shas?

9.8.2016 Wer einmal am anarchistischen Sommercamp war, weiß, dass der soziale Druck unter Linksradikalen schlimmer ist als überall sonst. Aber das Bier ist immer billig, und das Essen bereiten sie immer frisch aus der Mülltonne zu.

9.8.2016 Ich mach einen Workshop: Die Freude an der Provokation – So werde ich am anarchistischen Sommercamp in ein Erdloch gesperrt.

9.8.2016 Ich mach am anarchistischen Sommercamp das Antisafezone-Zelt, in das man freiwillig gehen kann, um von mir beschimpft zu werden.

9.8.2016 Das Internet ist so ein schrecklicher Ort. Ich wollte nur «nackte Menschen von hinten» googeln, um sie als Vorlage für eine Zeichnung zu nutzen, und als Ergebnis kommen drei nackte 80-jährige Frauen von hinten auf allen vieren, denen von einem 80-jährigen Mann in den Mund geschifft wird. Das Internet ist ein herrlicher Ort.

16.8.2016 War sieben Tage im Social Media gesperrt wegen Witzen über das anarchistische Sommercamp.

17.8.2016 Bin gerade am anarchistischen Sommercamp.

17.8.2016 Ich liebe ja eigentlich diesen schmutzigen Vokü-Lagerfeuer-Abwaschschicht-Awareness-Scheiß. Ich liebe es auch, mein Privilegien zu checken.

18.8.2016 Was die Linksradikalen echt gut können, sind Aufstriche.

18.8.2016 Es gibt eine alte Frau, die hier neben dem Camp wohnt in dem Bauernhaus des Mannes, der das Gelände fürs Zelten zur Verfügung stellt. Es ist seine Mutter. Sie hatte einen Schlaganfall und ist deshalb ein bisschen verwirrt. Zu manchen Leuten ist sie ganz lieb und lacht immer, aber jedes Mal, wenn ich komme und in die Küche will, stellt sie sich mit dem Rollstuhl vor mich. Wenn ich ausweichen will, rollt sie hin und her, verstellt mir geschickt den Weg und schreit: «Ausse mit dir, du Blunzen!»

18.8.2016 Der Clownworkshop wurde wegen Kolonialismus abgebrochen. Das hat mir jemand erzählt, und ich dachte, das WÄRE die Performance des Clownworkshops gewesen, aber es war wirklich so, und jetzt sind alle zerstritten.

20.8.2016 In der Anarchie gibt's super WLAN, und in der Nacht machen sie selbstgemachte Pommes und vegane Donuts.

20.8.2016 Der Rote-Rüben-Aufstrich ist so köstlich. Mein Gacki ist schon ganz rosa davon.

20.8.2016 Es gibt so einen Stereotyp, der is so häufig: dünne, deutsche Ökos mit Bart und hoher Stimme namens Jonas.

20.8.2016 Gestern am Lagerfeuer erklärte ein Hippie seinem zehnjährigen Sohn, der ihn fragte, warum er kiffe, dass das halt ein Rauschmittel wie Alkohol sei. Fand ich an und für sich okay, auch wenn es mich aus anerzogener Drogenspießigkeit etwas irritierte anfangs, aber die Leute erklären ihren Kindern ja auch ihr Bier und trinken es neben ihnen. Dann fragte der Sohn, wie das so wäre, das Kiffen, und der Hippie erklärte ihm: «Es ist total angenehm. Du fühlst dich einfach richtig gut, es ist einfach ein total geiles Gefühl.» Da war ich irgendwie verunsichert.

21. 8. 2016 Von der veganen Volxküche in der Anarchie kriegt man so arge Blähungen.

21. 8. 2016 Zurück in Wien, ist mein Kot immer noch von der Anarchie geprägt. Ganz rosa und voller bunter kleiner Körner, wie ein Kuchen.

22. 8. 2016 Ich weiß nicht, ob ich mich als Anarchistin bezeichnen würde, aber ich mag die Anarchos, weil sie so unabhängig und mutig sind, irgendwie. Sie können auf 12 Meter hohe Bäume klettern und für 1000 Leute kochen mit Sachen, die sie irgendwo finden, und sie waren alle schon mal im Gefängnis und stoppen Auto um die Welt, Autoritäten sind ihnen egal, und Zivilcourage ist eine Selbstverständlichkeit. Sie sind eigentlich insgesamt sehr vital und kräftig, weniger Suffpunks. Sie stehen relativ früh auf und machen irgendwas mit ihren Muskeln, Boxen üben oder Parcours, und dann diskutieren sie stundenlang über eine gerechte Welt und ihre PHDs und so was und bauen eine Dusche aus Holz. Sie sind so lieb, aber so streng.

22. 8. 2016 Dafür haben Politszenen aber einfach null Gespür für Ästhetik.

22.8.2016 Intelligente KünstlerInnen erlebe ich oft als politisch relativ ignorant und naiv, intelligente Politleute machen in ihrer Freizeit meistens erschreckend fürchterliche Kunst.

22.8.2016 Ich liebe das Outdoorleben, wo man's nicht gleich merkt, wenn wer stinkt.

23.8.2016 Was is das jetzt mit den Hamsterkäufen?

23.8.2016 Die Hamsterkaufliste ist eindeutig noch aus den 70ern. Aprikosen aus der Dose. Rinderzunge in Aspik. Corned beef. Konservenerbsen. Mayonnaiseeier. Käseigel.

23.8.2016 Hier die Hamsterkaufliste für Österreich:
2000 g Semmeln
1000 g Streichwurst (fein)
1000 g Grammeln
10 Dosenpfirsich
500 g Liptauer (mild)
500 g Geselchtes
2 Flaschen Maggi
500 g Grammelschmalz
1000 g Inzersdorfer Dosengulasch
500 g Inzersdorfer Specklinsen
500 Gramm Speck
200 g geriebener Kren
2 Packungen Kremser Senf
1 Glas Pfefferoni
10 Packerl Mannerschnitten
5 Sackerl Drageekeksi
5 Flaschen Zweigelt
4 Flaschen Veltliner

23. 8. 2016 Ich würde gerne mal alle Leute, die ich geblockt habe, zu einer Party einladen.

23. 8. 2016 Ich hab mir heute einen Alnatura-Aufstrich gekauft, aber es war irgendwie gespielt.

23. 8. 2016 Neocitran is die beste Droge.

24. 8. 2016 Wollen wir nicht lieber mal darum streiten, wer männliche Körper kontrollieren darf? (Ichichich)

24. 8. 2016 Neocitran-Rausch is wie umsorgt und geliebt werden aus der Tüte.

24. 8. 2016 Uhhhhh … Bald darf ich wieder ein leckeres Neocitran!

24. 8. 2016 Ich habe einen Flug nach Tokio gebucht spontan. In Tokio will ich die ganzen crazy Sachen machen und anschaun, wenn's die wirklich gibt. Affenhirnsushi essen und gebrauchte Babystringtangas aus Automaten holen und in Cafés gehen, wo einen Babykatzen in Sailormoonkostümen bedienen und sprechende Toiletten, die einem das Arschloch operativ entfernen und stattdessen ein Kawaii-Hasenschwänzchen aufnähen. Und ich muss dort TINDERN.

24. 8. 2016 Wenn man Hotel und Tokio googelt, kommt nur Tokio Hotel! Hahaha.

24. 8. 2016 Ketchup is so gut, ich wünschte, es wäre meine Erfindung.

25. 8. 2016 Ist es feministisch, wenn ich die erste Amokläuferin werd?

25.8.2016 Ich glaube, ich hab ein Neoctrian-Problem.

25.8.2016 Noch ein bisschen Neocitran.

25.8.2016 Immer wenn männliche Serienautoren «sensible Männer» kreieren, kommen so komische Stalker-Psychos wie Ted aus «How I met your mother» raus.

27.8.2016 Dachte mir, am Balkon schlafen im Hotel in Schlierbach wäre eine gute Idee. Vorm Erdgeschossbalkon war nur Wald, und ich dachte, es wäre gesund. Jetzt liege ich verkatert und halbnackt vor Leuten, die spazieren gehen, und bin wieder krank.

27.8.2016 Die Diskussionen am Literaturfestival sind schon ganz interessant, z. B. die Meinung, dass man auch Klassiker nicht vernachlässigen darf im Schulsystem, allein damit die Kinder einen weiten Wortschatz lernen. Wörter, die sie vielleicht gar nicht mehr kennen. Ich traue mich aber wetten, niemand von denen wusste, was FML heißt!

27.8.2016 Warum gehen selbst moderne Hotels so angstbesetzt mit ihrem WLAN um? Letzens musste ich alle 24 Stunden ein neues Passwort beantragen. Mitten im Film also runter an die Rezeption und neues WLAN-Passwort ausdrucken lassen. In diesem Hotel habe ich zuerst vergessen, nach dem WLAN zu fragen, es wurde mir auch nicht abgeboten, und im Folder steht unter I wie Internet: «Fragen Sie an der Rezeption.» An der Rezeption kriegt man dann ein Kärtchen von einem Stapel, auf dem jeweils dasselbe Passwort für das ganze Haus steht. Es soll immer noch klar kommuniziert werden: WLAN ist etwas Heikles. Mit WLAN kann man nicht einfach hurassen, WLAN ist nichts Selbstverständliches, das kriegt man nicht einfach

SO. Gewisse Umstände, und seien sie noch so irrational, müssen einfach sein für dieses besondere, dieses ganz und gar exklusive WLAN.

27.8.2016 Seit einem Jahr führe ich nun ein Leben, in dem Hotels eine Rolle spielen, und viele meiner Gedanken drehen sich deshalb um Hotels. Es ist traurig. Dieses Hotel hat ein gutfunktionierendes WLAN, die Einrichtung ist schlicht und geschmackvoll. Hoteleinrichtungen großer Ketten sehen meistens aus wie manifestierte Powerpointpräsentationen, deren Farbwahl vor allem eines suggerieren soll: Zisch bald wieder ab. Nachteil dieses Hotels: Statt einem Leckerli am Polster (ist mir persönlich sehr wichtig, fühle mich dann geliebt und willkommen) liegt hier ein Sinnspruch. Mein Sinnspruch rät zum zielstrebigen Umsetzen von Visionen (Druck! Stress! Kapitalistische Gehirnwäsche!). Das Frühstück ist tadellos und besticht durch eine gute Käseauswahl, da ich in einer Käseregion bin. Den Kaffee gibt es allerdings nur in einzeln gelieferten Tassen, weshalb man sich nicht so traut, sich völlig gehenzulassen. Ich liebe aber das Kaffeetechnische Sich-Gehenlassen bei Frühstücksbuffets. Ich schütte mir das Zeug literweise rein, wenn es niemand kontrolliert. Der Balkon, von dem man mitten in den Wald schaut, ist wunderbar. Ich sitze da und schaue in einen Wald. Das ist der Wahnsinn. Leider ist es sehr hellhörig. Vorteil: Ich konnte das WLAN-Passwort gleich mitschreiben, als jemand im Nachbarzimmer bei der Rezeption angerufen hat. Steckdosen sind vom Bett erreichbar, damit man vor dem Einschlafen noch Instagram schauen kann. Duschsituation top, ist aber kein Hauptaugenmerk von mir.

28.8.2016 Dass die Van-der-Bellen-Party am Sonntag ist, zeigt einfach, dass man da nur Freelancer und Studenten und keine Arbeiter erwartet.

28.8.2016 Ich saß gerade mit zwei Autoren im Zug auf der Rückfahrt vom Literaturfestival nach Wien, da setzte sich eine vierte Person zu uns. Es war der Chef von meinem Callcenter. Wir umarmten uns weinend.

29.8.2016 Ich vertrag Kritik eh, ich will trotzdem, dass die Kritiker am Ende weinen.

30.8.2016 Ich bin der einzige vernünftige Mensch.

30.8.2016 Schon vier Abo-Kündigungen bei der *Zeit* wegen meines Wagner-Textes.

30.8.2016 Leserbrief:
«Die Beauftragung des Wiener Autorenteams Stefanie Sargnagel und deren Freund Martin Witzmann, Eindrücke von den Wagner-Festspielen einzufangen, war wohl eher für die Autoren ein Glücksgriff als für die Leser, denn nun war Frau Sargnagel da, wo sie ‹schon immer sein wollte›. Das Autorenduo kreist im Wesentlichen um sich selbst und berichtet anfangs von seinen Aufgeregtheiten. Bei der Autorin bewirken die Namen der Wagner'schen Helden in ihrer Lautmalerei Rückenschauer und einen ‹fröstelnden Anus›. Die Art, wie sie der Nervosität ihres Mitautors in einem Aufzug begegnet, erspare ich mir zu wiederholen. Soll diese Art der Darstellung der Erinnerung an eine weniger rosige Vergangenheit der Autorin in ‹abgeranzten Punklokalen› geschuldet sein? Einen größeren, immer wiederkehrenden Raum – der Bericht ist als Tagebuchaufzeichnung angelegt –, nehmen die Schilderungen von unmäßigen Frühstücksgelagen ‹bis 13 Uhr› in ihrem Hotel ein, die derart übertrieben sind, dass dem Leser der mangelnde Ernst nicht verborgen bleibt. – Aber was soll das?»

30.8.2016 Leserbrief:
«Dieser Artikel hat mich geärgert. Was für eine Verschwendung! Wie kann man nur jugend-hochmütigen Leuten mit völliger Ahnungslosigkeit von Musik bzw. Wagner eine solche Reise spendieren. Kein Wunder, das Resultat: keinerlei qualifizierte Äußerung zu den Aufführungen, dafür völlig uninteressante Beschreibungen kulinarischer Völlerei. Unmöglich! Wen interessiert es, wie viele Marmeladen-Croissants Herr Witzmann essen kann? Ich behaupte, Ihnen eine bessere – durchaus kritische – Reportage liefern zu können, sollten Sie auf die Idee kommen, mich dafür zu engagieren. Eine Woche all-inclusive Bayreuther Festspiele mit sämtlichen Aufführungen – das wäre mir schon eine Arbeit wert, die mit Sicherheit inhaltsreicher ausfallen würde als diese Schnorrerei. Sie haben Perlen vor die Säue geworfen.»

30.8.2016 Leserbrief:
«Schon über die Äußerungen der Herren Meese und Sloterdijk zum Thema Festspiele Bayreuth in den Vorjahren konnte man im Grunde nur die Nase rümpfe ob deren unsäglichem Stil. Frau Sargnagel aber schießt den Vogel ab: Ein solches Sammelsurium an Widerwärtigkeiten, gepaart mit einer Arroganz und Ignoranz der Unbekümmertheit, wie sie wohl vor allem Menschen eigen ist, die sich nie mit dem Thema RW intensiver beschäftigen wollten (oder konnten?) in Sprache und Inhalt auf fast zwei Seiten ist kaum noch zu ertragen.»

31.8.2016 Leserbrief:
«Stefanie Sargnagels Beitrag zu den diesjährigen Festspielen hat mich enttäuscht, denn er bietet – ungeachtet eines schnoddrigen Tons – nur ein Jonglieren mit Klischees. Nach 140 Jahren Festspielgeschichte scheint ein Entkommen aus dem Revier der Gemeinplätze nicht mehr möglich. Sicher,

völlig unbefangen kann niemand sich – auch ein Wagner-Greenhorn nicht – dem ‹Ring› nähern, aber Wagners Musik war einst wie sein Schöpfer revolutionär, und da sollte es jenseits ideologischer Überlagerungen gar nichts mehr zu entdecken geben? Zugegebenermaßen werden allerdings Wagner-Fans alt und grau, ehe sie an eine Eintrittskarte für die Festspiele gelangen. Übertrieben scheinen mir auch die gargantuesken Mahlzeiten in dem Tagebuch, die zu durchfressen selbst eine Raupe Nimmersatt überfordert wäre. Mir persönlich genügt die Erinnerung an ein Stück Wilhelminen-Torte, das ich in meinem Gedächtnis in die Nähe einiger Kreationen französischer Chocolatiers einordne.»

31.8.2016 Ich weiß nie, wen ich in der Malerei-Welt schlimmer find. Die ganzen unreflektierten männlichen Narzissten ohne Selbstironie, die einen auf Ghetto machen, obwohl sie alle Rich Kids sind, oder die Frauen, die sie anhimmeln.

1.9.2016 In der Nacht wird vor meinem Fenster etwas mit Hochdruckreinigern gesäubert, und betrunkene Mädchen singen «Total eclipse of my heart» durch die Gasse. Vielleicht reinigen auch Mädchen «total eclipse of my heart» singend etwas mit einem Hochdruckgerät.

1.9.2016 Das intellektuelle Niveau unter Sozialhilfeempfänger-Freunden ist viel höher als das unter den Erfolgreichen.

1.9.2016 Leserbrief:
«Sehr geehrte Frau Radisch, gerade aus Bayreuth zurückgekommen (wir haben uns den Ring angeschaut!), hatten wir uns richtig auf einen wunderbaren satirischen Beitrag über Bayreuth gefreut. Man kann wirklich das ganze weihevolle Gehabe herrlich kommentieren; aber was wir in dem

Artikel ‹Überall spritzt Fett› gelesen haben, ist weder amüsant, noch hat es uns auch nur den Hauch eines Lächelns entlockt. Der Beitrag ist einfach unterirdisch schlecht und niveaulos. Ich bin seit über 40 Jahren Abonnentin der *Zeit*, aber ich kann mich nicht erinnern, dass ich jemals einen derart schlechten Artikel gelesen habe. Es fängt schon damit an, dass uns Personen wie Gandalf und Frodo leider nicht begegnet sind. Darüber hinaus interessieren die Erlebnisse von Stefanie Sargnagel und Martin Witzmann (wir gehen einmal davon aus, dass die Namen Sargnagel und Witzmann ebenfalls humorvoll sein sollen) bei ihrer Anreise nach Bayreuth herzlich wenig. Auch die Beruhigung der Nervosität von Martin Witzmann vor dem Besuch von Rheingold durch Hodenstreicheln ist nicht wirklich witzig. Offensichtlich hat die Verfasserin eine besondere Affinität zu diesem ‹Beruhigungsmittel› (siehe Winifred und Hitler). Wir haben weder Zuckerwatte noch einen Clown in Pluderhosen beim Basteln von Luftballontieren gesehen. Dass Stefanie Sargnagel schon Jahre keinen alten Arm mehr gespürt hat, ist bedauernswert – anscheinend hat sie weder Mutter noch Großmutter, die sie manchmal liebevoll in den Arm nehmen. Auch einen Satz wie ‹Viele haben die 90 längst überschritten und werden in Rollstühlen und Krankenbetten den Hügel hochgekarrt, manche hängen am Tropf› können wir nicht unterschreiben. Das Klappern der den Hügel erklimmenden Gehhilfen haben wir ebenfalls vermisst. Satire heißt laut Duden: ‹ironisch-witzige literarische oder künstlerische Darstellung und Kritik menschlicher Schwächen und Laster›. Vielleicht sollten Sie nächstes Jahr einmal Harald Martenstein nach Bayreuth schicken – er ist ein Garant für witzige niveauvolle Beiträge!»

1. 9. 2016 Leserbrief:
«An die Feuilleton-Redaktion der ZEIT / Leserbriefe

Nach Lektüre des Artikels ‹Überall spritzt Fett› (ZEIT Nr. 36) habe ich mich entschlossen, nach fast sechzig Jahren mehr oder weniger regelmäßiger Lektüre auf die ZEIT zu verzichten. Der Artikel von Frau Sargnagel über Bayreuth war für mich der absolute Tiefpunkt an Niveau- und Geschmacklosigkeit.»

1.9.2016 Deutsche Touristen stehen vor dem Van-der-Bellen-Präsidentschaftswahlplakat, auf dem «Für unser vielgeliebtes Österreich» steht. Die Frau zum Mann: «Ist das der Nazi oder der andere?»

1.9.2016 Ich wollte nicht das Leben der *Zeit*-Leser zerstören.

1.9.2016 Hätte ich gewusst, dass die Menschen so einfach zu provozieren sind, hätte ich was viel Ärgeres geschrieben.

1.9.2016 Die Stelle, wo Jonathan Meese ein Selbstmord-Attentat verübt, wurde gekürzt.

1.9.2016 Mit 50 will ich eine starre Botoxfresse. Ich hasse diesen Natürlich-altern-Zwang. Ich will ein Gesicht aus Beton.

1.9.2016 Na ja, in Google schaut's unangenehm aus.

1.9.2016 Botoxgirl.

1.9.2016 Alle Künstler schreiben immer, sie arbeiten an Schnittstellen. Als wären sie Scheren. Krp krp.

2.9.2016 Mein Autocorrect bessert Façon immer zu Favoriten aus.

2.9.2016 Ich vermisse die *Zeit*-Leserbriefe schon.

2.9.2016 In Japan möchte ich das Arschloch einer Schildkröte essen.

2.9.2016 Das mit den verrückten Sachen essen ist ja in China, oder? Hihi. Japan ist das, wo's Restaurants mit Schildkrötenarschlöchern als Möbel gibt.

3.9.2016 Witzmann hat jetzt Internet in der Wohnung. Schade. Ich mochte das so, dass in seiner Sphäre immer noch Anfang der 90er is.

3.9.2016 Ich würd eh gern mehr bio essen, aber es schmeckt mir halt nicht.

3.9.2016 Ich hasse wohnen irgendwie.

4.9.2016 Werde ich erwachsen?

4.9.2016 Ich hätte nicht gedacht, dass 2016 Polizisten immer noch Schlagstöcke haben, Religion das bedeutendste gesellschaftliche Konfliktthema ist und 3D-Filme modern sind. Ich hätte mir mehr Roboter und Laserstrahlen erwartet.

4.9.2016 Vor dem Schlafengehen überlege ich immer, was ich am nächsten Tag erledigen sollte. Dann wach ich auf, hab alles vergessen, setz mich an den Fluss und fütter die Enten.

5.9.2016 Ich weiß nie, was ich mit kleinen Kindern reden soll. Sie haben einfach null Gespür für Zynismus.

5.9.2016 Ob die Typen, die mir am Gürtel zugebusselt haben, eh gecheckt haben, dass ich sie anschrei, weil ich Männer hasse und nicht Ausländer?

6.9.2016 Briten sind so super, der kranke Humor und diese ungesunden Gesichter.

6.9.2016 Schon wieder fünf Kilo zugenommen. Vielleicht rekrutieren sie mich in Japan als Sumoringer.

7.9.2016 Nachdem ich meine alte Brille gefunden habe, weiß ich erst, wie kurzsichtig ich bin. Kein Wunder, dass ich so egozentrisch bin, wenn alles über einen Meter Radius hinaus verschwommen ist.

7.9.2016 Am Flughafen wird ein Shop renoviert, deshalb ist er mit Planen verhangen. Hinter den Planen hört man die Bauarbeiter laut zu Boney M. singen. Man hört es am ganzen Flughafen. Ich bin dem Gesang vom anderen Ende gefolgt, weil ich mir nicht vorstellen konnte, dass es am Flughafen eine Karaokebar gibt.

7.9.2016 Ich flieg jetzt nach Abu Dhabi.

7.9.2016 Ups, durch die Brille auf der Nase denke ich immer, ich hab meine verspiegelte Sonnenbrille auf und schau den Leuten schamlos auf ihre sekundären Geschlechtsmerkmale.

7.9.2016 Ein kleiner Sandler in der großen weiten Welt.

7.9.2016 Sitz im Burger King am Flughafen in Abu Dhabi.

7.9.2016 Flugzeugessen schaut aus wie amerikanisches TV-Meal aus den 50ern. Ich esse die Erbsen und stelle mir vor: Mein Freund ist ein amerikanischer Astronaut, ich bin die bezaubernde Jeannie.

7.9.2016 Was machen diese Leute alle in Japan, die mit mir nach Japan fliegen?

7.9.2016 Dieser Abu-Dhabi-Flughafen ist wie ein Tor in eine andere, nicht eurozentrische Welt. Ich kann die Kleidung gar nicht einordnen.

7.9.2016 Ich schaue im Flugzeug einen arabischen Film über einen Mann, der im Matriarchat aufwacht.

8.9.2016 Ich bin in Tokio angekommen.

9.9.2016 Es ist absurd, wie klein die Welt ist. Heute ging ich durch Tokio spazieren, vorbei an einem Sportplatz, und wen seh ich auf dem Volleyballfeld stehen? Mila Ayuhara!

10.9.2016 Tokio is so arg.

10.9.2016 Alle erwarten, dass ich über Tokio schreibe, aber ich bin auf Urlaub, verdammt.

10.9.2016 Ich bin nach Tokio geflogen, weil zwei befreundete KünstlerInnen von mir ein Stipendium bekommen und daher ein großes Haus zur Verfügung haben, in dem ich gratis wohnen kann. Es ist ein Pärchen, und es sind eher Bekannte als gute Freunde, und so lerne ich sie erst jetzt richtig kennen. Wir trinken sehr viel in der Wohnküche bis sechs Uhr früh, deshalb werde ich meinen Jetlag nicht los.

10.9.2016 Ich bin erst seit zwei Tagen hier in Tokio und schätze die auf Hemmungen, Hierarchie und Scham aufgebaute Zwischenmenschlichkeit. Angeblich ist hier die Sandlergegend aus der Stadtkarte gestrichen, weil sich Assis zu stark für sich selbst schämen. Für eine Megacity sieht man hier wirklich kaum jemanden, der aus der Rolle fällt. Keine Junkies, keine Verrückten, keine Bettler. Morgen geh ich auf ein linksautonomes Fest, bin gespannt.

12.9.2016 Ich bin immer noch nicht ankommen und damit beschäftigt, einen touristisch gut verwertbaren Tagesrhythmus zu finden. Meistens gehe ich erst um 7 Uhr morgens schlafen und wache erst am frühen Nachmittag wieder auf. Das Klima ist tropisch. Ich könnte mich mit diesem Rhythmus ins pulsierende japanische Nachtleben stürzen, aber die U-Bahnen fahren nur bis Mitternacht, und so muss man entweder durchmachen, was ich eher vermeiden will, oder 50 Euro fürs Taxi heim zahlen. So fahre ich immer rechtzeitig nach Hause, trinke aber mit meinen Gastgebern eben doch bis frühmorgens weiter. Man erwartet von Tokio sehr viele Verrücktheiten, über die man allerdings im Vorfeld schon fast zu gut informiert ist, und es ist dann eigentlich sehr normal. Es ist eine extrem aufgeräumte Stadt, und alles wirkt, als wäre es auf Arbeit und Konsum ausgerichtet. Geraucht wird hier in den Straßen auch nicht, und es scheint den Tausenden von Menschen, die hier tagtäglich unterwegs sind, nicht mal ein Zettelchen aus der Tasche zu fallen im Alltag, Müll am Boden ist nicht vorhanden. Es gibt auch keine Gastgärten, trinken, rauchen und laut sein passiert nur in Innenräumen. Gestern habe ich einen Bekannten getroffen, der vor kurzem nach Japan gezogen ist, und so war ich zum ersten Mal im Punkbezirk Koenji, in dem es im Gegensatz zum Rest der Stadt nicht so steril und sauber ist, als könnte man vom Boden essen. In Koenji sitzt man am Boden, säuft Dosenbier und tschickt. Alles ist voller Zecken. Momentan findet hier ein anarchistisches Festival statt, zu dem Leute aus China oder Thailand eingeflogen sind. Es gab Bandauftritte, und bei einem stürmte ein Freak aus dem Punkschuppen und rief die Leute auf, ihm zu folgen. Eine Traube von Menschen lief ihm durch die Straßen nach, und wir rannten ihm mit fünfzig japanischen Punks hinterher, mitten auf die Fahrbahn. Alle Autos mussten stehen bleiben, und er schrie Parolen, die ihm alle nachriefen. «ARBEIT IST SCHEISSE» und Ähnliches, das konnte schon was in einem Land, in dem Arbeitsam-igkeit und Konformismus im Dienste der Harmonie so wichtig sind. Es gab auch Bands aus Deutschland und dem ganzen asiatischen Raum, stagediving, pogen, Alk Alk Alk. Kurz vor Mitternacht machten wir uns wieder auf den Heimweg in den weit entfernten Wohnbezirk. Ein Mann in der U-Bahn filmte meine Gastgeberin und mich heimlich. Ansonsten spaziere ich die Viertel ab, bis es um sechs dunkel wird, aber werde nicht richtig warm mit der Stadt. Im Mangabezirk Akihabara schaute ich mir die Cosplay-Lolitas an, die einem dort an jeder Ecke wie Fembots zuwinken. Dabei fresse ich Onigiri und fotografiere nichts, weil ich an Orten, an denen alles so anders aussieht, nie Motive wählen kann. Wenn ich auf die Toilette muss, gehe ich in die riesigen Spielhallen, in denen die Stadtbewohner für Stunden sitzen und ein Glücksspiel mit Kugeln spielen unter ohrenbetäubender Spielmusik. Dabei blitzen grelle Lichter, alle rauchen Kette, bewegen sich kaum und knallen sich epileptisch weg. Geld kann man dabei nicht gewinnen, nur kleine Geschenke. Und ja, man kann tatsächlich die eigenen Kackgeräusche mit Spülgeräuschen vom Tonband übertönen, wenn man einen Knopf drückt. Die meisten Stunden verbringe ich immer noch bei meinen Gastgebern im dreistöckigen Haus. Untertags bereiten sie eine Ausstellung vor, und in einer

Bar, in der wir waren, spielte der japanische DJ Rocko Schamoni. Vielleicht schaffe ich es morgen endlich, am Vormittag aufzustehen, ich fühle mich schon etwas unrund.

15.9.2016 In Tokio hat alles liebe Gesichter wegen der Harmonie. Der Postkasten, die Bahn, alle lachen einen kindlich an. Nach einigen Tagen Dauerkater schleicht sich bei mir aber das Gefühl ein, dass sie einen in Wirklichkeit alle auslachen.

16.9.2016 Japan war nie eines meiner bevorzugten Reiseziele; es hat mich interessiert, wie mich die ganze Welt interessiert, aber ein Faible hatte ich nie dafür. Das Ruhige, das Zarte, das Zurückhaltende, das Aparte in den Bewegungen des Alltags ist mir unheimlich. Das Kontrollierte, das straff Organisierte, das Saubere, das ethnisch Homogene erinnert mich an eine turbokapitalistische Dystopie. Es ist das erste Land, in dem ich mich wie ein plumper, wilder, schmutziger, lauter Mensch fühle.

16.9.2016 Heute haben wir durchgemacht und sind im Schwulenviertel von Shinjuku ausgegangen. Wir wollten am frühen Morgen das Sumotraining anschaun, das man durch Schaufenster in einer bestimmten Straße kostenlos beobachten kann, solange man drei Regeln einhält: Keine Fotos mit Blitz. Die Sumoringer nicht ansprechen. Sich generell vor dem Trainingsraum leise verhalten. Einige von uns waren so besoffen, dass sie sich natürlich völlig unmöglich benahmen und ungefähr alle Regeln verletzten, bis einer der Sumoringer uns den Mittelfinger zeigte und die Jalousien runterzog. Hoffentlich haben wir diese Tradition jetzt nicht für alle Zeiten ruiniert.

16.9.2016 Heute sind noch andere Bekannte in Tokio angekommen. Viele Wiener sind offenbar gerade in Tokio. Ich habe geplant, mit ihnen nach Kyoto und Koyasan zu fahren.

16.9.2016 In Kyoto schlafe ich in einem winzigen Hostel, das von japanischen Hippies geführt wird. Im Mehrbettzimmer hat es 50 Grad, und ich sterbe. Morgen fahre ich nach Koyasan, in dem es Hunderte Tempel gibt.

16.9.2016 Ich sitz gerade im Kimono in einem Tempel im Pilgerort Koyasan. Ich war im heißen Onsen nackt baden und trinke jetzt am Boden sitzend Grüntee mit Blick auf einen Garten. Hier bringen einem Mönche sechsstöckige Tabletts mit seltsam ätherischem Abendessen in 28 federleichten Gängen. Bald gehe ich schlafen wegen der buddhistischen Zeremonie morgen um sechs Uhr früh.

16.9.2016 Ich habe hier in Koyasan in einem Café ein Mädchen getroffen, das ebenfalls in meiner Malereiklasse studiert hat. Man könnte denken: «Wahnsinn. Die Welt ist klein.» Aber ich find's gar nicht überraschend, ich hab mit so etwas schon gerechnet. Die Welt von Leuten, die überall hinreisen dürfen, sich für einen japanischen Pilgerort interessieren, es sich leisten und mitten im September wegfahren können, ist ja eigentlich tatsächlich klein.

20.9.2016 Heute muss ich zurück nach Tokio. In Koyasan gibt es eine Tsunamiwarnung, und als ich im Zug saß, während es stürmte und regnete, sagte eine uralte Frau zu mir: «Take care of the Tsunami.» Ganz ruhig und eindringlich, wie in einem apokalyptischen Film. Ich rechnete damit, dass mir gleich Kühe um die Ohren fliegen würden, aber ich bin gut in Tokio angekommen.

20.9.2016 Ich esse hier kiloweise Onigiri. Es sind kleine Reisdreiecke mit verschiedenen Füllungen – und die japanische Wurstsemmel.

20.9.2016 Ich gebe es zu, wir waren in einem Maidcafé. Meine Gastgeber und ich sind dort zum Abschluss eingekehrt. Es sind diese Cafés, in denen junge Frauen in Zimmermädchenkostümen Getränke servieren und Spiele mit einem spielen. Dabei kichern sie, umarmen die anderen Kellnerinnen und sagen auf Englisch «She is my honey. Hihihi.» Sie interagierten insgesamt aber mehr mit den einsamen Männern um uns herum, unterhielten sie, sprachen in Babysprache mit ihnen und unterschrieben die Fotos, die man kaufen kann und die die Männer sammeln. Die Maids waren so lieb. Es ist zwar total kaputt, aber ich würde lügen, wenn ich verleugnen würde, dass der Aufenthalt mein Herz erwärmt hat. Sie waren so fröhlich! Wir spielten Spiele und sangen Lieder gemeinsam mit ihnen, und sie servierten uns Reis in Form eines Bärchens und malten uns mit Ketchup Herzchen drauf. Alles, was wir machten, brachte sie zum Kichern, Quietschen und In-die-Hände-Klatschen. Es machte mich richtig glücklich. Am Schluss stahlen wir einen Löffel in Form eines Wals. Also nicht ich, aber einer von uns. Ich hatte große Angst, erwischt zu werden, aber vermutlich würde man aus lauter verklemmter Höflichkeit darüber hinwegsehen. Wenn man hier ein Handy in der U-Bahn vergisst, bekommt man es mit hoher Wahrscheinlichkeit zurück, weil sich niemand trauen würde, es zu stehlen. Kleinkriminalität gibt es kaum, hauptsächlich ist das Verbrechen mafiös organisiert. Den ganzen Weg zurück habe ich aber trotzdem nachgeschaut, ob uns die weinenden Maids nachlaufen, wegen dem Wal-Löffel.

21.9.2016 Nachdem wir zum Abschied noch mal bis in der Früh Bier getrunken haben, habe ich zum ersten Mal in meinem Leben einen Flug verschlafen. Natürlich am anderen Ende der Welt. Natürlich einen Tag vor meiner Lesetour.

21.9.2016 Sitze restbetrunken am Flughafen, schieb mir verzweifelt Onigiri rein und muss mich zusammenreißen, die Situation nicht einfach zu verdrängen.

21.9.2016 Ich habe einen Flug um 900 Euro gefunden und ihn gebucht.

21.9.2016 Ich bin der größte Trottel des Universums.

21.9.2016 Kann mich jemand verprügeln.

21.9.2016 Ich bin so ein Trottel.

21.9.2016 Warum bin ich so ein Trottel?

21.9.2016 Die Maids waren so fröhlich. Ich muss immer lachen, wenn ich an sie denke.

21.9.2016 Mein Flug kommt um 9 Uhr früh in Wien an. Dann muss ich sofort umsteigen nach Luxemburg.

22.9.2016 Beim Umsteigen am türkischen Flughafen gab es einen Stromausfall. Ich wollte ohnehin nicht über die Türkei fliegen. Das hat mir nervlich den Rest gegeben. Alle reagierten aber ganz entspannt, während ich einen Hechtsprung hinter die nächste Theke machte.

22.9.2016 Den ganzen Flug über sage ich mir mantraartig vor, wie egal mir die 900 Euro sind, damit ich nicht zu weinen beginne. Es ist ganz egal, alles egal. Es hilft gut. Mittlerweile hätte ich fast Lust, meine restlichen 300 Euro beim Klo runterzuspülen.

21.9.2016 Die Illustrationen in Europa sind so herzlos und brutal.

22.9.2016 Ich habe es geschafft, ich bin nach zig Stunden Flug wieder stinkend in Mitteleuropa, und am Abend habe ich eine Lesung in Trier.

23.9.2016 Endlich wieder geduscht, endlich wieder geschlafen, weiter geht die Lesereise.

23.9.2016 In der Kindheit gab's immer so Kinder, die hatten plötzlich Nasenbluten. Was wohl aus denen geworden ist …

23.9.2016 Ich glaub, ich hab zu viel Wein getrunken.

24.9.2016 Heute lese ich in Oberhausen. Oberhausen ist irgendwie geil. Saß grad vorm Bahnhof neben einer Gruppe glatzerter tätowierter 200-Kilo-Männer mit Ruhrpott-T-Shirts, die sich über die «Tafel» unterhielten, und als ich in meine Banane biss, riefen sie «Guten Hunger».

24.9.2016 Lesereisen haben so was Trostloses. Man fährt allein, verkatert und übermüdet mit dem Zug durch Deutschland, schaut im Abteil Frauen mit Hemdblusen und christlichen Spruchambändern beim Müsliriegelessen zu, und eine Stimme sagt durch einen Lautsprecher: «Osnabrück.»

24.9.2016 Deutsche sind wie größere Japaner mit mehr Wohnraum, Alnatura-Produkten und Steppjacken.

24.9.2016 Seit in Oberhausen fast niemand auf meiner Lesung war, sehr wenig gelacht wurde und der Tontechniker so mitleidig sagte «Also, ICH fand's schon ganz witzig», bin ich irgendwie verunsichert.

25.9.2016 Bremen ist voll schön, wie eine riesige Donauinsel.

25.9.2016 Grad an der Ampel hier in Bremen habe ich eine Frau am Boden knien gesehen, und sie schien etwas auf den Gehsteig zu schreiben. Zuerst dachte ich, es wäre so ein Hippiemädchen mit Kreiden, und wollte lesen, was es schreibt, bis ich sah, dass es eine alte Hippiefrau war, mit weißen Haaren und dickem Filzstift. Ich schaute ihr ein bisschen zu, wartete zwei Rotphasen ab, bis sie weiterging, und versuchte, es zu lesen, aber das war nicht einfach bei schwarzem Filzstift auf Asphalt. Beim günstigen Lichteinfall konnte ich es aber endlich entziffern. Da stand: Kastelruther Spatzen.

26.9.2016 Ich dachte, ich hätt mein Handy am Bahnhofsklo gelassen, weil ich's dort drin vor einer Minute benutzt hatte, also fragte ich durch die Türe. Aber die junge, schicke Frau, die nach mir rauskam, sagte, da war nichts in der Kabine, wusch sich gemütlich die Hände, während ich verzweifelt meinen Rucksack von oben bis unten durchsuchte, und meinte mitleidig: «Wahrscheinlich wo reingerutscht, ne?» Dann ging sie weg und entfernte anscheinend die SIM-Karte, denn als ich jemanden anrufen ließ, war es nicht mehr erreichbar. Ich find die bitch in Bremen!

26.9.2016 Diese gemeine Frau. Sie hat meine Verzweiflung ganz genau gesehen.
Gemeinste Frau ever.

26.9.2016 Mein Menschenbild ist erschüttert.

26.9.2016 Ohne Instagramfotos darüber machen zu können, wie deprimierend es ist, allein auf Lesereise zu sein und immer im Backstage bei seiner Flasche Wein zu sitzen, ist es gleich doppelt so deprimierend.

26.9.2016 Man hat gleich viel weniger Motivation, die Städte zu besichtigen, wenn man keine Fotos davon machen kann.

26.9.2016 Ich trau mich nicht aus dem Hotel ohne Internet.

26.9.2016 Was mach ich denn ohne Internet im Backstage?

26.9.2016 Diese böse Frau.

26.9.2016 Ohne Smartphone trink ich in der Backstagefadesse gleich doppelt so viel Wein.

27.9.2016 Nachdem ich mir nach meiner Hamburg-Lesung noch einen Schnaps in der *Mutter* genehmigt habe, weiß ich gar nichts mehr. Ich kann mich nur erinnern, mich in ein Auto gesetzt zu haben und den Namen meines Hotels gesagt zu haben, und der Typ meinte zu mir: «Du weißt aber schon, dass ich kein Taxi bin?»

27.9.2016 Wenn Rechte von kultureller Identität und Werten sprechen, meinen sie eigentlich Volksfeste und Folklore, oder? Und Frauenrechte sind der Ausschnitt?

27.9.2016 Ich war hier auf der Schanzenstraße im Alnatura, und ich wäre eigentlich auch gern so ein deutscher Alnatura-Öko, aber wenn ich so dünne Männer sehe, wie sie die hässlichen verschrumpelten Bioäpfel sanft betasten, um sie ihren Kindern mitzubringen, die nicht fernschaun dürfen, flipp ich aus.

27. 9. 2016 Hamburg mag ich einfach. (Verlasse trotzdem das Hotelzimmer nicht.)

27. 9. 2016 An der Verniedlichungsform von Drogennamen erkennt man glaub ich den Süchtigen: «Substi», «Roiperl», «Bierdschi», «Koki», «Speckerl».
Ich glaub, das machen nur die Junks. Sie verniedlichen es, wegen der starken emotionalen Bindung, und geben Substanzen Kosenamen wie einem Freund.

28. 9. 2016 Ich hab Heimweh.

29. 9. 2016 Am Zahnfleisch schleppe ich mich durch Deutschland von einem Kater zum andern.

29. 9. 2016 Es gibt nichts Langweiligeres, als über Bahnunternehmen zu schimpfen.

29. 9. 2016 Ich hasse die Deutsche Bahn.

30. 9. 2016 Ich hab die Fernbedienung vom Hotel eingesteckt, weil ich mein Smartphone so vermisse.

30. 9. 2016 Von der Lesetour habe ich wie immer wenig zu berichten, denn es ist wie immer Lesetour. Man wacht auf, mal mehr, mal weniger verkatert, fragt sich, in welcher Stadt man eigentlich ist, schleppt sich zum Bahnhof, steigt in den Zug (die Rheinland-Landschaft war sehr schön), denkt je nach Intensität des Katers an zu erledigende Dinge, die kommende Lesung oder Selbstmord, und dann kommt man an. Da steht meistens eine freundliche Person zwischen 25

und 35 und bringt einen zum Hotel oder zum Veranstaltungsort. Dort sitzen 20–120 Leute, schauen einen erwartungsvoll mit großen Augen an, und man liest sein Zeug vor, lässt jeden Abend die Hosen runter und trinkt danach sehr viel oder ein bisschen Wein zum Spannungsabbau mit Menschen, die man kaum kennt, oder vielleicht auch welchen, die man ein bisschen kennt, über Ecken, die zufällig auch da sind, und «quatscht» irgendwas, bis man nach stundenlangem Kettenrauchen erschöpft ins Hotelbett sackt. Wenn man aufwacht, fragt man sich wieder, in welcher Stadt man eigentlich ist, googelt den Weg zum Bahnhof, hievt sich in den Zug, und alles beginnt von vorne. Das Gefühl für Zeit schwindet täglich, der wenige Schlaf zehrt, die Einsamkeit härtet ab, alles wird täglich irrealer.

30.9.2016 WÜRZBURG WÜRZBURG WÜRZBURG

30.9.2016 Ich glaube, das Jammern über die Lesereise is schlecht für meine PR. Also schreibe ich lieber: LESETOUREN SIND TOLL, ES IST WUNDERSCHÖN ZU SEHEN, DASS MENSCHEN EINTRITT FÜR EINEN ZAHLEN! ICH LIEBE DAS ALLES. ICH BIN ALLEN DANKBAR UND HABE TRIER, OBERHAUSEN, BIELEFELD, BREMEN, WIESBADEN, HAMBURG IN MEIN <3 GESCHLOSSEN. KOMME BESTIMMT MAL WIEDER. DANKE AN ALLE FANS. IHR SEID DIE BESTEN. HEUTE WIRD WÜRZBURG GEROCKT!

1.10.2016 Betrunkene Deutsche singen lustige Lieder im Speisewaggon.

1.10.2016 Wie im Horrorfilm.

2.10.2016 Letzte Deutschlandlesung geschafft. Sie war in München. Eine Gruppe Leute hat mich noch aufs Oktoberfest geführt. Ich dachte, das wär NUR so ein elitär reaktionäres Nazifest. Aber es geht mehr darum, dass sich alle aus der Bevölkerung bis 23 Uhr (dann is Schluss) gezielt komplett wegschießen. Es war sogar multikulturell, und alle hatten was gemeinsam: abgrundtiefes, völliges im Orsch sein. Man geht einmal schnell durch und sieht an jeder Ecke: dumpfe Verbrüderungen, Flirterei, Beziehungsstress, Kotzen, Schiffen, Lachen, depressive, erloschene Blicke, orientierungslose Menschen aus allen Schichten, die auf ihre Stammhirne reduziert gesoffen noch vor Mitternacht übereinanderstolpern einmal im Jahr. Vereint im Grauen des ES. So schön. Wie die Japaner.

2.10.2016 Oktoberfest ist ganz anders als ein Dorfkirchtag, Silvester oder Donauinselfest, weil man von Anfang Ein-Liter-Krüge trinkt.

2.10.2016 Wenn ich dann 150 Kilo wiege, alt und zahnlos, aber immer noch horny bin, geh ich einfach aufs Oktoberfest, da gäbe es genug stramme Lederhosenburschn mit 10 Promille, die nach Liebe suchen.

3.10.2016 Dirndl haben so was Pornoesques irgendwie, aber ihre Erotik ist nicht fein, apart oder subtil. Die Kniestrümpfe machen die Beine klobig und stark, dazu werden Schnürschuhe getragen, die das comichaft verstärken. Die Hüften wirken breiter durch den Rockschnitt und der Arsch wie zwei gebärfreudige Krapfen, die kräftigen Arme an den breiten Schultern umfassen die Maßkrüge, während die Brüste ausladend prall aus dem Dekolleté quellen. Es ist so eine ganz primitive, tierische Erotik. Man hat das Gefühl, unter dem dicken Rockstoff ist kein «Schmetterling», keine «Lotusblume», kein gewaxtes Mandarinchen. Da drunter ist ein ordentlicher, gsunder Brunzbuschn.

3.10.2016 Ich muss mich am Boden legen und die 150 sozialen Kontakte der Lesereise verarbeiten.

3.10.2016 Armin Assingers stumpfes Sportlerselbstbewusstsein macht mich wahnsinnig. Ich würde es gerne extrahieren, mit Alkohol strecken und an Leute voller Selbstzweifel füttern.

3.10.2016 «Christine Nöstlinger wächst in Hernals in einfachen Verhältnissen in einer Zimmer-Küche-Kabinettwohnung auf. Im Gymnasium ist sie fast das einzige Arbeiterkind. Sie schämt sich für die Wohnverhältnisse zu Hause.» Wie ich!

3.10.2016 Die Securitys beim Oktoberfest waren sehr bayrisch:
«Bitte Ihren Rucksack draußen lassen.»
Ich: «O. k.»
«Und das Glas, woher haben Sie das Glas?»
Ich: «Wie? ... aus dem Volkstheater.»
«Das ist Diebstahl!»
Ich: «Wie bitte? Was?»
«Das haben Sie da einfach mitgenommen. Das ist Diebstahl!»
Ich: «Ich bin dort gerade aufgetreten und hab's mir ausgeborgt, das kann Ihnen doch völlig egal sein. Was haben Sie mit dem Volkstheater zu tun?»
«Das DARF man nicht einfach mitnehmen. Das haben Sie gestohlen, Sie sind eine Diebin!» (geht mir nach)
Ich: «Äääähh. Ciao!»
«SIE DIEBIN!»

4.10.2016 Meine eher durchschnittlich intelligenten Klassenkameraden aus diesem bürgerlichen Gymnasium arbeiten heute teilweise in den weltweit gefragtesten Unternehmen, in die angeblich nur die Besten der Besten kommen. Das müssten dann aber auch Hauptschüler schaffen, wenn sie die richtigen Eltern hätten.

4.10.2016 Je schneller die Internetverbindung, desto langsamer wird mein Körper.

4.10.2016 Mein neues Hobby: Auf den Smartphones im Lugner-City-Mediamarkt die Selfies der Kunden anschaun, die die Kamera testen wollten.

5.10.2016 Der beste Job ist, wenn man einfach einen Brunnen hat und die Leute Geld reinwerfen.

6.10.2016 Zehn Bier, zwei Joints und ein Californiaburger. Aber so richtig gut fühl ich mich immer noch nicht.

7.10.2016 Wenn Leute auf der Straße einen nach einem Selfie fragen und wollen, dass Witzmann auch mit drauf ist, fühlt man sich plötzlich, wie fiktive Charaktere aus einer von mir erfundenen Geschichte, die in die Realität getreten sind. Witzmann wird auch ständig gefragt, ob es «schwer» für ihn ist, eine berühmte Freundin zu haben.

7.10.2016 Witzmann: «Lewis Hamilton hat die Pressekonferenz ganz durcheinandergebracht. Weil es gibt jetzt ein Handyspiel, da kann man sich selbst mit Hasenohren zeichnen, und die andern Fahrer wollten dann plötzlich auch dieses Spiel spielen.»
Ich: «Snapchat?»
Witzmann: «Ja, ich glaub … Schneppschnepp.»

8.10.2016 Witzmann und ich machen immer so ganz normale Sachen wie «Sushi und Kino», aber es is so betont normal, dass es schon wieder anormal ist. Mehr so, als würden zwei Verrückte Normalität performen, als therapeutisches Rollenspiel.

9.10.2016 Ich: «Eigentlich schaust du wirklich frisch aus für dein Alter. Ich mein, so gesund hast du auch nicht gelebt.»
Witzmann: «Ich hab mich nie überanstrengt.»

9.10.2016 Rehbraten vom Röhrenbacher Jäger am Sonntag in Favoriten, Stefanie Werger ausm CD-Player, und der Freund meiner Mama liest sexistische Witze ausm Internet vor. Das erdet mich einfach.

9.10.2016 Nachrichten: Ein Kindergarten in Kassel feiert kein Weihnachten.
Internet: Die Moslems haum in österreichische Schulen den Nikolo ogfeidlt.

9.10.2016 Immer wenn ich bei meinen Lesungen erkläre, warum der All You Can Eat-Chinese so schön ist, merk ich: Das Publikum versteht zwar, was ich meine. Aber meine Begeisterung dafür steckt sie irgendwie nicht an.

9.10.2016 Witzmann: «Ich fand das so lustig, wie der Lewis Hamilton das Hasenspiel gespielt hat.»
Ich: «Snapchat?»

10.10.2016 Liebst du mich?

11.10.2016 30 – Das Alter, in dem die ersten linksradikalen Freunde sich um ihre Erbschaften riesige Eigentumswohnungen kaufen.

11.10.2016 Ich will auch in Jenbach wohnen und «Didge-Toni» heißen, wie der Typ in ORF 2.

11.10.2016 Didsch spuiln.

11.10.2016 I bin da Didsch Toni
Blos in mein Didsch eini
gaunzn Tog
in mei Didsch
gaunze Nocht
Didsch spuin
oaoaoaoaoaoaoaoaoaoaoaoaoaoaoaoaoaoaoao

13.10.2016 In der westlichen Welt kriegen religiöse Fanatiker, sozial Verwahrloste, völkische Rechtsextreme, auf Familienvermögen sitzende Adlige, abgedrehte Ökohippies und ein paar Ausnahmen die meisten Kinder. Gott sei Dank ist die Genetik unberechenbar.

13.10.2016 Ich hab wieder Freizeit! Gleich vier Runden Ghostbusters-Flipper gespielt.

13.10.2016 Junge Menschen stellen sich das Künstlerleben frei, inspiriert und exzessiv vor. Ausschweifend und sinnlich, glamourös. Aber im Grunde macht man einfach Buchhaltung. Sitzt in der Kammer und tut heften, lochen, rechnen am Taschenrechner, die Finger trocken vom Papier, dazwischen Brille putzen, Nasenspray, Eule füttern.

13.10.2016 Ich wurde gefragt, welche Farbe meine Aura meinem Gefühl nach hat, und ich wusste eigentlich sofort, dass es flaschengrün sein muss.

14.10.2016 Ich verstehe mittlerweile, warum erfolgreiche Künstler als arrogant gelten. Ich bin ja immer noch so auf: Alle sind meine Freunde. Ich tratsche mit allen Veranstaltern, erzähl ihnen was aus meinem Leben. Total nette Menschen, ich trinke mit ihnen Bier. Mit den Technikern und Barleuten plaudere ich auch, und nach der Lesung hebe ich noch einen mit meinen Lesungsbesuchern, die sind meistens cool. Aber 15-mal hintereinander packt man das neurologisch einfach nicht. Zu viele kurze Kontakte. Es laugt einen geistig total aus. Ich habe mittlerweile echte Probleme, mir Namen und Gesichter zu merken, obwohl ich immer gut darin war. Alle schauen für mich gleich aus. Ab einem gewissen Level muss man einfach anfangen, distanzierter zu sein und nach einer Lesung einfach schlafen zu gehen. Aber wenn Künstler einfach total distanziert sind und nach der Lesung einfach schlafen gehen, dann sagen die Veranstalter – wie zu mir gerade –: «Heinz Strunk war auch da letztens. Aber total arrogant der.»

14.10.2016 Bob Dylan = Literaturnobelpreis. Bildungsbürger gone wild.

14.10.2016 Wenn ich alt bin, kriegt sicher Eminem den Literaturnobelpreis.

14.10.2016 WOLLT IHR DAS TOTALE MATRIARCHAT?

14.10.2016 Ich muss aufhören, die Identitären als Soap Opera misszuverstehen.

14.10.2016 Der Start meiner Identitären-Soap: Der Große Austausch.
1. Die Charakterisierungen:

Marwin Seller
Marwin ist der Anführer der Bande. Hier hat er seine Bestimmung gefunden. Im Gegensatz zu seiner Familie, in der er immer eher der Außenseiter unter den vier Brüdern war (Spitzname: Furzkopf), kann er nun seinen ganzen Mut unter Beweis stellen. Als Anführer der Gruppe sollte ihn besser niemand mehr «Feigling» oder «Angsthase-Pfeffernase» nennen. Jedenfalls hat er sich das vorgenommen. Er gefällt sich in seiner neuen Rolle auch besser als im Philosophiestudium, in dem es der ehrgeizige Marwin nie über den unteren Durchschnitt hinaus schaffte. In der Clique finden es alle beeindruckend, dass er zwei Bücher pro Woche lesen kann. Marwin ist eine wirkliche Quasselstrippe und liebt es, auf seinem Internetvideokanal stundenlang zu quatschen und rumzualbern. Die andern aus der Bande sind zwar manchmal doch genervt davon (nicht nur, weil er nie zum Punkt kommt, sondern auch, weil er sie ständig filmen will), aber in Situationen, in denen man reden muss, ist dafür immer auf ihn Verlass. Nebenbei arbeitet er auch in einer Modeboutique, die sich von seiner Redegewandtheit als Verkäufer beeindruckt zeigte und ihn sofort anstellte. Da er es mit dem Reden aber leider auch hier übertreibt, sind seine Verkaufszahlen sehr schlecht. Umso euphorischer ist er über die Anerkennung, die er in der Bande erfährt, und er widmet ihr jede freie Minute. Für die Liebe bleibt da wenig Zeit. Aber dafür genug fürs Training, sein Faible für Hairstyling (er besitzt an die 40 Spülungen, Kämme und Gels) und die Pflege seines Meerschweinchens «Gottfried».

Asina Wyczeski
Asina ist die Romantikerin der Clique. Von nichts träumt sie mehr als vom Familienglück und einer riesigen Schar Kinder in einem schönen Haus. Sie ist eher introvertiert und zeichnet, schreibt Gedichte und liebt es, Blumen und sich

selbst zu fotografieren. Wenn sie sich verliebt, dann aber Hals über Kopf, aber den Richtigen zu finden ist schwer. Mit Marwins Bruder Chris hat es nicht so recht geklappt, aber sie sind seitdem gute Freunde, und nach der stürmischen Romanze mit einem deutschen Marinesoldaten, der ihr viele Gedichte schrieb, hat sie lange gelitten. Doch nun hat sie Steffen getroffen. Steffen ist zwar etwas aggressiv und brutal für das aparte Mädchen mit adligen Wurzeln, aber sie vermutet, dass vielleicht gerade diese Eigenschaften etwas sind, das sie immer gesucht hat. Sie mag seinen rauen, unberechenbaren Charme, sein Vorstrafenregister und seine Hände, die sie an betrunkene Prügeleien erinnern. Doch Steffen ist auch sehr eifersüchtig. Ist er wirklich der richtige Mann für sie und der zukünftige Vater ihrer Kinder?

Lichti (eigentlich Markus)
Lichti ist der Streber der Bande. Er liebt es, sich daheim einzuschließen und zu büffeln. Oft geht er tagelang nicht raus, sodass er schon ganz blass hinter seiner dicken Brille ist. Die Bande muss ihn regelrecht überreden, doch mal mit ihnen um die Häuser zu ziehen. «Ab ins Sonnenlicht, Lichti!» ist ihr Running Gag, mit dem sie ihn immer etwas aufziehen. Dann ist es meistens sogar ganz lustig, aber so richtig angenehm findet er's da draußen nicht, viele Menschen machen ihm Angst. Er liebt Filme, düstere Musik und trägt am liebsten lange schwarze Röcke. Die andern finden ihn deshalb oft sehr schrullig, aber er hält immer feste zur Bande, und das ist das Wichtigste. Vor allem Asinas Freund Steffen gruselt es regelrecht vor ihm, und er hätte gerne, dass sie keine Zeit mehr mit ihm verbringt. Er wirkt, als hätte er ein dunkles Geheimnis. Doch Asina hält zu Lichti. Schwärmt sie etwa heimlich für ihn?

Axel Marawitsch
Axel ist der liebenswerte Tollpatsch der Truppe. Mit seinen einfältigen Augen und seinem Watschelgang kann ihm einfach niemand richtig böse sein. Wenn er wieder seinen Almdudler über die ganzen Geheimunterlagen der Bande schüttet, verfliegt der Ärger schnell, und sie kitzeln Axel zur Strafe am Bauch. Da er sehr kitzlig ist, rollt er sich sofort am Boden, und sein Bauch wackelt vor lauter Lachen, was zur Erheiterung der Bande beiträgt. Hinter seinem Rücken nennen ihn die andern «Li-La-Launebär». Hinter Axels treuherziger, linkischer und fröhlicher Art verbirgt sich aber auch eine tiefe Traurigkeit. Mit den Mädchen klappt es überhaupt nicht, und immer wieder ist er unglücklich verliebt. Seit Jahren schwärmt er heimlich für Asina, und wenn sie vor ihm mit Steffen rummacht, zerreißt es ihm fast sein großes, weiches Schokoladenherz. Doch er hat einen Plan, wie er sie erobern will. Ist er bereit, so ein Risiko einzugehen?
Wird die Bande dem standhalten und dabei ihr Ziel im Auge behalten? Werden sie den «großen Austausch» verhindern können?

17. 10. 2016 Wenn Fernsehköche schwer atmend ins Fleisch schneiden und «feihhhhn» keuchen.

17. 10. 2016 Auf ORF 2 erzählt Dagmar Koller über ihr Leben und ich denke mir: Das muss eine alte Sendung sein. Ich habe exakt diese Sendung schon einige Male gesehen. Ich überprüfe es im Teletext, aber scheinbar ist sie aktuell gedreht. Man sieht Dagmar Koller einfach seit 10 Jahren mindestens einmal im Jahr über ihr Theaterleben, ihre aufopfernde Beziehung zu ihrem Helmut und darüber, dass sie sich das «Näschen machen» lassen hat, erzählen. Sie altert dabei nicht, und in jeder dieser Sendungen gibt es

mindestens eine Einblendung, in der man sie mit wallenden türkisen Gewändern an der Algavenküste entlangspazieren sieht.

17.10.2016 Ich glaub, ich muss zum Schulpsychologen.

18.10.2016 Manchmal wäre ich auch gern so wie diese Volksmusikfans. Sie wirken so «bei sich», machen die Dinge so, wie man die Dinge halt macht, weil man die Dinge immer so gemacht hat, weil es sich so ghört. Das bisschen Phantasie, das sie haben, nutzen sie zum Ostereierbemalen. Aber nicht zu ausgeflippt, denn das bringt die innere Ordnung durcheinander, die die Folklore über Jahrhunderte aufrechterhält, die sie «Brauchtum» und «Werte» nennen.

18.10.2016 Ich kann keine Psychiater-Termine ausmachen, wenn sie alle nur Telefonnummern und keine E-Mail-Adressen haben.

18.10.2016 Ich hab eine Psychiaterin mit E-Mail-Adresse gefunden.

18.10.2016 Die Psychiaterin hat zurückgemailt.

18.10.2016 Morgen gehe ich zum Psychiater.

18.10.2016 Mein Lifestyle ist ein sehr ausgeklügeltes Coping-System.

18.10.2016 Vielleicht ist tagelang im Bett liegen auch einfach meine Persönlichkeit.

22.10.2016 Donnerstag ist für mich Freitag
Freitag ist für mich Samstag

Samstag ist für mich Sonntag
Sonntag ist für mich Montag
Montag ist für mich Sonntag
Dienstag ist für mich Sonntag
Mittwoch ist für mich Mittwoch
Donnerstag ist Freitag

23. 10. 2016 Jetzt wo ich nicht mehr ganz so arm und versoffen bin, was mach ich mit dem ganzen Wissen über Orte mit Gratis-Buffets und Gratis-Alkohol über Schleichwege, was mach ich mit meinem Wissen über kreatives Schmarotzertum? Ich möchte es weitervererben.

24. 10. 2016 Ich bin wieder in einer Phase, in der ich versuche, mich zu einem geregelten Leben zusammenzureißen und mich wie ein normaler Mensch zu benehmen. Impulsgesteuert durch die Welt zu taumeln und um 4 Uhr morgens im Café Jara zu sitzen ist, um am nächsten Tag panisch vor allen Erledigungen zu kapitulieren, ist mit dreißig einfach zu anstrengend. Es gelingt mir auch ganz gut. Ich stehe morgens auf, putze die Wohnung, räume ein bisschen auf, mache etwas Gymnastik. Ich erledige meine Aufgaben, beantworte meine E-Mails, mache meine Buchhaltung. Ich gehe spazieren, zu Alina in den Wald, und am Abend gehe ich mit Freunden ins Kino oder was essen, ins Theater oder auf eine Tasse Tee. Abends waschen, Zähneputzen, Ohrenputzen, Popschiputzen, dann ein gutes Buch aus dem Nachtkästchen, was Leichtes und doch Anregendes, ein bisschen lesen bis zum großen Gähnen. Ich drehe irgendwann das Licht aus, schließe die Augen, reflektiere den Tag: Das war der langweiligste Tag meines Lebens. Beklemmung macht sich breit. Morgen kann ich das unmöglich wiederholen. Ich muss akzeptieren, dass ich zur Grenzgängerin geboren bin. Das muss es auch geben.

24.10.2016 Sobald ich was über Horrorclowns in den Medien sehe, will ich's auch machen.

24.10.2016 Richard: «Heteros haben immer so verklärte Vorstellungen von schwulen Sexbars. Ich mein, in echt ist es eh einfach supergrindig. Es is, wie wenn du an Heteroswingerclubs denkst. Ich mein, was siehst du vor dir: So einen Typ mit so Lockerl und einem Schnauzbart, der Manfred heißt, und neben ihm sitzt seine Freundin, die Gitti.»

25.10.2016 Hochkulturfernsehen ist so seltsam. Als würden sich reiche Menschen psychotische Haustiere halten: die Künstler ... Und manchmal wollen sie dann auch eine Ratte bei den Zuchtpudeln.

25.10.2016 Ich gehe zum ersten Mal im Leben auf die Viennale. Gibt's da auch Popcorn, wie in richtigen Kinos?

27.10.2016 Der ORF hat nun endgültig sein Funksignal abgestellt. Man hätte sich eine moderne Box bestellen müssen, um weiterhin «Frisch gekocht ist halb gewonnen» schaun zu können, damit der Tag bewältigbar wirkt. Aber die moderne Box kostet Geld und ist kompliziert. Man muss sie installieren. Zehntausende alte Menschen haben das nicht mitbekommen oder verdrängt und sitzen jetzt verwirrt und einsam vor dem Fernsehschirm, auf dem «NO SIGNAL» steht. Das ganze Ausmaß ihrer Einsamkeit wird ihnen ohne die Ablenkung der ORF-2-Sendungen schlagartig bewusst und trifft sie wie ein vom Himmel fallender Amboss. Zehntausende alte Menschen und mich.

27.10.2016 Ich war betrunken von der Nacht.

27.10.2016 Die Babys meiner Freunde schauen mittlerweile Bibi.

30.10.2016 Ich bin die Bobobibi.

30.10.2016 Ich hab seit 9 Tagen keinen Alkohol mehr getrunken, das hab ich das letzte Mal mit 7.

30.10.2016 Ich war in der Zeit dreimal im Museum und bin überall immer gegangen, wenn es lustig wurde.

30.10.2016 Neun Tage Nüchternheit ist außergewöhnlich für mich.

30.10.2016 Ohne Rausch bin ich auf Partys so: Ahh ... Muss mich so konzentrieren zuzuhören, was Leute für einen faden Scheiß erzählen. Muss überlegen, was ich sie als Nächstes frag, um die Konversation am Laufen zu halten. Wie lange muss ich zuhören, um wieder über mich reden zu dürfen? Muss Lösung finden, wie ich zu interessanteren Personen komm. Merkt man, dass ich gar nicht aufs Klo muss? Eine komische Person tanzt mich am Weg an, wie soll ich reagieren? Was erwartet sie von mir? Geh einfach weg! Fuck! Pfuh, geschafft. Treffe Bekannte in Kloschlage. Ist das eine Bussi-Bussi-Person? Muss man sich so komisch umarmen? Sage: «Hallo. Wie geht's?» Hört man, wie fake es ist?

31.10.2016 Abnehmen durch Alkoholverzicht ist ein Gerücht. Wenn man säuft, rennt man ja 12 Stunden manisch durch die Stadt, ohne währenddessen Nahrung zu sich zu nehmen. Nüchtern geht man zwei Stunden im Wald spazieren und genießt in der Gaststube ein Schnitzel mit Dessert.

31.10.2016 Letztens im Fernsehen, da hat ein Meisterkoch so bürgerlichen Hobbygourmets einen schön angerichteten McDonald's-Burger serviert, um zu testen, ob sie's merken. Sie fanden ihn ganz hervorragend, fein gewürzt, toll gebraten. Das hat mir gefallen. Menschen distinguieren sich so gern dadurch, dass sie so tun, als schmeckten sie im Gegensatz zu den kulinarisch Verwahrlosten die Schweineernährung und die liebevolle Fermentierung raus und seien unempfänglich gegenüber den professionell ausgearbeiteten Industrierezepten von Milliardenkonzernen. Sie mussten zugeben: Die fetten, sozial benachteiligten Playstation-Kinder haben einfach doch recht: Cola ist lecker.

31.10.2016 Ich kann nicht arbeiten, ich bin ausgelastet mit dem Versuch, die Welt zu verstehen. Hallo?

31.10.2016 Arbeiten ist das Schlimmste.

31.10.2016 Ich: «Sind auf der Party eher jüngere oder ältere Leute?»
A: «Schon auch ältere als wir.»
Ich: «Ich meinte mit *ältere Leute* uns.»

31.10.2016 Ohne Trendgetränke kann ich nicht arbeiten.

31.10.2016 Wann eröffnet endlich der neue Spar? Das Leben ohne Nahversorger ist so einschränkend. Ich will nicht runter und raus aus der Gemeindebausiedlung.

31.10.2016 Alle feiern Halloween
nur die Stefanie
hat ein Melanom

31.10.2016 Hab eh kein Melanom, hab's nur geschrieben, weil es sich auf Stefanie reimt.

31.10.2016 Wir könnten ein Essen veranstalten, bei dem man ein traditionelles Menü eines zufällig ausgewählten Landes kocht. Man zieht dann zum Beispiel Grönland und muss kochen: fermentierter Hai. Vorspeise Kaulquappensuppe, Nachspeise Froschfotzengelee.

31.10.2016 Froschfotzengelee. Lol.

31.10.2016 Niemand teilt meinen Humor.

31.10.2016 Ich krieg immer nur 5000 likes für: rechts is schlecht, links is gut, alle Kinder geben die Hände um den Planeten im Kreis.

31.10.2016 Mein Fernseher hat eine Störung. Ich glaube, die alte Nachbarin hat sich wieder in Alufolie eingewickelt und tanzt hinter der Wand.

1.11.2016 Sind das die Leser, die ich verdient habe?

1.11.2016 Als selbständige Künstlerin sollte man sich wen mieten können, der einen die ganze Zeit anschreit, dass man weiterarbeiten soll.

1.11.2016 Ich für meinen Teil würde sofort 15 Kinder bekommen, wenn man sich auf Unterstützung verlassen könnte, gesellschaftliche Wertschätzung bekäme und dafür reich entlohnt werden würde oder engagierte Väter etwas Selbstverständliches wären. Aber wer will schon freiwillig ein finanziell abhängiger, altersarmer, von allen kritisierter Hausklave werden, dessen Leistungen für etwas komplett

Selbstverständliches und vom Naturtrieb Automatisiertes genommen werden, während Väter angehimmelt werden, wenn sie ihr Kind einmal in die Luft schupfen und es lacht.

1.11.2016 Igitt, das war polemisch.

1.11.2016 Ich stalke seit einer Stunde das Leben von Menschen, die unter dem Mario-Barth-Fan-Adventkalender kommentieren, dass die Schokolade drin zu klein is.

1.11.2016 Wisst ihr noch: letztes Jahr Flüchtlingswelle? Und die ganzen Helfies und Refugee-McMoments?

1.11.2016 Vermiss das «Welcome» sagen und Bananen verteilen.

1.11.2016 Älter werden ist lustig. Das Gesicht quillt auf und rutscht ein paar Millimeter nach unten. Man bekommt Hautlappen ... Alles verfärbt sich wie Polarlicht in Lappland, braun, blau, rot, lila. Die Poren werden zu tiefen Löchern, kleine Härchen bewachsen die Löcher, sie sprießen aus vertrocknetem Boden, neues Leben entsteht.

2.11.2016 Man musste ja vor kurzem die TV-Geräte von analog auf digital umstellen. Dazu braucht man eine Simpli-TV-Box. Ich habe es verschlafen. Das Simpli-TV-Callcenter ist sicher grad die Hölle. Wer schaut denn überhaupt noch öffentlich-rechtliches Fernsehen? Der Elektromarktmitarbeiter meinte, ich sei der erste Mensch gewesen, der in der Lage war, das Formular richtig auszufüllen. Mir tun die alten Leute leid, die das Wort HDMI-Kabel zum ersten Mal hören. Gibt's dafür eine NGO?

2. 11. 2016 Menschen, die vorsorglich die Box gekauft haben, haben ihr Leben im Griff.

3. 11. 2016 Ich möchte nicht mehr schreiben. Ich möchte experimentelle Tanzperformances machen.

3. 11. 2016 Gibt's bei Therapeuten eigentlich auch eine Weihnachtsfeier? Wo dann alle Gestörten miteinander Prozac-Kekse backen und alkoholfreien Punsch trinken?

3. 11. 2016 Meine Therapeutin will mit mir immer übers Rotkäppchenmärchen reden.

3. 11. 2016 Tiefenpsychologie ist mir einfach zu abgedreht.

3. 11. 2016 Die Therapeutin meint, wir müssen rausfinden, wer der böse Wolf ist: Ich glaube, es sind die Leser.

3. 11. 2016 Die Therapeutin hat heut ein Wort gesagt. Es beginnt mit s… und endet mit …pirituell.

3. 11. 2016 Wenn man nichts trinkt, macht Sport echt Sinn. Irgendwie muss man die Zeit ja totschlagen.

3. 11. 2016 Gelegentliche Entbehrungen sind der Weg zur Glückseligkeit. Mein Fernseher macht mich momentan so glücklich, ich kann es kaum in Worte fassen.

3. 11. 2016 Der Ghostbusters-Flipper is besetzt.

3. 11. 2016 Auf 3sat ist ein Business-Schamane.

3. 11. 2016 Die Seestadt Aspern scheint echt der schönste Ort der Welt zu sein.

3.11.2016 Es gibt sogar eine Brache bei der Seestadt Aspern, zur Verfügung gestellt von der Stadt. Dort leben Hippies in Schwitzhütten: die Seestadthippies.

4.11.2016 Die Tabletten wirken.

4.11.2016 In der Zukunft möchte ich zurückgezogen in einem alten Bauernhaus, umgeben von unberührter Natur, Brot backen für meine 5 Kinder, Gemüse züchten und Schafe hüten in einer Oculus-Rift-Simulation.

5.11.2016 Bei Babys von Freunden ist es immer dasselbe. Eigentlich weiß ich nicht richtig, was ich mit ihnen anfangen soll, und an und für sich sind sie auch sehr langweilig, aber man hat am nächsten Tag sofort Lust, sie wiederzusehen.

5.11.2016 Mit 40 kauf ich mir auch eins.

5.11.2016 Der Eritrer hat dem Romatypen grad gesagt, dass er was arbeiten gehen soll. Das nenn ich topintegriert!

5.11.2016 Wenn man nicht trinkt, kann man nur noch Leute treffen, von denen man sich tatsächlich unterhalten fühlt.

5.11.2016 Ich bin seit zwei Wochen ständig nüchtern. Es ist eigentlich langweilig. Das Einzige, was mir daran Spaß macht, ist das Gefühl moralischer Überlegenheit und das Herabschaun auf die stinkenden, primitiven Saufschädel.

6.11.2016 Den ganzen Oktober denke ich mir schon: Toll, wie ich das mit der Selbständigkeit im Griff habe. Ich fühle mich entspannt und stressfrei und bringe die Tage mit einem guten Gefühl hinter mich. Dann realisiere ich, dass ich im Oktober ja auch nichts gemacht und alle Aufträge abgesagt habe.

7.11.2016 Witzmann: «Ich freue mich schon darauf, mich heute vor den Fernseher zu legen. Aber zuerst gehe ich noch in den Supermarkt und hole mir ein paar Schweinereien.»

8.11.2016 Erkenntnisse, die ich nach 20 Tagen Nüchternheit gewonnen habe: Nichts.

8.11.2016 Nüchternheit ist so langweilig.
Deshalb sind Langweiler auch so gerne nüchtern.

8.11.2016 Hab meinen Mazedonien-Plan bekommen
«TAG EINS
Ankunft Flug Stefanie Sargnagel – Abholung durch Taxi Fahrt zum Hotel ‹IBIS› – danach Abholung Stefanie Sargnagel vom Hotel IBIS und Fahrt zur Altstadt. Abendessen im Gasthaus ‹Destan› in der Altstadt – danach zu Fuß zu Menada. Begrüßung der Gäste, anschließend Video der Preisverleihung (Ingeborg-Bachmann-Preis). Lesung von Stefanie Sargnagel (anschließend Umtrunk und Gespräch).
TAG ZWEI
Abholung S. Sargnagel durch Taxi vom Hotel IBIS, Fahrt mit Taxi nach Tetovo – Staatl. Universität Tetovo, Begrüßung der Gäste, anschließend Video der Preisverleihung (Ingeborg-Bachmann-Preis). Lesung von Stefanie Sargnagel, Rückfahrt nach Skopje.
TAG DREI
Abholung Stefanie Sargnagel von Hotel IBIS und Fahrt nach Bitola, Eröffnung der Österreich-Tage, anschließend Video der Preisverleihung, Lesung mit Autorin Sargnagel, Betreuung von Stefanie Sargnagel, Rückfahrt nach Skopje mit Taxi.»

Ob sie wissen, dass sie einen Suffpunk eingeladen haben?

8.11.2016 Ich: Ich bin gespannt, ob ich in Mazedonien auch nichts trinke, wenn mir ständig Wein angeboten wird.
Therapeutin: (verschreibt Benzos)

8.11.2016 Wenn ich dann fertig therapiert bin, werde ich mich nicht mehr mit den Kaputten, den Junkies und den Tagedieben solidarisieren, sondern nur noch mit den Yoga-Smoothie-Psychos.

8.11.2016 Ich liebe die Heizung.

8.11.2016 Eine Tischrunde im niederösterreichischen Wirtshaus:
Gast1: «I hätt gern an Mohr im Hemd!»
Gast2: «Wos? An Neger bestöst da?»
Gast3: «An Bimbo?»
Gast1: «Des hast dunkel Pigmentierter!»
Politisch korrekte Dessertbestellung in Österreich.

9.11.2016 Stresst nicht, Amerika is eh urweit weg.

9.11.2016 Ich weiß nicht, was die Therapeutin damit meint, dass meine Mutter überfürsorglich sei. Ich bin halt ihr kleines Mausi.

9.11.2016 Trumps Söhne sehen auf jedem Foto so aus, als wären sie Comedy-Charaktere, die die weirden Söhne eines verrückten Präsidenten spielen sollen.

10.11.2016 Auf nach Skopje.

10.11.2016 Ich möchte frommer sein
wegen dem Wort allein
Fromm fromm

10.11.2016 Ein Mann, der ein Schild mit meinem Namen drauf hochhielt, hat mich mit einem schwarzen Mercedes vom mazedonischen Flughafen abgeholt und gesagt: «I will be your driver for the next days.»

10.11.2016 Expat-Communties sind weltpolitisch so aufgeladen.

11.11.2016 Mit Grausen denke ich an meine Vergangenheit in stickigen Zeckenclubs zurück und stoße an mit meinen neuen Diplomatenfreunden, vertrinke eure Steuergelder mit Cola light und einem Scheibchen Zitrone.

11.11.2016 Das Stadtbild von Skopje ist so arg. Nichts passt zusammen. Eine Mischung aus orientalischem Flair, organischen 70er-Jahre-Spacegebäuden, dazwischen größenwahnsinnige Kitschstatuen, die einfach frisch ins Zentrum gestellt wurden, Palmen neben Nadelbäumen, in der Mitte der reißende Vardar, und der Muezzin singt, während über der Stadt das 77 m hohe Millenniumskreuz vom Hausberg leuchtet. Es gibt einen Bazar, hippe Lokale, und 6-jährige Romakinder spielen Trommel.

11.11.2016 Alle, die noch Alkohol trinken: Das ist jetzt total out. Was ihr im Spiegel seht, ist «ein Übriggebliebener».

13.11.2016 Heut sind am Vodno (= der Hausberg) vier junge Männer an mir vorbeigesprintet und haben zur Begrüßung «Allahu akbar» geschrien.

14.11.2016 Wenn ich meine Isolationshaft in Klagenfurt antrete, muss ich mir ein Programm überlegen, um nicht zu vereinsamen. Regelmäßiger Wassersport, Mitglied werden beim Faschingsverein usw.

14.11.2016 Ab 30 merkt man, wie das Genie langsam abstirbt.

14.11.2016 Ćevapčići fand ich Österreich immer fad, aber in Mazedonien esse ich sie jeden Tag mit einer Pfefferoni und einer ganzen rohen Zwiebel, dadurch wird man stark wie ein Balkanbewohner.

14.11.2016 Ich freu mich schon, wenn Europa islamisiert is. Muezzingesang entspannt mich so.

14.11.2016 Nach Skopje wurde ich wegen der Teilnahme am Bachmannpreis eingeladen, die Botschafterin is nämlich Fan der Tage der deutschsprachigen Literatur und lädt gerne Teilnehmer ein. Das war eigentlich meine Erwartung an die Teilnahme: dass sich Leute trauen, mich ins Ausland einzuladen. Und es war sehr nett, auch wenn ich mir nicht sicher war, ob man mein Werk abseits des Bachmannpreises überhaupt kennt. Meine erste Lesung hatte ich in einem «regierungskritischen» Studentenlokal in Skopje, vor der deutschen und österreichischen Botschafterin, der Konsulin, ihren Mitarbeiterinnen, vor LektorInnen und ein paar StudentInnen. Da wurde viel verstanden und auch sehr viel gelacht. Am nächsten Tag hatte ich eine Lesung im mehrheitlich albanischen Tetovo an der Uni, vor den Deutschstudenten des österreichischen Lektors mit albanischen Wurzeln. Vor allem die muslimischen Mädels unter den StudentInnen wurden sehr konservativ erzogen und haben sicher auch einiges nicht verstanden. Aber ein, zwei (von denen ich wusste, dass ihre Väter sie abends nicht rausgehen lassen würden) meinten doch, dass ich ihre Gedanken ausgesprochen hätte, was mich freute. Ein paar von ihnen war's sicher zu arg, aber der Lektor, der selber eine Tochter hat, meinte, das schadet ihnen nix. Das absolute Highlight aber war die Lesung in Bitola. Die Honorarkonsulin von Bitola ist eine sehr engagierte Frau, die ihr Ehrenamt mit Hingabe und Professionalität ausführt. Eine Frau, die darauf achtet, sich in ihrer Rolle immer gut zu präsentieren. Sie hatte eine aufwendig toupierte Frisur, und Lehrerinnen und Direktorinnen der örtlichen Uni waren auch da, ebenfalls top frisiert, mit aufwendigem Make-up und angemessen gestyled für den Stargast: mich. Die Honorarkonsulin las dem Publikum (vor allem Lehrer, die eine Deutschfortbildung im Rahmen der Österreichtage machten, aber auch der österreichische Militärattaché in Festuniform mit seiner Frau und seinen drei Söhnen) Informationen über den Bachmannpreis vor und danach meinen Wikipediaartikel. Mehrmals betonte sie dabei hochoffiziell, wie wertvoll mein Besuch aus Österreich wäre und die Kultur und alles, so WERTVOLL, während ich demütig am Boden schaute und dachte: «Die arme Frau hat keine Ahnung, was ich mache.» Es war neun Uhr in der Früh, und ich begann, eine Stunde lang vorzulesen: «Gacki, Lulu, Eier, Hundepenis, Fut.» Ich versuchte sogar aus Respekt, die Texte irgendwie zu entschärfen. Im Publikum gab es unterschiedliche Reaktionen: Räuspern, verhaltenes Lachen, Stille. Während der ganzen Zeit saßen die gestylten Damen mit dem aufwendigen Make-up und den toupierten Haaren stoisch neben mir vorne am Pult. Am Schluss wurde mir von der Honorarkonsulin ein Strauß roter Rosen überreicht, blass gedankt und ein Foto gemacht für das Lokalblatt, dann tranken wir noch ein bisschen Fanta und Cola und aßen schweigend Eurocremkekse.

14.11.2016 Mich ekelt so vor der Party in diesem Hostel. Alle werden immer betrunkener und so ungehalten.

14.11.2016 Nebenwirkungen der Antidepressiva: Ich liebe plötzlich Müsli.

14.11.2016 Wenn man jemand ist wie ich, also nie trinkt, sind die Trinkgelage der andern sehr schwer nachzuvollziehen für einen.

14.11.2016 Morgen geh ich Ćevapčići essen.

15.11.2016 Vom Balkan heim auf die Reinprechtsdorferstraße. Kaum ein Unterschied eigentlich.

15.11.2016 Wenn mir langweilig ist, such ich mir im Supermarkt eine Person aus und kaufe ganz genau dasselbe wie sie.

15.11.2016 Ich hab das beste Ajvar der Welt mitgebracht.

15.11.2016 Ich hab ein ganzes Glas Ajvar pur gegessen. Aus. Sehnsucht. Nach. Skopje.

15.11.2016 Wisst ihr noch, wie die ganzen Rechten, die «grab her by the pussy»-Trump jetzt zu seinen Eiern gratulieren, nach den Übergriffen in Köln Frauenrechtsaktivisten waren?

16.11.2016 Meine Furze riechen nach Paprika.

16.11.2016 Man könnte natürlich denken, mein Status darüber, dass meine Schas nach Paprika riechen, wär nur eine ordinäre Blödelei. Aber es ist wirklich so. Wenn man ein ganzes Glas Ajvar auf einmal isst, dann furzt man wirklich eine Wolke Paprikapulver, und in der Muschel riecht es so gut und fruchtig, dass man am liebsten ein Ćevapčići reintunken würd.

17. 11. 2016 Bin seit einem Monat nüchtern.

17. 11. 2016 Vater am Telefon: «Herst, letztens geh i am Öltaleinplotz, wü ma ana a Vaun da Bön Pickerl geben. Sog i: Wos moch i mit an Vaun da Bön pickal? Den oiden Kummunisten kennan sie sie ghoidn. Sogt a: ‹Van der Bellen ist ja kein Kommunist.› Sog i: ‹Na wos is a daun? Zerscht wora bei die Kommunistn, daun bei de Sozialistn, und jetzt is a bei de Grünen. Amoi a Kummerl, imma a Kummerl.› Sogt a: ‹Und wen wählen Sie?› ‹Na den Hofa wöhl i, oder gibz nu an aundan Kandidatn? Kennan Sie leicht nu wen?› ‹Nein, also …› Sog i: ‹Owa gems ma de Gummibärli, de Gummibärli kennans ma gem, weu die friss i scho.› Hahahaha. Und beim zruckgeh, bin i wieda vorbeikumma und hob gsogt: ‹Geh gebns ma numoi soiche Gummibärli.› Hot er sie eh net na sogn traut.»
Ich: «Aha, jo, also i bin jo wieda net daham bei der Woi.»
Vater am Telefon: «Na daun hoi da a Woikoatn. Muast da rechtzeitig ane hoin.»
Ich: «Jo stimmt, danke für die Motivation zum Van der Bön wöhn.»
Ich: «Oda wast wos: Is jo wuascht. Geh net wöhn. A stimm mehr oder weniga mocht a kan Untaschied. Hahahaha!»

17. 11. 2016 Seit ich nicht mehr trinke, sind Lesereisen viel weniger qualvoll.

17. 11. 2016 Ich würd lieber im Jugendgefängnis arbeiten, als Künstlerin zu sein.

18.11.2016 Normalerweise versuch ich die Texte so auszuwählen, dass es nicht komplett niveaulos wirkt, sondern eine gute Mischung aus fäkalen und poetischen Texten ist. Aber heute les ich das erste Mal vor einer Schulklasse und markier nur das Allerschlimmste.

18.11.2016 Der Polyklasse habe ich zur Begrüßung gesagt, dass sie mir nicht mein Handy stehlen sollen.

19.11.2016 Ich hab schon Zahnweh vom vielen Limonadetrinken.

19.11.2016 Linke glauben immer, sie sind an allem schuld.

19.11.2016 Bin ich schuld am postfaktischen Zeitalter?

19.11.2016 Vor einer Schulklasse zu lesen war so ein Machtkampf. Die Klassenclowns, die gestört haben, habe ich beim Lesen einfach fixiert wie ein Psycho, das hat funktioniert. Meine Ficki-Ficki-Witze stießen auf dankbare Begeisterung. Am Ende haben sie sich gegenseitig als «Büro» beschimpft. Genau das haben die Mitarbeiter der österreichischen Botschaft in Mazedonien auch gemacht.

19.11.2016 Seit ich nicht mehr trinke, schau ich älter aus. Das Aufgequollene hat mich immer gestrafft.

19.11.2016 Gestern im Zug nach Villach setzte sich ein Bub in mein leeres Abteil, der vielleicht 14 Jahre alt war. Er sah irgendwie ärmlich aus, ein Roma-Kind, dachte ich; und vor dem Fenster stand ein älterer Typ von Anfang zwanzig und kommunizierte mit ihm durch die Scheibe. Er sah eher afghanisch aus, also dachte ich, hm, vielleicht ein Refugee-Ding. Sie wirkten jedenfalls beide etwas verwahrlost; und der Typ draußen schaute auf mich und grinste und rief mir irgendwas zu und ich so: «Hä?» Der Junge sagte dann irgendwas auf Italienisch zu mir, der Zug fuhr ja nach Rom, und ich zuckte nur mit den Schultern. Irgendwie war die ganze Situation weird. Dann verschwand der Ältere, der Zug fuhr los, und der Bub rutschte die ganze Zeit unruhig am Sitz herum. Kurz dachte ich, hoffentlich raubt der Kleine mich jetzt nicht aus, weil er eine total seltsame Körpersprache und Mimik mir gegenüber hatte. Mit der Zeit hab ich dann gecheckt, dass der komplett verängstigt war; er schaute die ganze Zeit nach, ob jemand kommt, und seufzte immer wieder tief, so als würde er gleich hyperventilieren. Ich hab dann versucht, ihn irgendwie aufmunternd anzuschaun, weil er mir so leidtat. Er durchsuchte immer wieder seine Taschen und steckte einen zerknüllten Zehneuroschein von einer Tasche in die andere. In Meidling stieg dann eine Großfamilie mit viel Gepäck und raumgreifender Babytrage zu, und ich überließ ihnen meinen Platz und ging ins Nachbarabteil. Ich hab eigentlich erwartet, dass der andere Mann, der ebenfalls zugestiegen war, das tut, weil ich den Bub irgendwie nicht allein lassen wollte. Aber dann saß ich eben in einem Nachbarabteil. Ein, zwei Stunden vergingen. Es war Abend und ein Nachtzug, und die Leute waren so eher am Dösen. Über den Gang hörte ich dann ein seltsames Heulen, es klang wie ein Kinderweinen, und ich fragte mich, ob das der Bub ist. Ich ging also nachschauen, und da saß tatsächlich der Bub allein im Dienstabteil des Schaffners und war völlig außer sich. Ich hab mich dann zu ihm gesetzt und gefragt, was denn los is, und er sagte nur wieder irgendwas auf Italienisch, seine Mutter sei in Italien oder so ähnlich. Dann kamen schon der Zugmitarbeiter und der Mann der Familie, denen ich vorher den Platz überlassen hatte. Sie waren offenbar nur kurz weg gewesen und schon mit dem Fall des Jungen beschäfig; der Mann telefonierte auf Italienisch, der Mitarbeiter fragte, ob ich was brauche und ich nur: «Ach so nein, hab nur naschauen wollen», und dann bin ich wieder gegangen und hab mich in mein Abteil gesetzt. Ich hätte gerne noch was gemacht. Als ich in Villach ausstieg, sah ich ihn draußen stehen, die Polizei hatte ihn übernommen. Ich schaute ihn noch einmal mitleidig an, ging in mein Hotel und konnte vor lauter *white guilt* mein Räucherlachsbrot beim Frühstück nicht richtig genießen.

19.11.2016 Wenn ich meinem Past Me erzählen würde, dass ich 2016 in mehr als 30 Hotels übernachtet haben werde, würde es wahrscheinlich annehmen, dass ich jetzt hauptberuflich Promotionjobs für Maggi-Fix-Gerichte in oberösterreichischen Supermärkten mache.

19.11.2016 Situationen, in denen man eine Tasse Tee angeboten bekommt, sind mir irgendwie voll unangenehm. «Willst du eine Tasse Tee?» is so: «Willst du mir verspannt gegenübersitzen, während ich so komisch bewusst sitze, so betont relaxed und die Zehen in den peruanischen Schafswollpuschen genüsslich ausrolle; ich war gerade beim Alnatura, mein Darm ist voller Körner, denn ich wurde reformpädagogisch erzogen, du dreckiges mikrowellenverstrahltes Stück Scheiße.»

19.11.2016 Dinge, die viel schöner sind, wenn man nicht säuft: Nach der Lesung im Hotel aufwachen und zum Frühstücksbuffet gehen.

19.11.2016 In der überfüllten U-Bahn schaue ich auf die silbern lackierten Fingernägel einer Frau, die gerade auf Tabletten wegtrickert und sich mit der Körperspannung einer zerkochten Nudel eine Knoblauchpizza zwischen die Lippen schiebt.

19.11.2016 Im ORF wird eine neue Gewinnshow übertragen. Das Publikum der Gewinnshow bekommt «Emotionsbänder», mit denen ihre Rührung gemessen werden soll über die an der Gewinnshow teilnehmenden Familien. Deren Kinder haben nämlich gemeinsam mit Papi der jeweiligen Mutti ein Lied gedichtet. Das wird live vorgetragen. Sie brauchen möglichst viele Emotionspunkte vom Publikum. Die Familie mit der meisten Rührung gewinnt. Die Mütter weinen alle. Es gibt noch andere Disziplinen. Es ist so heteronormativ und kleinfamilienverherrlichend, als wär es direkt aus den 50ern. Lauter Bilderbuchfamilien treten in verschiedenen Disziplinen gegeneinander an. Der Vater hat bei der Aufgabe nicht richtig zugehört? Die Frau sagt: «Ne, wie immer, der hört mir und den Kindern nie zu.» Alle lachen. Ein Mädchen weint, weil es bei einem Wettbewerb der Kinder verloren hat. Der Moderator will das 12-jährige Mädchen trösten, indem er sagt: «Ich habe mich in dich verliebt.»

20.11.2016 Ich hasse die Regel. Man kriegt sie immer, wenn man sie nicht brauchen kann, z. B. vor einer zwölfstündigen Busfahrt. Aber wenn man besoffen ungeschützten Sex hatte, kriegt man sie nie.

20.11.2016 Erwachsenenweisheit von mir: Eine Ausbildung kann man nachholen, aber eine versiffte Drogenjugend voll abhärtender Extremerlebnisse hat man nur ein Mal.

20.11.2016 Ich sitze im Bus nach Bosnien und werde dort Lesungen halten.

22.11.2016 Ich bin mir so fremd ohne Kater.

22.11.2016 Nach langem eine Mail vom Krankenhaus bekommen, ob ich mir für 200 Euro mal wieder was injizieren lassen würde. Als ich noch arm war, hab ich mir ständig irgendwelche Viren injizieren lassen, das war total lukrativ. Und wenn man am nächsten Tag noch gelebt hat, gab's ein gratis Krankenhausessen obendrauf. Da wird man ganz nostalgisch.

23. 11. 2016 Ich bin seit fünf Wochen trocken.

23. 11. 2016 Ich wurde bei meiner Einladung hier nach Bosnien gefragt, ob ich auch einen Workshop in Tuzla halten will, da die Lesungen nicht übermäßig gut bezahlt werden. Vor ein paar Wochen dachte ich mir, klar, Workshop, wieso nicht, aber je näher das gerückt ist, desto mehr hab ich mich gefragt, warum zur Hölle habe ich zugesagt, ich hab keine Ahnung, wie man einen fucking «Workshop» hält. Was soll ich wem erzählen und worüber? Meine einzigen Expertisen sind meine inneren Qualen. Na ja, wird schon irgendwie gehen, schließlich bin ich ja wirklich Autorin, habe Bücher publiziert, kann ja irgendwas davon erzählen, wie ich das so mache, ins Internet scheißen und es dann ausdrucken. Oh Gott, das wird völlig wirr, das schaff ich nicht, das krieg ich nicht hin. Dann wurde ich gefragt, worum der Workshop geht, um es den Germanistik-StudentInnen anzukündigen. Ich so: «Äh, wir machen Fanzines? Nein, Money Boy! Oder … wir gehen spazieren … Beobachten!» Er nannte es dann «Twitteratur», obwohl ich gar kein Twitter habe. Ich hab dann einfach ein Xanor geschmissen, dass mir die Psychiaterin für ganz schwere Notfälle gegeben hat, und erzählt, warum das Internet so schön is von der Sprachverwahrlosung her, und sie gezwungen, Battleraps zu schreiben, dann haben wir alles auf einen Twitteraccount gestellt, und am Schluss habe ich gesagt: «Ich hoffe, ihr habt nichts Sinnvolles gelernt.»

24.11.2016 Heute lese ich in Banja Luka.

24.11.2016 Ich hätte nie gedacht, dass ich eines Tages in einer hippen Bar sitzen, mit fremden Menschen reden und dabei Pepsi trinken werde.

25.11.2016 «smrt fašismu, sloboda narodu!» (cultural appropiation)

25.11.2016 Ich versuche, die Zerwürfnisse Bosniens halbwegs zu checken. Heute ist Nationalfeiertag. In Banja Luka wird nicht gefeiert, denn es ist die Hauptstadt der Republika Srpska. In Mostar teilt der Fluss die Stadt in die Stadtteile der Kroaten und der bosnischen Muslime, von denen manche noch nie in ihrem Leben die andere Seite betreten haben, obwohl sich die Altstadt und das Wahrzeichen auf der muslimischen Seite befinden. Es gibt zwar sogar eine gemeinsame Schule, doch sie hat zwei verschiedene Eingänge. Auf der Uni in Sarajevo kann man sich entscheiden, ob man Prüfungen in bosnischer oder in serbokroatischer Sprache ablegt, obwohl es genau dasselbe ist.

27.11.2016 Ich fühl mich so geil mit meinem gschissenen Schal, meinen verklemmten Teebestellungen und meiner hässlichen Streberbrille.

27.11.2016 Seit ich in jeder Situation nüchtern bin, habe ich viel mehr Gespür für meine Bedürfnisse entwickelt. Z.B. merke ich jetzt erst so richtig, wie gerne ich zu bin.

27.11.2016 Ich liebe Jugoslawien.

27.11.2016 Mir ist ein toller populistischer Spruch eingefallen, mit dem man gut die Präsidentenwahl beeinflussen kann; bitte verbreiten und überall hinschreiben, er geht so: Norbert Hofer ist Satan.

29.11.2016 Ich hab geträumt, Verena Dengler hätte einen Krimi geschrieben.

29.11.2016 Jemand hat im Kino Bosna Schnaps auf meinen Rucksack gekotzt, ich rieche es jetzt im Bus.

29.11.2016 Kann wer eine Website machen, die man immer verlinken kann, wenn Leute im Social Media anderen die Rechtschreibung korrigieren? So: Du bist topfit in Grammatik und Rechtschreibung, und deine Deutschlehrerin hat dich geliebt? Du liebst es zu konjugieren, und deklinieren kannst du wie ein Genie? Das ungefragte Verbessern anderer ist deine größte Freude, und dein Blick für die Fehler deiner Freunde und Bekannten ist scharf wie ein Adlerauge? Wir suchen genau dich! Melde dich beim IS.

30.11.2016 Es ist schön, wieder mal daheim zu sein in der Lugner City.

1.12.2016 Hat der neue Spar endlich offen?

1.12.2016 Ich bin gespannt, welche Leute fauler sind, noch mal wählen zu gehen. Die abgefuckten Hoferwähler oder die verschnarchten Van-der-Bellen-Wähler.

1.12.2016 Ein Jahr nach dem Zusperren meines Nahversorgers Zielpunkt hat der Spar endlich eröffnet. Genau heute. Die Frau neben mir hat gleich einen Selfie vorm neuen Schild gemacht. Obwohl es dasselbe Gebäude ist, ist die Zielpunkttrostlosigkeit wie weggewischt. Es gibt eine eigene große Käsetheke und Biojausen. Die Menschen schauen verwirrt die Produktpalette an. Manche haben echt Tränen in den Augen (ich). Überall neugieriges Tasten, verwundertes Lächeln. So muss es nach dem Krieg gewesen sein.

1.12.2016 Alle sind so glücklich hier im Spar. Eine alte Zielpunktangestellte hat mich lachend begrüßt. Ich will hier gar nicht mehr raus.

1.12.2016 Norbert Hofer würde die Bevölkerung über die Todesstrafe abstimmen lassen. Die Menschen hätten für solche Fragen ein «gutes Gespür».

1.12.2016 Dieser schöne neue Supermarkt steigert meine Lebensqualität um 100 %. Die Menschen sehen dort drin auch automatisch gesünder aus.

1.12.2016 Mama: «Und der, bei dem du übernochtet host in Bosnien, was hot der gmocht?»
Ich: «Der oabeitet ois Lektor auf der Uni durt.»
Mama: «Und woa des a a Österreicher oder a Tschusch?»
me: ...

1.12.2016 Norbert Hofer schaut aus wie eine Bauchrednerpuppe.

1.12.2016 Ich fahr mit dem Maximoped durch Pinkafeld.

1.12.2016 Hofer redet wie eine bitchige 12-Jährige.

1.12.2016 Vervollständigen Sie den Satz «Elite ist ...»
Norbert Hofer: «Elite, das sind elitäre Leute. Also wer glaubt, dass er Elite ist, ist Elite. (Denkpause) Aber (scharfsinniger Blick) die was oft glauben, dass sie die Elite sind, sind's vielleicht gar nicht! (Zwinker).»

1.12.2016 Der Mann im Fernsehen sagt, Kinder müssen raus, mit einfachen Dingen spielen, «den Bauer erfahren».

3.12.2016 Um die Ecke bei mir is so ein schöner Supermarkt.

3.12.2016 Mama: «Was gut ist, sind auch diese roten Linsen. Wirklich nicht schlecht. Die kauf ich immer in diesem … (Denkpause) Ausländergeschäft.»

3.12.2016 Heute sind zwei Leute in Jogginghose und Crocs und mit ganz strähnigen Haaren vor mir im neuen Supermarkt gegangen, kurz stehen geblieben und haben gesagt: «SO groß und SO schön.»

3.12.2016 Ich bin gespannt, wann der neue Spar diese breite Bioproduktauswahl wieder reduzieren wird und das Regal mit Trendgetränken (Club Mate, Charitea, fritz-kola) gegen ein erweitertes S-Budget Cola Regal tauscht. Das Quinoa hat sich schon im Zielpunkt nicht lange gehalten.

3.12.2016 Es tut mir leid, dass ich jetzt nicht mehr mit allen die Nächte durchsaufe, aber ich bin jetzt leider ein besserer Mensch als alle.

3.12.2016 Meine Pressetext-Tipps für KünstlerInnen. Unnötig lange Sätze einfach kürzen, z. B.:
Die *Zeit*: «Das *Vice Magazin* bezeichnete Sargnagel als die wichtigste Autorin des Jahrhunderts.»
Für den Pressetext knackig gekürzt:
Zeit: «(…) Die wichtigste Autorin des Jahrhunderts»
Oder:
«Schon ihr erstes Buch war der Bestseller der Buchhandlung Phil Weihnachten 2013.»

Pressetext:
«Schon ihr erstes Buch war der Bestseller (...) 2013.»

3.12.2016 Live fast
Retire young

3.12.2016 Ausreden zum Nichttrinken sind sogar noch schwieriger zu finden als die Ausreden, die man sich sucht, um sich zu besaufen.

4.12.2016 Ihr meint, wenn ihr sagt, dass ihr «Angst» vor den Ergebnissen habt, schon auch diese aufgeregte Sensationsgeilheit, oder?

4.12.2016 Endlich kann Van der Bellen den Trachtenjanker ausziehen und wieder Jazz hören.

4.12.2016 Dass ich auf dieser Van-der-Bellen-Wahlsieg-Yuppie-Party so oft nach einem Selfie gefragt werde wie noch nie in meinem Leben, verletzt meinen Proletenstolz.

4.12.2016 Die Van-der-Bellen-Wahlsieg-Party ist so geil. Koks, Champagner, Chlorhendl vom Grill und Refugee-Gang-Bang!

4.12.2016 Auf der Van-der-Bellen-Wahlsieg-Party singen alle besoffen: «I am from Austria.»

5.12.2016 Der Spar ist schon ein bisschen abgefuckter. Die Menschen haben den Zielpunkt mit ihrer Aura mitgenommen.

6.12.2016 Ich lache sehr wenig im Vergleich zu andern. Die lachen viel mehr in Gesprächen.

Aber was finden sie so lustig?
Was is so funny?

6.12.2016 Wenn man den ganzen Tag auf der Couch liegt und VOX schaut, hat man das Gefühl, alle Menschen draußen sind sehr nett, wie sie sich gegenseitig bekochen, shoppen oder mutig auswandern.

7.12.2016 Ich bin im Wartezimmer der Psychotherapeutin als Autorin erkannt worden.

8.12.2016 Wisst ihr noch, diese 40-jährigen creepy Hippies, die sich euch und euren Freunden im Park angeschlossen haben und den Mädchen erzählten, «dass Alter keine Rolle spielt, weil man bleibt innerlich jung …». So jemand will ich mal sein.

9.12.2016 Psychotherapie ist so cool, ich wollte mir immer schon Psychotherapie leisten können. Bald bin ich ein ganz normaler Mensch und mach eine vernünftige Ausbildung. Ich lerne dann Spengler. Spenglerei Sprengnagel.

10.12.2016 Jetzt wo ich länger unten war, realisier ich erst wieder richtig, wie Balkan Wien eigentlich ist.

11.12.2016 Die Linke fragt sich: Haben wir die Arbeiter falsch erzogen?

11.12.2016 Seit ich so viel Werbung für den Ghostbusters-Flipper in der Lugner City mache, ist er immer besetzt.

11.12.2016 Mich hat heute eine 80-Jährige Frau mit der Österreich-Zeitung geschlagen, weil ich sie in der Straßenbahn liegen gelassen hab. Aber es war gar nicht meine. Ich hab auch zu ihr gesagt: «Das ist nicht meine, hab nur für Instagram die Schlagzeile fotografiert, dass die Österreicher immer mehr Waffen kaufen.» Und sie: «Sie Drecksau. Sie Arschloch.»

12.12.2016 Ich liebe in letzter Zeit Trockenfrüchte. Im Alter wird einfach nur noch gschissn.

12.12.2016 Die Antidepressiva knallen immer ärger.

14.12.2016 Die Frau, die mich mit der Österreich-Zeitung geschlagen hat, sitzt mir wieder gegenüber.

14.12.2016 Wart ihr auch so geflasht, als ihr gecheckt habt, dass man den «Leib Christi» aus der Kirche in 100er-Packungen beim Hofer kaufen kann?

18.12.2016 Wenn das Wochenende nicht mehr aus einem einzigen schrecklichen Kater besteht, bekommt man als selbständige Künstlerin überhaupt kein Gespür mehr dafür, was für ein Wochentag ist.

18.12.2016 Ich geh am liebsten auf den ganz normal spießigen Rathaus Christkindl Markt wegen dem Algorithmus.

18.12.2016 Wenn man gern doch noch so ein bisschen indie sein möchte wie ich und vielleicht noch ein bissi pseudopolitisch drauf ist, fallen einem Charityanfragen wirklich schwer. Als einer von 30 Künstlern irgendeinen Weltfrieden-Satz in den ORF sagen: Peinlich! – Sich für Licht ins Dunkel zum Kasperl machen – irgendwie verlogen. Aber für «Ute Bock» geht irgendwie total. Ute Bock so als alte Schrulle im Schottenrock mit fettigen Haaren, die einfach Privatwohnungen mietet, um dort Horden afrikanischer

Flüchtlinge unterzubringen, Kabel zu verlegen und alles mit einer alten Bürste und Kernseife sauber zu reiben. Eine, die alle Mama nennen und die so DIY-mäßig alle an ihrem Helfersyndrom zehren lässt bis zum Umkippen, mit so einer halb verzweifelten, forschen, gutherzigen Art, das geht irgendwie. Dann nennt man das Ganze auch noch «Bock auf Bier» oder «Bock auf Kultur», das wirkt authentisch und lässig, angenehm alternativ. Damit kann ich mich identifizieren, da sag ich dann immer sofort zu.

18. 12. 2016 Shopping Queen is meine Lieblings.

18. 12. 2016 Guido Kretschmer is so ein Philanthrop. Er liebt die Menschen, das merkt man. Er sagt immer: «Das ist 'ne ganz Süße» und dann sagt er «Da is viel los auf der Jacke», «Viel los an der Taille» usw. ...

19. 12. 2016 Im Fernsehen singt Xavier Naidoo ein Lied von Andreas Gabalier auf Dialekt, und der Gabalier hört zu und weint.

20. 12. 2016 Hoffentlich war der Berlinanschlag keiner von Flüchtlingen, die wir aus Ungarn geschmuggelt haben.

25. 12. 2016 War das Christkindi brav?

26. 12. 2016 Meine Freunde machen heuer einen Weihnachtsbrunch und haben sogar einen frischen Schweizer Zopf gebacken. Sie haben Engelsfiguren zurechtgestellt und eine hübsche Aufschnittplatte angerichtet. Ein Mayonnaisesalat wurde aufgetischt, und dazu läuft besinnliche Musik. Konstantin erzählt von seiner neuen Arbeitsstelle in Düsseldorf, und die Buben spielen Transformers unterm Weihnachtsbaum. Alle plaudern über ihr Jahr, die Karriere

und die Familienplanung. Ich erzähle von meiner geplanten Segwaytour. Dann vergleichen wir die Wirkstoffe unserer Antidepressiva. Heiteres Gelächter, Häferl mit warmem Tee. Es ist 2016, wir sind 30 Jahre alt und haben unser Leben im Griff.

27. 12. 2016 Mein Rappername ist «Das letzte 1Hurn».

27. 12. 2016 Jahresrückblick, erstes Jahr als selbständige Künstlerin: Ich bin leider nicht reich, aber immerhin Mittelschicht. Ich habe wirklich viel gearbeitet, dafür durfte ich jeden Tag ausschlafen.

27. 12. 2016 Ich möchte mit niemandem zusammenkommen, der eine Vergangenheit hat. Gibt es heutzutage keine reinen Männer mehr, denen ihre Jungfräulichkeit etwas bedeutet?

27. 12. 2016 *Noctural Animals* hat mir gut gefallen. Aber ist es ein Antiabtreibungsfilm?

28. 12. 2016 Ich finde es unsinnig, Leuten zu unterstellen, sie wären aggressiv, weil sie zu wenig Sex haben. Ich bin überhaupt nicht aggressiv, wenn ich zu wenig Sex habe. Ich bin kraftlos, bedürftig, anschmiegsam, ein kleines Opfer. Sexuelle Ausgeglichenheit hingegen nährt mein aggressives Wesen wie Hulk, mit dem Saft und der Kraft eines Vulkans.

29. 12. 2016 Ianina Ilitcheva ist gestorben.

29. 12. 2016 Wenn sich Hermes Phettberg im Rollstuhl an deinen Sarg schieben lässt, dann hat man wahrscheinlich alles richtig gemacht.

30.12.2016 Wenn ich nicht mehr Künstlerin sein will, würd mich jemand anstellen?

30.12.2016 Nüchtern bin ich eher rechts.

31.12.2016 2017 möchte ich noch reicher, berühmter und mächtiger werden.

1.1.2017 Zu Silvester habe ich ausnahmsweise wieder was getrunken und bin natürlich kolossal abgestürzt. Der einzig nüchtern Gebliebene in unserer eher linksextremen Silvesterrunde hat gerade unsere Gespräche gegen Ende rekonstruiert. Alle waren angeblich plötzlich sehr rechts und sehr rassistisch, haben dann im nächsten Moment über ihre Identitäten gestritten und darüber, wer von uns eigentlich person of colour ist (die Rumänin, der Jude, der Koreaner, der Pole?), dabei haben sie sich gegenseitig abwechselnd whitesplaining und mansplaining vorgeworfen, während der Jude die ganze Zeit «Trump! Trump! Trump!» geschrien hat.

1.1.2017 Wieso kann man nicht All You Can Eat bestellen?

1.1.2017 Ich liebe Prozac.

2.1.2017 Die Straßenbahnlinie 6 is die einzige Straßenbahn, in der man essen darf. Im 6er schauen einen die Leute sogar komisch an, wenn man sein Gesicht nicht gerade in einen Zwiebelkebab vergräbt.

3.1.2017 Heute war in meinem Ü-Ei ein Füchslein.

3.1.2017 Mein Rat an die Jugend: Sauft möglichst viel, solange es noch lustig ist. Ab 30 ist es anstrengend.

3.1.2017 Wenn man lange nicht wichst, ist es mal wieder was ganz Besonderes.

3.1.2017 Morgen fliege ich mit fünf Freunden nach Marokko. Ich habe dafür einen Reisekostenzuschuss für AutorInnen vom Bundeskanzleramt beantragt.

3.1.2017 Marokko is eh das ohne Daesh, oder?

11.1.2017 Essaouira is so das perfekte Touristenziel für bürgerliche Linke jeder Fasson. Es ist drei Stunden von Marrakesch entfernt und bietet alles, was der moderne Kulturmensch begehrt. Eine fremde Kultur und, neben köstlichen Tagines, noch frischen Fisch und durch die französische Kolonialgeschichte Crêpes und Croissants. Es gibt diese Hippievergangenheit, weil die Strände Essaouiras in den 60ern ein zentraler Sammelpunkt der Bewegung waren, und so trifft man immer wieder ein paar hängengebliebene Europäer oder Amerikaner im Stadtbild an. Sie sehen aus wie Therapeutinnen oder Obdachlose oder obdachlose Therapeutinnen. Der Hafen ist ein nicht industrieller, romantischer Fischerhafen mit kleinen Booten und Fischdärmen unter den Füßen. Es gibt sexy Surflehrer, denen die Dreadlocks über die trainierten Schultern hängen, und Pferde am Strand zum Reiten gen Sonnenuntergang. Die Souvenirs machen wirklich was her, Lederschuhe, Teppiche und Biocremes aus Arganöl für die Haut aus fairen Frauenkooperativen und Lampen für den auflockernden Ethnodekor in der Eigentumswohnung. Vegetarische Cafés sind nicht unüblich, und der wilde Atlantik bricht sich an den historischen Stadtmauern im portugiesischen Stil, dazu Möwengeschrei im Muezzingesang, Gewürze, Mystik, «Weltmusik», Kunstmalerei, Minztee, Straßenkatzen vor orientalischen Fliesen, hervorragendes Haschisch und wohltuende Dampfbäder. Und beim Flanieren und Snacken am Souk kann man so demonstrativ nicht islamophob sein!

9.1.2017 Als Frauen in den besten Jahren sind wir irgendwie enttäuscht über den Umgang mit uns. Minirock, Rausgehen ohne BH, roter Lippenstift ringen dem Marokkaner nur hin und wieder ein desinteressiertes «Bonjour» ab; und wenn wir nachts am Strand willig mit ihnen chillen, schauen sie lieber eingeraucht Animeserien auf ihren Smartphones. Der Kölner Hauptbahnhof hat echt zu viel versprochen.

11.1.2017 Wir vertreiben uns unsere Abende in der Unterkunft mit ein bisschen Haschisch rauchen und fröhlichem Spielen. Dabei wird uns nicht langweilig. Wir haben schon Scharade, «Ich seh was, das du nicht siehst», UNO und «Mein rechter, rechter Platz ist leer» gespielt, aber mein absolutes Highlight war «Ich packe meinen Koffer».
J: «Ich packe in meinen Koffer ein Gramm Hasch.»
A: «Ich packe in meinen Koffer ein Gramm Hasch ... und zwei Gramm Hasch»
V: «Ich packe in meinen Koffer ein Gramm Hasch und zwei Gramm Hasch ... und drei Gramm Hasch.»
Man kann sich vorstellen, wie es weiterging.

9.1.2017 Wir haben hier günstig ein dreistöckiges Haus gemietet, und es ist wunderschön. Wie jedes Haus hier hat es eine riesige Dachterrasse, von der man bis zum Meer sieht. Überall sind Spiegel, Kerzen, buntes Glas, und jeder von uns hat ein riesiges Zimmer mit 400 Sitzmöglichkeiten. Der einziger Nachteil: Wir haben kein WLAN. Also schleichen wir nachts oft verzweifelt durch die Gassen der Medina, stellen uns hinter Cafés und Restaurants, die wir am Tag besucht haben, nur um noch schnell ein bisschen zu connecten. Die ganze Stadt kennt uns schon. Kein WLAN zu haben, bietet natürlich auch Vorteile. Wir alle lesen sehr viel, und abends spielen wir eingraucht Scharade. Pre-Internetromantik pur. Worauf ich hinauswill: Ich habe hier in einer Ecke des Hauses das gutfunktionierende WLAN eines angrenzenden Hotels gefunden, aber ich bin nicht sicher, ob ich's den andern verraten soll. Seit einer Stunde sitze ich hier versteckt und bin heimlich online, extrem connected. Ich bin gespannt, wie lange sie brauchen, um es rauszufinden. Dann wird sich alles verändern.

11.1.2017 Die Marokkaner sind einfach so chillig mit ihren Chillabas.

12.1.2017 Heute wurde die Idee geboren, André Hellers Paradiesgarten zu besuchen. Um seinen Wohnsitz in Marrakesch hat er sich nämlich einen riesigen Garten gebaut, den man für 12 Euro Eintritt bewundern darf. Da unser Budget klein ist, haben wir per E-Mail um Pressekarten angefragt: «Sehr geehrter Herr Heller, lieber André.»

11.1.2017 Essaouira ist wie ein Traum.

11.1.2017 Warum hab ich so viele berufliche E-Mails? Sehen die Leute nicht auf Instagram, dass ich auf Urlaub bin?

14.1.2017 Das Seltsamste, das ich je in meinem Leben gemacht hab (bei weitem), ist, stoned in Nordafrika im André-Heller-Garten zu sitzen, mit einem Fruchtcocktail aus dem André-Heller-Café am kleinen Teich, umgeben von André Hellers Phantasie (quasi in seinem Gehirn), während wir vom Handy André-Heller-Lieder spielen («Die Kinder sind immer aus Wien, die Kinder, die Kinder sind immer aus Wien») und dabei im Hintergrund immer wieder André

Heller, verfolgt von einem Kamerateam, in weißen Gewändern zwischen exotischen Büschen auftauchen zu sehen.

14.1.2017 Ich bin jetzt 31.

14.1.2017 Die Ikonen sterben, die Teenie-Stars werden 31.

15.1.2017 Wenn ich alt bin, möchte ich wie André Heller sein. Nur schlimmer.

15.1.2017 In Essaouira tragen alle Touristen Kanken-Rucksäcke.

15.1.2017 Zurück in Wien.

16.1.2017 Warum kann ich nicht wie ein Mensch trinken, warum trinke ich immer wie ein Monster?

16.1.2017 Meine ganze jesusgleiche Teetrinkerreinheit ist wie weggeschwappt vom Schankweinsuff.

17.1.2017 Im McDonald's gibt's immer so interessante Teenagergespräche.

17.1.2017 Ich will Marokko-Aussteigerin werden.

17.1.2017 Vorteile des Nüchternseins:
Man spart sich das Elend der Katerdepression, den Schmerz und die Scham, die einen zu Boden drücken und in eine Isolation zwingen, in der man nichts mehr fühlt, außer die Säure sich zersetzender Organe, die gelb in den eigenen Kopf kriecht, Einsamkeit und die tiefe Furcht vor der Existenz an sich. Man spart sich das Zuziehen der Vorhänge, mit dem man panisch den Tag zu verscheuchen ver-

sucht, der einem grell ins Gesicht schreit, dass man wieder wichtige Lebenszeit wie einen faulen Zeh absägt, um ihm beim Verwesen zuzusehen. Dieser taube Rausch, der schon lange keine Ekstase mehr ist, sondern nur dem Drang nachgibt, den eigenen Esprit möglichst gezielt abzutöten, um als schwerfälliges Kleinkind von einer Beislwand zur nächsten zu fallen und sein Grausigstes sadistisch nach außen zu stülpen, um jeden Winkel seiner Umgebung damit zu belegen wie Schimmel usw.

17.1.2017 Nachteile des Nüchternseins:
Es fehlt einem diese stumpfe Verbrüderung, das gegenseitige Zugeständnis, das verschworene Sich-die-Hand-Reichen und gemeinsam auf eine ungewisse, von Enthemmung getriebene Reise zu gehen, dieser kleine Krieg, diese konspirative Schlacht, die einen aneinanderbindet in nur einer Nacht voll mit Abenteuer und Unfällen, die barrierefreie Nähe nährender Peinlichkeit. Das einander wie einem Tier begegnen, ungebändigt, wild und gelöst oder melancholisch, traurig und krank. Das im Vertrauen Hineinfallenlassen in die Ungewissheit einer stammhirngesteuerten Aktion, das Grenzenüberschreiten in den Möglichkeiten dunkler Verschwommenheit, das unerhörte Umarmen im Wahn.

17.1.2017 Vielleicht habe ich auch einfach die falsche Einstellung zum Kater.

19.1.2017 Arbeit hält mich vom Grübeln ab.

19.1.2017 Suche einen neuen boyfriend. Anforderungen: Groß, stark, erregender Dadbod, ausgeprägte Libido, autoritäre Veranlagung, intellektuell gleichwertig oder überlegen, humorvoll, antifeministisch, soll mich prügeln.

19.1.2017 Ich dachte, die Menschen lieben mich wegen meines Charmes, meines Intellekts, meiner Kreativität und meiner pointierten Texte. Aber alles, was sie an mir lieben, sind meine zigarettenrauchgegerbte Haut, mein Fett, meine Käsefüße und mein schlecht ausgewischtes Arschloch.

23.1.2017 Wenn ich bei Freunden übernachte, die auch Antidepressiva nehmen, stoßen wir immer damit an und singen danach gemeinsam «Oh happy day».

23.1.2017 Seit ich kaum mehr trinke, habe ich so viel Zeit.

24.1.2017 Diese allseits besprochene «Filterblase» ist mir immer schon suspekt. Wenn wir erst durch Social Media ausgeprägt in Blasen leben würden, müsste es früher so gewesen sein: Man geht aus Versehen zum falschen Supermarkt, und 40 Leute stehen in der Feinkost und schreien: «Die Flüchtlinge alle absaufen lassen und ins Meer reinscheißen.»

24.1.2017 Ich liebe dieses kriminelle Café am Praterstern, in das ich jetzt zum Arbeiten gegangen bin. Aus anderen Bahnhofsgegenden wurden diese zwielichtigen Transitorte ja erfolgreich verdrängt und slicke malls draus gemacht, aber dieses Café ist noch richtig schön dubios, wie alte Bahnhofscafés. Die Kellner werfen einem beim Reingehen gleich so einen scharfen Blick zu, um zu prüfen, ob man eh nicht gleich wieder rausgeschmissen gehört, und der nervöse Junkie am Nebentisch, dessen Dealer immer ins Lokal kommt, hat meinen neuen Laptop beim Auspacken gerade angeschaut wie ein hungriger Löwe ein sterbendes Gnu.

24.1.2017 Jetzt hat er mich gefragt, ob ich Hasch kaufen will.

24.1.2017 Seit ich da bin, hat er schon mit drei verschiedenen Handys telefoniert.

24.1.2017 Jetzt hat er gefragt, ob ich meinen Laptop verkaufe.

24.1.2017 Ich bin gespannt, ob ich meinen Laptop noch habe, wenn ich hier gehe.

24.1.2017 Ich glaub, nach diesem Cappuccino muss ich ins Zeugenschutzprogramm.

24.1.2017 Ich muss ehrlich sagen, nachdem sie am Praterstern gerade ausgerufen haben, dass zwei U-Bahnen nicht mehr fahren, und extrem viel Polizei und Feuerwehr angefahren kam, bin ich aus Terroranschlagsparanoia sofort in die nächste Straßenbahn gehüpft.

24.1.2017 Habe in die Bücherei gewechselt. Sitze nun neben den ganzen Studenten und bin extrem fasziniert davon, wie man es schafft, so fade Sachen zu lernen.

24.1.2017 Jetzt habe ich ins Café Weidinger gewechselt. Gegenüber von mir sitzt ein berühmter Schauspieler. Ich starre ihn aber nur an, weil ich sehen möchte, ob er in mir eine berühmte Autorin erkennt.

25.1.2017 Manchmal is die Stimmung in der Straßenbahnlinie 6 so schön melancholisch wie in einem osteuropäischen Arthouse-Sozialdrama.

25.1.2017 Vielleicht lasse ich mir einen Kinnbart wachsen und eröffne ein Irish Pub.

25.1.2017 Trennungen habe ich nie verstanden. Ich wäre nie konsequent genug für eine entschlossene Trennung. Vor lauter Bequemlichkeit und emotionaler Unflexibilität wäre ich vermutlich auch für immer mit jemandem zusammen, den ich richtig hasse. Ich schätze das Gewohnte, wenn man weiß, wie alles am anderen riecht und schmeckt. Jede Trennung ist wie ein kleiner Tod, weil jemand beschließt, einfach zu verschwinden, so halb.

25.1.2017 Ich ziehe in einer Woche nach Klagenfurt, dort suche ich mir einen feschen, stämmigen Kärntner Unternehmer aus der Tourismusbranche. Dann heiraten wir kirchlich, ich arbeite Teilzeit in seiner Firma bis zum zweiten Kind und lasse die ganze verrückte Wiener Künstlervergangenheit hinter mir, als wäre sie nie passiert.

26.1.2017 Wie sehen die Jugendlichen, die vor 10 Jahren so orange waren, eigentlich heute aus?

26.1.2017 In der Lugner City hat wer ein iPhone am Automaten gewonnen.

26.1.2017 Sitzt jemand auch seit zwölf Stunden vorm Computer und prokrastiniert, oder bin ich ganz allein auf einem einsamen, dunklen Internetplancten?

27.1.2017 Mit 31 hält man sexuelle Durststrecken viel schlechter aus als mit 20. Es fühlt sich fast wie eine physische Fehlbildung an, keinen Penis drin zu haben.

27.1.2017 Meine Kleidergröße befindet sich genau zwischen Normalgröße und Übergröße. Je nach Jahreszeit, Saisons und Trends kommunizieren mir die Kleiderfirmen: «Ja klar, das gibt's auch für dich» oder «Abnormale Extrakategorie, Extrabteilung, Sonderkatalog für Zirkusfreaks, Notlösung, Alarm, Regenwald abholzen für Baumwollplantage, Blaulicht!».

29.1.2017 In der Therapie komme ich von der ständigen Frage an mich selbst, ob ich superweird und anormal bin, auf die Erkenntnis: Ich bin halt so, weil ich sensibel bin und halt ein Genie und genial.

29.1.2017 Therapie ist wie 10 000 Likes.

29.1.2017 Es ist so witzig, Sachen nicht auszuschr

1.2.2017 Der Schnee macht mich glücklich, die verrückte Frau, die mit sich selbst redet, rührt mich so. Der alte Mann, der zu seinem Dackel die ganze Zeit «Alex, beim Herrli bleiben! Beim Herrli bleiben!» sagt, erfreut mein Herz.

1.2.2017 Sogar die 80-Jährigen in diesem Spielfilm haben mehr Sex als ich.

1.2.2017 Meine Therapeutin sagt, man muss nicht von allen geliebt werden. Aber ich glaube, das sagt sie nur, weil sie es nicht schafft, ich aber schon.

2.2.2017 Ich geh heute zum Friseur. Lass mir die rote Mütze abschneiden.

2.2.2017 Meint Daniel Richter in diesem Zeitungsinterview mit den Leuten, die er in seine Malereiklasse aufgenommen hat, weil er gemerkt hat, dass sie total kaputt sind und die Kunst sie retten könnte, etwa mich?

3. 2. 2017 Warum reden sie bei den Daniel-Richter-Interviews zu seiner Wienausstellung eigentlich nicht die ganze Zeit über mich?

5. 2. 2017 Ich ziehe heute nach Klagenfurt. Es is eigentlich viel aufregender, in eine Kleinstadt zu ziehen, als beispielsweise nach New York oder so.

6. 2. 2017 In Klagenfurt werd i so viel reflektieren über Ingeborg Bachmann und so.

6. 2. 2017 Heute in Klagenfurt mein erster Ausflug nach draußen (City Arkaden: Billa). Fazit: Man bewegt sich schon leicht paranoid durch eine Stadt, wenn bei der Ankunft zuerst mal ein Artikel in der Kronenzeitung veröffentlicht wird, der behauptet, man hätte sich das Stipendiumsgeld irgendwie unrechtmäßig «eingesteckt».

6. 2. 2017 Würde ich noch saufen, würde ich mich gleich ums Eck ins Theatercafé setzen. Das ist anscheinend das empfehlenswerteste Kultlokal der Stadt. Ich würde sechs Bier an der Bar trinken, bis mich irgendwann jeder im Lokal kennen würde, weil ich einfach anfangen würde, jeden anzulabern. Anschließend gäb's eine After Hour in einem Bahnhofswettcafé, dort würde ich sehr seltsame Dinge erleben und morgen sowieso die halbe Stadt kennen. Aber damit hab ich aufgehört. Ich dünste mir jetzt Karotten.

6. 2. 2017 Schinkenkäsetoast ist eine zeitlose Leckerei. Der Geschmack von Schinkenkäsetoast überdauert alle Trends. Schinkenkäsetoast schmeckt seit Jahrzehnten unverändert nach einem vergilbten Stambulia-Schild.

7.2.2017 Immer wenn ich Heimweh habe, schaue ich mir durch den Zaun von Minimundus das Riesenrad an.

7.2.2017 Früher hätte ich nach dieser Lesung, die ich gerade im Klagenfurter Musilmuseum besucht habe, die Weinbar geplündert und so weiter, mich mit den andern Besuchern verbrüdert und nachdem alle gegangen wären, allein oder mit dem/der einzig anderen SäuferIn Afterhour im Bahnhofswettcafé gemacht und total schräge Sachen erlebt. Doch damit habe ich aufgehört. Ich gehe stattdessen nach Hause und brate mir einen Broccoli.

7.2.2017 Ich blocke Trolle nur noch selten. Ich lasse sie einfach ihren Unfug treiben in meinen sozialen Räumen, wie sie wollen. Man merkt mit der Zeit, dass sie dadurch eine Beziehung zu einem aufbauen, und das ist gut für den Algorithmus.

7.2.2017 Viele verstehen nicht richtig, was ich damit meine, dass ich jetzt Stadtschreiberin von Klagenfurt bin. Also erkläre ich es mal genauer: Ich bekomme von der Stadt Klagenfurt ein Dachzimmer in einem alten geschichtsträchtigen Turm. Von dort oben sehe ich den Klagenfurter Leuten beim tätig und tüchtig sein zu, und wenn sich was Heiteres zuträgt, stecke ich meine Feder in mein großes Tintenfass und schreibe es auf in ein altes, dickes Buch. Ich esse in allen Gaststuben umsonst, und wenn ich über den Stadtplatz schreite, rufen mir alle zu: «Da schau her, der Stadtschreiber. Der Stadtschreiber ist da!» Dann möchten sie meistens, dass ich ihnen allerlei schreibe, einen Geburtstagsreim für den lieben Großvater, eine theologische Überlegung fürs Pfarrblatt oder ein hübsches Gedicht über den Wörthersee. So lebe ich hier satt und zufrieden ein halbes Jahr im schönen Klagenfurt.

9. 2. 2017 Bin wieder kurz in Wien und fahre mit der Straßenbahnlinie 6. Ein Teenager schubst eine Junkiefrau zur Seite.
Die Junkiefrau: «Spinnst du, Oida?»
Der Teenie: «Sie haben meine Geldbörse genommen. Was soll das?»
Die Junkiefrau raunend: «Oida, verdächtig mich nicht deppert. Spinnst du oder was?»
Der Teenie: «Ich hab sie Ihnen gerade aus der Hand genommen?!»

9. 2. 2017 Während mir die Jungautorin Theodora Bauer, die gestern hier in Klagenfurt eine Lesung hatte, auf der Zugfahrt nach Wien Hochinteressantes zu der USA-Recherche für ihren neuen Roman erzählt hat, schnauzte uns ein alter Mann zusammen: «Warum müssen Sie die ganze Zeit quasseln! Diese blöde Quasselei! Ich will meine Ruhe!»

9. 2. 2017 Mhh Mozzarella … milchig und zart wie die Hoden eines Engels.

9. 2. 2017 Ich bin heute zum ersten Mal in eine Privatarztordination gegangen, und es ist hier ganz anders als beim Armenarzt!

9. 2. 2017 Ob der Reichenfrauenarzt an der Beschaffenheit meiner Scheide erkennt, dass ich eigentlich ein Prolo bin?

9. 2. 2017 Der Reichenarzt war mindestens 80 Jahre alt, und er schrieb meine Laborüberweisung mit einer vergoldeten Füllfeder, die graviert war. Dabei saß er an einem schweren, alten Eichentisch vor dem riesigen Ölgemälde irgendeines Königs oder Kaisers. Beim Verlassen sah ich, dass die Louis-Vuitton-Dichte im Warteraum um 70 % zugenommen

hatte. Für 15 Minuten Gespräch nahm die unheimliche Ordinationshilfe 100 Euro entgegen.

10.2.2017 Habe meinen Vater im Weidinger getroffen. «Frira, wie i mit da Brigitte nu zaum wor, wor i oft in dem Lokal, do san a imma wöche vorbeikumma, die durtn am Strich gaunga san. Do is amoi de Edith einekumma, des wor so a liabe Bürgenländarin, die hot ma, wie i nega woa, moi zwanzg Schülling gschenkt, des wia i nie vagessen. Und ane is a imma kumma, die Rosi. Die is 30 Joa am Strich gaunga, die woa mim Knoi zaum. Die worn imma zu zweit. De san imma zaumghengt. Des woa quasi ia Zuahölter und die haum beide vo dem Göd glebt, wos sie am Strich vadient hot. De worn ewig zaum. Mit 45 Joa is de no am Strich gaunga. Und daun is mit an Klientn zaumkumma. An Rechtsaunwoit, des wor a johrelaunga Klient. De woit hoit a nimma mit 45 Joar, des hots gscheit gmocht: Hot sie sie an Rechtsonwoit gnumma ausm vierten Bezirk. An Staumklient. Und da Knoi is aus olle Woikn gfoin. Der wor verzweifet, der hot sie nimma auskennt. Hahahahah. Deppert wors net, des Roserl.»

13.2.2017 In der Lugner City geht manchmal ein älterer Mann mit einem Rollwagerl. Er hat einen Dreitagebart und trägt Trenchcoat, und an der Hand hält er ein 10-jähriges Mädchen mit Leggins und fettigen Haaren. Sie gehen gemeinsam durch die Spielautomatenzone, und er schaut in der einen Hälfte, ob Kleingeld in den Münzrückgabeschlitzen ist, und sie schaut in der anderen Hälfte.

13.2.2017 Vater im Weidinger getroffen:
«Und die Ilona? Kennst die? Die Ilona Kolar? De muast owa scho kennan, wennst Gschichtn üwa Wean wissn wüst. De is a Johrzehnte is de am Strich gaunga. Jetzt is schon

oid. Die oide is a Legende. De sitzt imma im ‹KA und CO› in da Kindaspitoigossn. Do huckts ollaweu drin und dazöt da guade Gschichtn. De is mitn Kolar Koal verheirat, des woa frira a Rotlichtgröße, a richtiga Stritzi. Na owa wos di da dazöht, wos die Madln birnt san wurdn frira. Sogt sie: ‹Wos de Hieb kriagt haum, wauns zwenig Göd hambrocht haum. Des kau ma sie heite goa nimma vuastöhn. Wos de fia Hieb kriagt haum.› Na owa heiztog san do eh kane Österreicherinnen mehr. Des is ois in ausländischer Haund. I hob frira fia an ghacktl, den Reininger. Do hob i imma die Hazungen gmocht im Pfusch. Des wor a guade Kundschoft. Zerscht wora Fernsehtechniker und hot a Fernsehgschäft ghobt im Fufzehnten. Owa wia daun die Foabfernseher kumma san, hot er gmerkt, des Gschäft is vorbei, de worn daun so büllich die Fernseher, do hot er gmerkt, des hot kan Sinn mehr, do mocht a ka Gschäft. Daraufhi hot a sei erstes Bordö aufgmocht. Und daun ans nochm aundan. Zerst hot a ghobt des Marrakesch auf da Linzer Stroßn, ans in da Lehargossn, ans im Erschten, so a gaunz Exklusives, und daun ans in da Aspernstrossn. Des woa des Vurstodtpuff, hahahaha. Und i hob erm duatamois fia die Hittn die Hazungen gmocht. Der hot olle Klossn bedient, hahaha. Und je noch Loge wor es Publikum drauf. In der Aspernstroßn hob i duatsamois an Kaffee trunga durt an der Bar, do is ma glei a Oide zuwa greut, die wor schon iwa 50 Joa duatsamois oid. Und mia hauts graust! Owa die Oide hot ga Rua gebn, ‹Na was machstn du do ganz allein› hots gsogt. Die hot scho ihren Oberschenkel, hots scho auf mein liegn ghobt, und i sog zu erm: ‹Herst, die Oide greut ma die gaunze Zeit zuwa. Des interessiert mi net. Wer wüdn de üwahaupt, des is jo schon a hoiwate Großmuata.› Hot a gsogt: ‹Du tatst goa net glaubn, wie de jungan Buam auf de stengan! Die jungen Buam stengan sies voi auf die Oide.› HAHAHAHAHAHA! Die Hittn hot a daun vakaft und hot sie auf die Philippinen a Insel kaft. Do hot ma sie gaunz bülliche Inseln kafen kennan, und a poor Joa späda hot a a Hotel aufgmocht durt. So a Luxushotel für die Amerikaner, wos gaunz Exklusives hot a aufgmocht. Und daun hot er sie a chinesische Dschunken umbaut, mit Bod, a poa Schlofzimmer – ois drinad. Des hot a daun a poa Joa späda ois wieda vakaft, nur die Dschunken woit a net vakafen, weu so was finds ka zweits Moi. Um de woas am lad. Drum hot a daun a Übastöllung plant mit ana Crew am Schiff, dies am ummefian hätten soin. Übas arabische Meer woit a sies umeschiffen lossn, und via Satellitentelefon wor a mitn Kapitän in Kontakt. Drei Leit woan auf da Dschunken. Und a poor Tog nocha, beim Cap vo Afrika, bei Somalia is da Kontakt ogrissn, und seitdem hot er nie wieda wos ghert, weda vom Schiff nu vo da Besotzung. De san spurlos verschwunden. Des wern Piraten gwesn sei. Somalische Piraten. De hoin sie wos woin und haun die Besotzung iwa Boad. Die kennan do nix. Nie wieda hot ma wos vo denan ghert.»

13.2.2017 Als Wiener fühlt man sich Osteuropa doch einfach näher als Deutschland. Die Deutschen sind eher so ein unheimliches, groß gewachsenes Volk, sie haben so etwas Nordisches, das man kulturell eigentlich gar nicht richtig versteht. Man schaut so schief nach oben mit seiner Vogelnase, während sie irgendwas Effizientes machen, und schüttelt nur verwundert den Kopf. Ćevapčići, Kaffeehaussitzen, K und K. So was versteht man.

13.2.2017 Ich liebe die argen Ghettoboys aus der bildenden Kunstwelt, die gern Bomberjacken tragen und einen auf hart machen und dann zu Familienfeiern vor der Biedermeierkommode mit dem Ärztepapa posieren bei einem Glas guten Weißwein.

13.2.2017 Es is so herrlich, eine Stadtfluchtmöglichkeit in Kärnten zu haben. Immer wenn man Lust hat, nach Kärnten zu fahren in die Natur, kann man einfach hin. Das war mir nicht klar, wie angenehm das ist. Jetzt versteh ich meine Bauernfreunde irgendwie viel mehr. Hab jetzt viel mehr Connection zu den Bauern in Wien.

13.2.2017 Seit ich erfahren habe, dass ich Vitamin-D-Mangel habe, sitze ich den ganzen Tag im Park in der Sonne und esse abwechselnd Ölsardinen und Käsewürfel. Manchmal ziehe ich zwischendurch aus meiner Handtasche ein Stück frische Leber und kaue darauf herum. Ich schaue direkt in die Sonne und kaue die zähe Leber. Dazu Limonade aus Speisepilzen in großen Schlucken.

14.2.2017 In Klagenfurt habe ich Kirschbäume vor dem Fenster.

14.2.2017 Jetzt war ich am «Kreuzbergl» wandern, was soll ich als Nächstes machen? Stadtrundgang? Bin aufgeregt!

14.2.2017 Mein Klagenfurttag:
Heute habe ich nach einem guten Müsli in der Früh eine Journalistin getroffen, danach bin ich aufs sogenannte «Kreuzbergl» gestiegen, ein Hausberg der Klagenfurter. Die Vögel, der Wald, es war herrlich. Nach einem Weilchen bin ich wieder runter, hab mich kurz in die Sonne gesetzt wegen meinem Vitamin-D-Mangel und bin dann wieder heim, um mir Sardinen zu braten (VITAMIN D). Anschließend bin ich noch etwas durch die Stadt spaziert, hab beim Schaufensterbummel die Seele baumeln lassen, und dann ging es zu einer Kundgebung, die aufgrund des ÖVP-Votums gegen die Erwähnung der Slowenischsprachigkeit Kärntens und somit gegen die Anerkennung der Minderheitsrechte

der Kärntner Slowenen in der Verfassung stattfand. Ich betrachtete die Leute: Junge Antifaschistinnen, slowenische Studenten, Altkommunisten, ein Typ mit Sonnenbrille stand auch etwas abseits bei ein paar jüngeren Burschen. In der Hand hielt er eine Plastikflasche, und mein Kennerblick erkannte in ihm sofort einen Trinker. Das war keine Limonade in der Literflasche, das war eindeutig «Mische». Irgendwann kam er näher ans Geschehen und sprach mich direkt an. Er meinte, er wäre ein Fan meiner Texte und hätte mein Buch im Gefängnis gelesen, es hätte ihn sehr zum Lachen gebracht. Sofort fühlte ich neben einer gewissen Alkoholikersolidarität noch größere Nähe – und Gefängnis klang auch sehr vielversprechend –, winkte aber bei dem Vorschlag, gemeinsam was trinken zu gehen, mit Hinweis auf meine Abstinenz dankend ab und dachte mir: Ach, schade! Wie gerne würde ich eigentlich ohne Kontrolle mit einem Kleinkriminellen von einem Kleinstadtbeisl ins nächste fallen. Aber es ist mir den Kater einfach nicht mehr wert. Neinneinnein. Zwei Jungsozialistinnen, die meine Texte ebenfalls kannten, wollten noch einen Selfie mit mir haben, und anschließend machte ich mich auf den Weg heim, um weiter an meinem Buch zu arbeiten. Als ich dabei an einer Bar vorbeiging, winkten mich fremde Leute durchs Fenster rein. Ich lehnte freundlich ab mit Hinweis auf die Abstinenz und die wartende Arbeit. Sie empfahlen mir noch ein paar interessante Orte in Klagenfurt, und ich ging weiter nach Hause. Schade, dachte ich mir, wie gerne würde ich mich jetzt mit wildfremden Kärntnern besaufen und von einem Kleinstadtbeisl ins nächste fallen. Vom «Speki» ins «Spatzl», vom «bei uns» ins «Molly Malone» und zu guter Letzt ins «Funky». Aber ich ging nach Hause, dünstete mir Spinat, schrieb die langweiligste Statusmeldung meines Lebens und dachte darüber nach, für Klagenfurt vielleicht wieder mit dem Saufen zu beginnen.

15.2.2017 Ich googel mich nur noch urselten selbst, das Interesse lässt langsam nach.

15.2.2017 Die Luft ist kühl und frisch, und alles ist zu Fuß zu erreichen. Ich gehe oft einkaufen, weil es an allem fehlt. Ich gehe in den Park und untersuche alles. Ich gehe an den See, ich setze mich ins Kaffeehaus, ständig begleitet von einem psychedelisch eiernden Sound, den sie «Kärntnerisch» nennen.

15.2.2017 Tiere, die ich bei meinem heutigen Waldspaziergang schon gesehn hab: Reh, Krähe, Specht, Ziege, Adler, Elfe, Meise, Igel, Hirsch, Schlange, Löwe, Katze, Kobold, Fisch, Rabe, Raupe, Dachs, Bär, Delfin, Storch.

15.2.2017 Klagenfurt ist wie ein seltsamer Traum. Die Zugfahrt is das Sinken in den Schlaf. Klagenfurt ist der Traum.

15.2.2017 Ich bin immer tiefer in den Wald geraten, und das Wurzelwerk wird immer grotesker. Weit und breit weder Lichtung noch Weg. Nun bin ich endlich auf einen Menschen gestoßen und habe ihn nach dem Weg gefragt, doch das Mandale redete nur wirr. Die Augen ganz gelb und fiebrig, murmelt es in seinen verfilzten Bart, es wäre der Stadtschreiber von 1983 und ob ich ihm den Weg nach Wien zeigen könne. Erschrocken bin ich weggerannt, so schnell mich meine Füße tragen. Ich melde mich, wenn ich eine Straße finde, der Empfang wird immer schwä

Epilog

An all die rechtskonservativen Männer, die mich mit Gewalt bedrohen, diese legitimieren oder darüber diskutieren, wie man dafür sorgen könnte, dass ich meine Wohnung verliere. Die versuchen, mich zu stressen oder in Angst zu versetzen. Die mir Talent absprechen – ohne eigenes Gespür für irgendwas. Die meinen Erfolg für die Hexerei verschlagener Emanzenweiber halten, die ihnen die Eier abschneiden wollen. Die behaupten, ich würde mich in eine Opferrolle begeben, obwohl ich in einer Woche mehr einstecke als sie in ihrem ganzen Lebenslauf (vor allem CA$HMONEY). Ihr seid der phantasielose Auswurf einer von Gier getriebenen Gesellschaft. Nichts Schönes, Wahres oder Gutes ist in oder um euch, euer Selbst speist sich alleine aus Mutlosigkeit, Ehrlosigkeit, Unterdrückung und damit der würdelosesten Art der Selbstüberhöhung.

Eure Wut beflügelt mich, eure Angst nährt mein gerechtes Herz. Der Versuch, mich leise zu kriegen, lässt mich in die Exosphäre schießen. Ich bin euer schlimmster Albtraum, und das spürt ihr; es lässt euch erschaudern und schlotternd ins Bett sellnern. Ich bin immer 30 Sekunden schneller als ihr, und wenn ihr noch stirnrunzelnd dabei seid, eine meiner Anspielungen zu verstehen, habe ich schon längst mit dem nächsten spontanen Verbalfurz eure gesamte hassgetriebene Demagogie zersetzt. Ihr seid nichts. Ich bin alles. Ich bin Gott. Ich bin Allah. Ich bin größer als Buddha. Ich bin Trump. Ich bin Kali, die Göttin der Zerstörung und der Erneuerung, und ich führe manische Heerscharen aus euren mit dem Sterben ringenden Fängen jubelnd ins goldene Matriarchat.

Glossar

ABPECKEN Starkes, herzhaftes Lachen.

AMSTETTEN Amstetten ist eine beschauliche Kleinstadt westlich von Wien im niederösterreichischen «Mostviertel». Im internationalen Fokus stand die Stadt durch den Fall Fritzl, bei dem der Geschäftsmann Josef Fritzl seine Tochter 24 Jahre in einem Keller gefangen gehalten hatte und in der Zeit sieben Kinder mit ihr zeugte. Im selben Ort sprach sich die FPÖ 2012 gegen die Subventionierung von Frauenhäusern aus, da diese, laut der Partei, «Ehen zerstöre».

ANSELLNERN Eine neue in Wien gängige Bezeichnung für das unwillkürliche Urinieren in die eigene Hose. Ursprung ist eine Auseinandersetzung des Leiters der rechtsextremen Identitären Bewegung mit einer Gruppe Linksaktivisten am Wiener Verkehrsknotenpunkt «Schottentor». In den Medienberichterstattungen über diesen Vorfall wurden Fotos von Martin Sellner gezeigt, auf denen man dunkle Flecken am Beinverlauf seiner Hose sieht, die von einem Großteil der Rezipienten als Angsturin interpretiert wurden, wodurch sich die Bezeichnung «ansellnern» im Volksmund etablierte.

ARMIN IGNAZ ASSINGER Armin Assinger ist ein ehemaliger Polizist, Skirennfahrer und heute erfolgreicher Moderator der «Millionenshow».

AUGUSTIN Augustin – das erste österreichische Boulevardblatt ist eine charmante österreichische Obdachlosenzeitung, die von Kolporteuren (Straßenzeitungsverkäufern) auf den Straßen Wiens verkauft wird. Neben Reportagen und Kolumnen gibt es Lyrik obdachloser Menschen, Comics und einen Veranstaltungskalender, der über kostenlose Events informiert.

BANKOMAT Bankomat ist eine gefinkelte Zusammensetzung aus Bank und Automat. Ein Automat also, von dem man Geld abheben kann wie von einer Bank.

BIAFRAKIND Während der Biafrakriege Ende der 60er und der damit einhergehenden Hungersnot gingen die Fotos von unterernährten Kindern mit aufgeblähten Bäuchen um die Welt. Das Biafrakind ist seitdem ein Symbol für Unterernährung und wird im ländlichen Sprachgebrauch ähnlich wie der «Suppenkaspar» als Schreckensbild für wählerisch essende Kinder eingesetzt.

BLAD Umgangssprachlich für mollig, rundlich oder einfach fett.

BLUNZEN Blunzen ist eine Blutwurst, aber auch eine beleidigende Bezeichnung für eine dumme («blede Blunzen») oder dicke («blade Blunzen») Frau.

BOBO Bobo ist eine Zusammensetzung aus Bourgeoisie und Boheme und ein Begriff, der sich in den 90ern verbreitete, als man eine Bezeichnung für eine neue Art grün wählender Yuppies suchte. Bobos gentrifizieren Gegenden, geben ihre Kinder in Privatkindergärten, essen Bio und wählen eher links. Durch die Zeitschrift *Falter* wurde der Begriff in Wien stark verbreitet und in die Alltagssprache gebettet. Das Schimpfen über Bobos erfüllt eine ähnliche Aufgabe wie das Schimpfen über Hipster. Der Hipster ist im Gegensatz zum Bobo etwas jünger und nicht zwangsläufig Angehöriger einer hohen Einkommensschicht.

BOSNA Eine Bosna ist eine würzige Bratwurst, serviert in einem Weißbrot mit Zwiebeln. Angeblich wurde sie von einem Bulgaren in Salzburg erfunden, der sie als Anspielung auf stark gewürzte bosnische Gerichte so benannte.

CAMELTOE Als «Zehe eines Kamels» bezeichnet man in den USA die Sichtbarkeit der Schamlippen durch ein enges Kleidungsstück.

CLAUDIA GÜLTZOW Claudia Gültzow ist eine deutsche Immobilienmaklerin, die durch die VOX-Sendung «mieten, kaufen, wohnen» bekannt wurde und einen für Deutschland typischen Mode- und Make-up-Stil verkörpert, den man am ehesten als «Luxus-Dracula», «Ed-Hardy-Vampir» oder «Walpurgisnacht in Monaco» bezeichnen könnte.

DIAF Diaf ist die Dialektschreibweise von «tief». Tief wird oft niveaubezogen verwendet, bedeutet allerdings das Gegenteil von «Tiefe». Z. B.: Das ist eine «diafe Hittn» (Das ist ein eher kaputtes Lokal). Eine «diafe Sau» nennt man jemanden, der «diafe Schmäh» macht und damit untergriffige oder vulgäre Dinge von sich gibt. «Diafes» ist auch eine Straßenbezeichnung für Heroin.

DONAUINSEL Die Donauinsel ist eine in den 80ern errichtete 20 Kilometer lange künstliche Insel zwischen Donau und neuer Donau, die zur Hochwasserregulierung dient. Sie ist aber auch ein liebevoll gestaltetes und populäres Freizeit- und Erholungsgebiet der Wiener Arbeiterklasse. Typisch für die Donauinsel sind Gastarbeiterfamilien, die gemeinsam grillen, der große FKK-Bereich, in dem sich braungebrannte PensionistInnen wohl fühlen, Inlineskates fahren in kurzen Jeanshosen oder Bier trinken in den beliebten Gastgärten. Die Donauinsel genießt einen Kultstatus und ist geprägt durch eine 80er-Jahre-Ästhetik. Bekannt ist die Insel auch für ihr jährliches von der SPÖ ausgerichtetes kostenloses Musikfestival, dem «Donauinselfest». Ein dreitägiges Festival, bei dem alle Geschmäcker, auch die schlechtesten, mit Darbietungen auf über 25 Bühnen bedient werden. Weltstars stehen auf dem Programm, genauso wie Hobbybands, und bis zu drei Millionen Besucher aller Schichten und Bezirke vergnügen sich dort im Juni. Es ist ein Feiertag für die ganze Stadt.

FASCHIERTES Zerhexelte und zerhackte, durch Pressen gedrückte Tiere in praktischer Darreichungsform.

FLEX Das Flex ist ein am Donaukanal in einem alten U-Bahn-Schacht liegender Club in Wien, der starken Einfluss auf die österreichische Subkultur hatte. Vor dem Lokal, in einer langen Reihe von Bierbänken, wurden ganze Generationen an Freaks sozialisiert.

G-Udit *G-Udit* ist eine der erfolgreichsten österreichischen Freestyle Battle-Rapperinnen und bildet gemeinsam mit der Rapikone *$chwanger* das Duo *Klitclique*.

Goschn Goschn ist eine abwertende Bezeichnung für Mund.

Gruft Die Gruft ist eine rund um die Uhr geöffnete Wiener Obdachloseneinrichtung unter der Mariahilfer Kirche.

gstopft Gstopft bedeutet, vollgestopft mit Geld zu sein. Ein *Gstopfter* ist ein gutsituierter, wohlhabender Mensch.

Gudenus Johann Baptist Björn Gudenus ist ein Politiker der FPÖ und seit 2015 Vizebürgermeister von Wien. Er stammt aus dem adeligen Gudenusclan, den schon sein Vater John Gudenus bekannt machte, als er wegen Holocaustleugnung rechtskräftig verurteilt wurde.

Haberer Als Haberer bezeichnet man einen guten Freund, mit dem man sich in der Vergangenheit «verhabert» hat, oder auch einen männlichen Partner / Liebhaber. Die Bezeichnung kommt aus der Gaunersprache und bezieht sich auf das jiddische Wort «khaver» (Freund). Haberer kann aber auch beliebig für eine Person eingesetzt werden, wie z. B. in «Der Haberer is ma nimma wurscht» (Der Typ regt mich auf). Verbreitet ist auch der Spruch «A Kiberer is ka Haberer» (Ein Polizist ist kein Freund).

Heisl Heisl (Häuschen), auch Scheißheisl, ist eine legere Bezeichnung für Toilette.

Helmut Werner Helmut Werner ist ein österreichischer Künstlermanager und ehemaliger Schwiegersohn von Richard

Lugner. Immer wieder trat er mit dem Lugnerclan öffentlich auf und bestach durch seine auffällige Frisur.

Häferl Ein Häferl ist eine Tasse.

Häupl Michael Häupl ist ein Politiker der SPÖ und seit 1994 Wiener Bürgermeister. Beliebt ist er für seine hemdsärmelige Art und seine Vorliebe für Spritzwein.

herumpudern Pudern, auch Budern, bedeutet, Geschlechtsverkehr zu haben.

Identitäre Eine neofaschistische Gruppe, deren Ursprung in Frankreich liegt und die in Österreich vor allem durch ihre medienwirksamen Auftritte bekannt wurde. Sie setzt sich aus einem Freundeskreis zusammen, der im gutbürgerlichen Wiener Vorort Baden aufgewachsen ist, und die rechtsextremen Mitglieder sehen sich als neurechte Elite. Die Gruppierung erlangte Aufmerksamkeit, als sie die Inszenierung der «Schutzbefohlenen», bei der geflüchtete Erwachsene, Jugendliche und Kinder das Jelinek-Stück aufführten, mit Transparenten stürmten und Kunstblut auf die Bühne kippten. Verbindungen der kleinen Gruppe gibt es zu Jobbik, FPÖ, dem verurteilten Neonazi Gottfried Küssel oder auch zu Götz Kubitschek. Da sich die einzelnen Mitglieder auf eine sehr persönliche und emotionale Art in sozialen Medien in die Öffentlichkeit stellen, kann man sie leicht mit einer Satiregruppe verwechseln.

Josephbrot Josephbrot ist eine Biobrotmanufaktur, die in kleinen innerstädtischen Shops besonders natürliches Brot verkauft, das ganz anders schmeckt als herkömmliches Supermarktbrot, von dem Bobos allergische Reaktionen und Ausschläge bekommen. (Siehe Bobo.)

Kabeln «Kabeln haben» bezieht sich auf den Austritt dicker Adern und Sehnen am Hals durch wütende Anspannung, die an Kabel erinnern. Mit «Kabeln haben» oder «soiche Kabeln

haben» meint man also einen Moment großen Ärgers kurz vorm
«Auszucken».

Käfig Als «Käfig» bezeichnet man die vor allem bei jugendlichen Migranten beliebten Sportplätze im Wiener Stadtbild, in denen man sich für verschiedene Ballsportarten und allgemeine Sozialisation trifft. Da sie meist von hohen Gittern umgeben sind, um Bälle vom Straßenverkehr abzuschirmen, bezeichnet man sie als Käfige.

Konsumentenschutz Der österreichische Konsumentenschutz ist eine Institution, die Konsumenten rechtlich vor Betrug und Benachteiligung durch Unternehmen schützt.

Koyaanisqatsi Koyaanisqatsi ist ein Teil einer zivilisationskritischen Experimentalfilm-Triologie, bei der filmische Aufnahmen ohne Dialoge in Zeitraffer und mit hypnotischer Hintergrundmusik eindringliche Bilder des modernen menschlichen Lebens zeigen (Explosionen, Naturschauspiele, Massenaufläufe, Hochhäuser, Fabriken). Besonders bei Kiffern ist diese Filmreihe beliebt, weil sie laut Zeugen «uuuur flashig und uuuur org is».

Leiner Eine große Möbelhauskette, in deren Filialen es kleine Restaurants gibt.

Libro Eine weit verbreitete Papierfachhandelskette, in der man neben Schulheften und Bastelzubehör auch Multimediaartikel und eine Auswahl an aktuellen CDs findet.

Martin Sellner siehe ansellnern

Mindestpensionistin Eine Person, die in den meisten Fällen weiblich ist, eine sehr niedrige Pension bezieht und somit von Altersarmut betroffen ist. Nur wenn man 30 Versicherungsjahre nachweisen kann, wird dieser Betrag auf die Mindestpension (ca. 1000 Euro) aufgestockt.

Mömax siehe Leiner

Neocitran Neocitran ist ein verbreitetes Arzneimittel zur Fiebersenkung. Man mischt Pulver in heißes Wasser, trinkt die entstandene Limonade heiß langsam aus und befindet sich daraufhin für mehrere Stunden in einem wunderschönen, warmen, dösigen Traum, in dem es keine Angst und keine gesellschaftlichen Anforderungen mehr gibt, nur schläfrige, verschwitzte Sedierung.

Neos Eine neoliberale Partei in Österreich, die in ihrer Außenwirkung an eine Mischung aus Montessori und Scientology erinnert.

Nömix eine Joghurtmarke

Oculus-Rift-Simulation Ocolust Rift ist eine im Handel erhältliche Virtual-Reality-Brille.

Petra Laszlo Petra Laszlo ist eine ungarische Kamerafrau, die dadurch bekannt wurde, dass sie 2015 Flüchtlinge, die im Lager Röszke vor der Polizei flohen, für den Sender N1TV filmte und sie, als ihr die Flüchtlinge zu nahe kamen, mit den Füßen zur Seite trat.

picken kleben

Pinkafeld Pinkafeld im Burgenland ist der Wohn- und Heimatort des Bundespräsidentschaftswahlkandidaten, FPÖ-Politikers und Burschenschafters Norbert Hofer.

Puffn Puffn ist der umgangssprachliche Ausdruck für eine Pistole, ein Gewehr oder ähnliche Tötungswaffen.

Puneh Puneh Ansari ist eine berühmte österreichische Lyrikerin.

PRANA Prana ist im Hinduismus eine Bezeichnung für Lebensenergie. In esoterischen Kreisen ist es populär zu behaupten, man könne sich allein von Prana (Lichtnahrung) ernähren und würde keine herkömmlichen Lebensmittel oder Wasser benötigen. Bis jetzt konnte aber noch niemand der Lichtesser den wissenschaftlichen Beweis antreten.

RHINOPLASTY Rhinosplasty ist eine seit 10 Jahren stattfindende legendäre Mottoparty mit anlassbezogenen gesellschaftspolitischen oder popkulturellen Themen jenseits ethischer Normen, die niemals öffentlich angekündigt wird.

ROHSCHEIBEN Rohscheiben ist ein veralteter österreichischer Begriff für Kartoffelchips.

SANDLER Ein Sandler ist ein Landstreicher oder Obdachloser. Mit «abgesandelt» oder «versandelt» meint man heruntergekommen oder schmuddelig. Die Herkunft bezieht man einerseits auf die Tätigkeit des Sammelns vom Schwemmsand, der in der Baubranche eingesetzt wurde, eine schwere Arbeit von Tagelöhnern aus sozial schwachen Gruppen oder auf das hebräische Wort *Zandik*, das Parasit bedeutet. Eine weitere Herkunftsmöglichkeit ist das mittelhochdeutsche «seinde», das träge und langsam bedeutet.

SAUBATTEL Saubattel oder auch Saubartl ist ein schweinischer Mensch, ein Schmutzfink oder auch ein ordinärer Hund. Ein kleckernder Säugling kann genauso wie ein sadomasoaffiner Natursektliebhaber als Saubattl bezeichnet werden.

SCHASTROMMEL Eine Schastrommel (Furzpauke) ist eine liebevoll abwertende Bezeichnung für eine alte Frau.

SCHLATZE dickflüssige Spucke

SCHMÄH FÜHREN Schmäh führen bedeutet meistens das lockere Miteinander-Scherzen. Als «Wiener Schmäh» wird eine besondere Art von regionalem Charme bezeichnet. «Am Schmäh halten» bedeutet allerdings belügen.

Schwammerl Schwammerl ist der österreichische Ausdruck für Pilze, kann aber auch abwertend für einen unmännlichen, ängstlichen oder tollpatschigen Mann verwendet werden.

Siebenbrunnencafé Ein beliebtes Kaffeehaus im 5. Wiener Gemeindebezirk, das vor allem durch seine kitschige Einrichtung besticht (vergoldete Löwen, Venezianische Masken, Plastikrosen).

sudern Eine spezielle Art der Wiener Bevölkerung zu jammern, weinerlich zu klagen und sich zu beschweren.

Taxi Orange *Taxi Orange* war ein Reality-TV-Format in der Zeit zwischen 2000 und 2001, das in Österreich als Pendant zu *Big Brother* entwickelt wurde. Menschen wohnten eingesperrt in einer Kleingruppe im 14. Wiener Gemeindebezirk (dem «Kutscherhof») und durften das überwachte Gebäude nur verlassen, um mit dem Fahren eines orangenen Taxis, bei dem die Fahrgäste ebenfalls gefilmt wurden, Geld zu verdienen. Aus der Sendung gingen zwei Staffeln und erstaunlich wenige C-Promis hervor. Man hat über die meisten Teilnehmer nie wieder etwas gehört, was die Fans aber nicht davon abhielt, auch 15 Jahre später noch regelmäßige *Taxi Orange*-Fanclub-Treffen abzuhalten.

Thomas Forstner Thomas Forstner ist ein ehemaliger Schlagerstar, der 1989 (mit hoher Platzierung) erfolgreich am Songcontest teilgenommen hat, bevor es ruhiger um ihn wurde.

Toby Radloff aus American Splendor *American Splendor* ist ein amerikanisches Underground-Comicbuch des Autors Harvey Pekar, für das unter anderem Robert Crumb die Zeichnungen anfertigte. Es geht dabei um die autobiographische Geschichte von Harvey Crum, ein Antiheld, der einen langweiligen Job in einer Krankenhausverwaltung hat. Auch sein Kollege, der real existierende Toby Radloff, ein nerdiger Typ mit einer kauzigen Art zu sprechen, wird in den Geschichten verarbeitet. Nach Erfolg des Comicbuches wurde Toby Radloff kurzzeitig prominent und erhielt zahlreiche Auftrittsangebote, die er aber ablehnte, um weiterhin in seinem Job in der Krankenhausverwaltung zu bleiben.

Tschocherl Ein kleines, verrauchtes, unprätentiöses Lokal, das vor allem der Zuführung von Alkohol gewidmet ist.

Tschumsen siehe Tschocherl

Tüwi Ein alternatives, selbstverwaltetes Lokal, in dem sich vor allem die Ökos, Freaks und Hippies der ansonsten gutbürgerlichen und konservativen 18. und 19. Wiener Gemeindebezirke wohl fühlen.

Ursula Stenzel Ursula Stenzel ist eine ehemalige ORF-Journalistin und Politikerin der ÖVP. Sie ist jüdischer Abstammung und bürgerlich-konservativ, wodurch man ihren Beitritt 2016 zur Partei der FPÖ verwunderlich fand. Als frühere Bezirksvorsteherin des elitären 1. Bezirks traf man sie öfter auf Kunst- und Kulturveranstaltungen an, bei denen sie sich als sehr trinkfest herausstellte. In ihrer Aufgabe als Bezirksvorsteherin versuchte sie die Clubkultur der inneren Stadt gezielt zu bekämpfen. Bemerkenswert sind auch ihre Aussagen, wie z. B. ihre Beschwerde darüber, in einem Hotel «wie ein Flüchtling» untergebracht gewesen zu sein, was sie mit nasalem Gelächter kommentierte.

Ute Bock Ute Bock ist eine 1942 geborene ausgebildete Erzieherin, die vor allem mit Flüchtlingen arbeitete und nach ihrer Pensionierung weiterhin ehrenamtlich Flüchtlingen zu Wohnungen verhalf. Das Ute-Bock-Projekt ist mittlerweile ein großes von ehrenamtlichen Mitarbeitern betriebenes Projekt, das geflüchteten Menschen Wohnraum und Meldeadressen organisiert. 2010 kam der Film *Ute Bock for president* ins Kino.

Verena Dengler   Verena Dengler ist eine österreichische Starkünstlerin aus dem Bereich bildende Kunst.

Wagner-Festspiele   Für die *Zeit* wurde ich heuer mit dem Musiker Martin Witzmann auf die Richard-Wagner-Festspiele in Bayreuth geschickt, um über unsere Eindrücke zu berichten. Den stärksten Eindruck machte auf uns das üppige, in der Übernachtung inkludierte Brunchbuffet des Festspielhotels, das dem täglichen vierstündigen Aufenthalt in der Oper vorausging. Ausführlich beschrieb ich die Kuchen, die verschiedenen Angebote von Hausmannskost, die Salatvariationen, die Sektbar und auch das abendliche Cocktailtrinken mit fanatischen Wagnerianern in der Hotelbar. Über die Inszenierung schrieb ich aufgrund mangelnder Expertise kaum. Das empfanden die treuen Abonnenten der *Zeit* als so unerhört primitiv, dass 90 % von ihnen ihre teilweise jahrzehntealten Abos kündigten und die Wochenzeitung für immer eingestellt werden musste.

Waugas   Waugas sind grüne, klebrige Kugeln, die aus der Nase kommen.

whack   Oida! Bitte googelt es …

STEFANIE SARGNAGEL, geb. 1986, studierte in der von Daniel Richter angeleiteten Klasse der Akademie der Bildenden Künste Wien Malerei, verbrachte aber mehr Zeit bei ihrem Brotjob im Callcenter, denn: «Immer wenn mein Professor Daniel Richter auf Kunststudentenpartys auftaucht, verhalten sich plötzlich alle so, als würde Gott zu seinen Jüngern sprechen. Ich weiß nie, wie ich damit umgehen soll, weil ich ja Gott bin.» Seit 2016 ist sie freie Autorin – und verbringt seitdem mehr Zeit bei ihrem Steuerberater. Sie erhielt den BKS-Bank-Publikumspreis beim Wettbewerb zum Ingeborg-Bachmann-Preis 2016.

Das für dieses Buch verwendete Papier ist FSC®-zertifiziert.